宁静乐园

一个人的
音乐 课

马慧元 著

人民文学出版社

图书在版编目(CIP)数据

宁静乐园：一个人的音乐课/马慧元著.
—北京：人民文学出版社，2017
ISBN 978-7-02-013518-9

Ⅰ.①宁… Ⅱ.①马… Ⅲ.①散文集—中国—当代 Ⅳ.①I267

中国版本图书馆CIP数据核字(2017)第271362号

责任编辑：朱卫净　陶媛媛
封面设计：钱　珺

出版发行　人民文学出版社
社　　址　北京市朝内大街166号
邮政编码　100705
网　　址　http://www.rw-cn.com

印　　制　上海盛通时代印刷有限公司
经　　销　全国新华书店等

字　　数　158千字
开　　本　890毫米×1240毫米　1/32
印　　张　10.5
版　　次　2018年6月北京第1版
印　　次　2018年6月第1次印刷

书　　号　978-7-02-013518-9
定　　价　58.00元

如有印装质量问题，请与本社图书销售中心调换。电话：010-65233595

目录

赵晓生序	003
管风琴之旅	007
贝多芬碎影	025
钢琴上的舒曼	041
校园里的马勒《第二交响曲》	055
一张《斯卡拉蒂曲集》唱片	059
阿尔康其人其乐	065
路易十四时代的库泊兰	081
库泊兰与拉莫的羽管键琴	099
管风琴音乐会琐记	113
练耳	121
《钢琴笔记》谈屑	131
遇见格拉斯	147

作曲的钢琴家：阿姆朗和八人	165
闲话伯恩斯坦	181
闲话纳迪娅·布朗热	203
闲话瓜内里四重奏	225
什么是古典音乐?	241
音乐学的用处	253
音乐和心理	263
演奏与倾听	273
好音乐和坏音乐	283
新音乐和旧音乐	295
钢琴家剪影	309
通往音乐的路途	319
没落的时代和我们自己	329

此书献给我的父母和姐姐

赵晓生序

在当代乐评家中，马慧元是一位奇人。她专工计算机工程，却在音乐领域有不同寻常的体验与见识。或许正因为是"跨界"，一来发自真心、始终不渝地酷爱音乐，二来或许远距离遥瞰，且不受"界内"各种条条框框技巧法则之捆缚，反能更清晰地看到井底之蛙所不得见之澄阔云天。

我从她的芳名中解读出或许是"命中注定"的信息：

老马，老马识途。她非常清楚自己正在哪条路上走，在做什么。慧元弹得一手好钢琴，尤其天赐之乐感非勤奋所能企得。但来到北美雪域加拿大，痴迷于巴洛克时代伟大乐器管风琴，从此马蹄踩出巴赫宏广之天籁之声，由巴赫至大库泊兰，由库泊兰而深掘细研整个法兰西精细秀美、不广为人知的管风琴文献。故曰马乃识途之老马。

聪慧，慧眼识珠。她独具一双慧眼，虽跨界评乐，却对音乐有着常人所不可及之独立见解，从大量浩如烟海的史料中沙里淘金，撷取真正的宝珠。她说贝多芬、舒曼这些老掉牙的话题，却能以令人匪夷所思的切入与振聋发聩的言词让读者的心灵深受颤动。她最钟情巴赫、大库泊兰和阿尔康，除巴赫大名广传南北东西，恐怕对大数乐界人士而言，知大库泊兰其名而不识其乐，至于阿尔康，说不准连是什么人都弄不清。慧元眼光如炬，不但早著有《北方人的巴赫》，从世人并不了解或时有忽略的角度讨论巴赫为人、思想与作品的方方面面，在这本书中，又专文讨论阿尔康这位在管风琴与钢琴上做出复杂得令人生畏的赋格曲的怪才，材料之充盈，观点之新颖，角度之奇特，堪称一绝。

天元，元亨利贞。慧元下笔，既有典籍之依据，又有个性之诠释，更有文字之犀美。称为犀美，非外露之美。其语言之凝炼，思想之锋利，较之前书又有令人刮目相看的长足大进。慧元乃极用功读书之人。每日八小时做办公室奴隶，尽职尽力。八小时完了，不但勤练管风琴，把巴赫《C小调帕萨卡利亚与赋格》踩在脚下，还抓紧每一分钟吃饭睡觉之外的时间，手捧典籍批阅不已。她广闻众碟，博览群书，却从不死读书，总能从书的字里行间看出别人读了千遍百年也没读将出来的新意思。近来她又迷上英国历史。日复一日做书蠹虫，使她的那支笔充满着千斤顶般的底气，纵横捭阖，收放自如，言必有物，物中见理。

《宁静乐园》是马慧元在计算机工程职业之外所写第六本书。书中三辑，触及与音乐相关的方方面面。

第一辑七篇，谈管风琴的结构和制作，也谈库泊兰、斯卡拉蒂、贝多芬、舒曼、阿尔康、马勒等从十七至二十世纪音乐的大师。别看这几位大名鼎鼎的角儿的正史轶事都早被人嚼烂，但是今天被慧元娓娓道来，令人忽而感动，忽而振奋，忽然沉思，忽然电击，忽而泪雨……

第二辑七篇，切入角度极为有趣，有关于练耳的随笔，有对罗森著作的评议，也讲述简乐派鼻祖格拉斯、美国富有个性的指挥作曲钢琴三栖音乐家伯恩斯坦、无数作曲大家的老师纳迪娅·布朗热、欧洲九位钢琴作曲家和瓜内里四重奏的故事，所涉范围之广、之杂，着实能够吸引绝大多数爱乐、习乐者之眼球。

第三辑像在做音乐普及讲座。好音乐坏音乐新音乐旧音乐、音乐心理倾听演奏路径与音乐学、没落剪影和古典音乐钢琴家……题目多好玩！读慧元书，是遨游音乐海洋，长知识，听道理，赏美文，引发浮想联翩。

该打住了。

老马—聪慧—天元；

老马识途—慧眼识珠—元亨利贞。

大家都来马慧元心灵世界中的宁静乐园，读她写的音乐美文、人世杂文——《宁静乐园》吧！

管风琴之旅

管风琴的话题总是离不开历史。

提到管风琴，大家的第一反应往往是教堂的环境。这并没有错，但当今的管风琴不一定总和基督教的历史捆绑在一起。其实，它早先并不是教堂乐器，倒是被教堂排斥的乐器。最早的记载始于公元前三世纪的古希腊。据中世纪时的使用记载，它基本出现于世俗场合。它从西欧消失了几百年，十五世纪后，才开始渐渐发展成"管风琴"的样子，并且就此定居欧洲。这都不是必然的，而是历史的机缘。它曾经是地位和享乐的象征，但并非因为它是"管风琴"，而是它能发出最有威力、最多样的声音，时人并无其他选择。

本文打算通过一些图片，介绍关于管风琴内部和造琴的一些小知识。

管风琴的形态

一台传统的管风琴，整体外观大抵是这样的：前方是键盘（从琴的体积来看只占一小部分），琴键运动，带动音管下方的有孔音板滑动，张开的孔所对应的音管就开始发声。注意，管风琴虽有键盘，但没有琴弦，它的发声原理跟长笛、单簧管类似，是典型的管乐器。

那么为什么管风琴的音管动辄几千根呢？

一台小型琴上的九个管列

一台中小型管风琴，一般有两个手键盘（manual），一个脚键盘（pedal keyboard）。标准手键盘上有61个键，脚键盘有30~32个键，键盘上的每个音至少对应一根音管。琴台两侧有音栓，供演奏者选择音色，一般情况下会选择好几个音栓来"配器"，这样一来，一个音就会用到多支音管。通常，音栓的数量决定管风琴的造价和体积，中小型琴可能有20个左右，大型琴可以达到80个以上，更大的琴有几百个音栓。

如果在管风琴上只选择一个音栓，也就是一个键盘所使用到的61根音管，叫作一个"管列"（rank）。

音管通常的制作材料是木头、铅、锡、铜合金，其中，铅是最重要的成分。哨管发音原理类似笛子，靠空气在管内流动发声。它的端口可以开启或闭合，形成不同的音色和音高。簧管内有簧片振动，发音原理类似单簧管。

音管的长度决定音高。常见的有16英尺、8英尺、4英尺、2英尺的音管，按顺序高八度。而16、8等数字，是以管列中的最长音管为准。此外，闭合的音管跟等长的开口音管相比，大致低八度，而要获得精确的音管，需要制琴者手动调试。

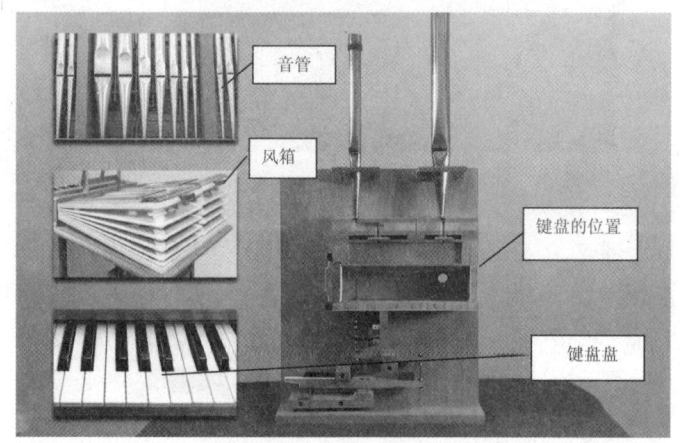

左为局部，右为整体结构

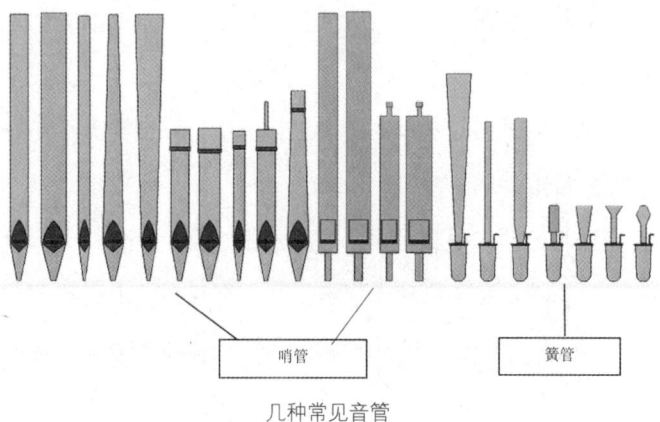

几种常见音管

管风琴之旅 11

从另一角度观测的一台古琴，风箱是靠人力操作的，或压或踩

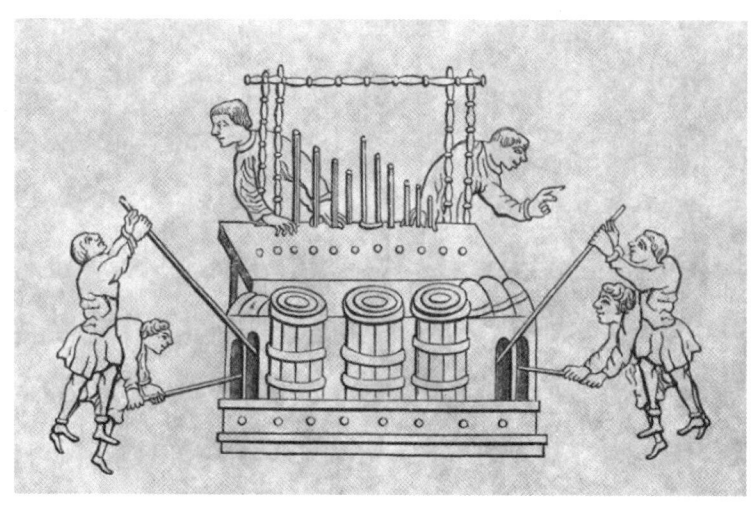

在更早的时代，人们是这样鼓风的

12 宁静乐园

瑞士修道院（Bellelay Abbey）中的管风琴琴台正前方，近年进行了修复

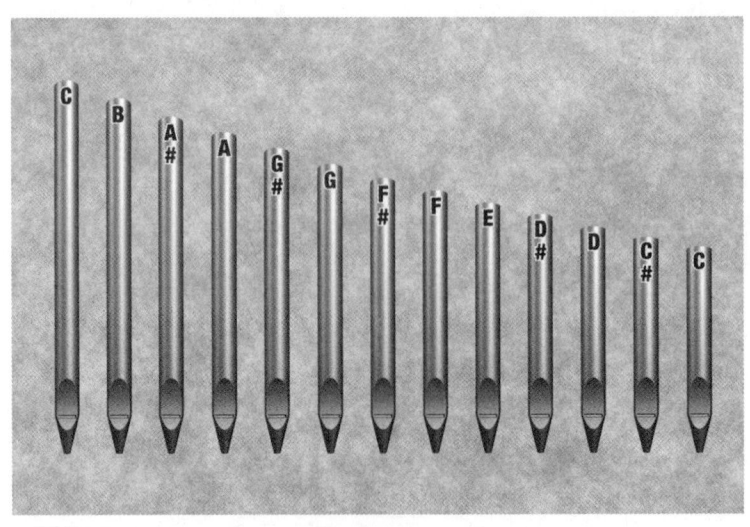

一个音阶内的哨管

管风琴的制造和调音

意大利帕都瓦制琴公司（Fratelli Ruffatti）的雇员在南非初步挑选木材

制造音管之前熔炼合金，在液体中加蜡，来去除杂质

刚出炉的闪亮金属板,冷却后将之卷成音管

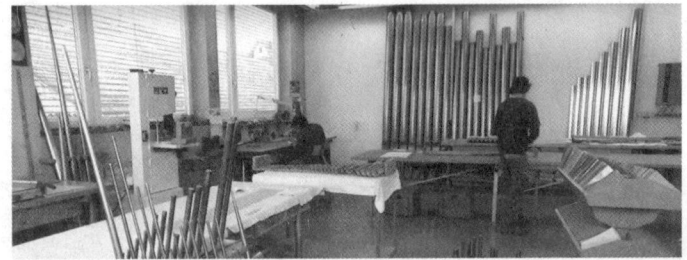

管风琴制作车间

车间内卷制金属音管的情景

管风琴之旅 15

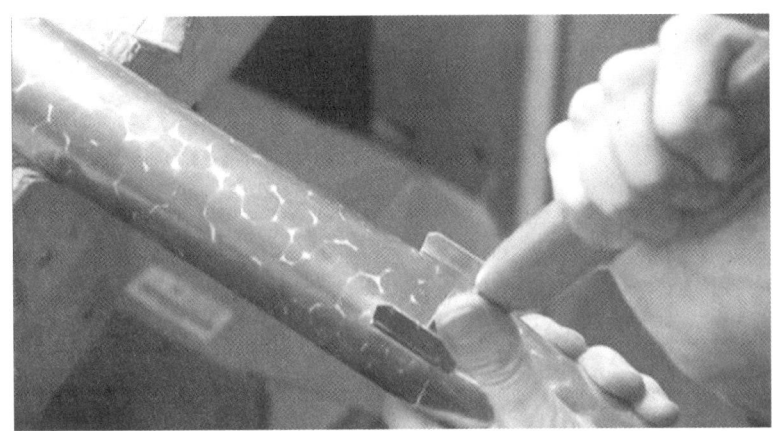

手割管口

调音师敲打音管调音。一般调音需要两个人，一人在键盘上弹，一人在音管上敲

一台新琴的各个部分完成之后,音管需要作初步调音,安装到客户指定的地点(教堂、音乐厅或琴房等)之后还要再次校音(voice)

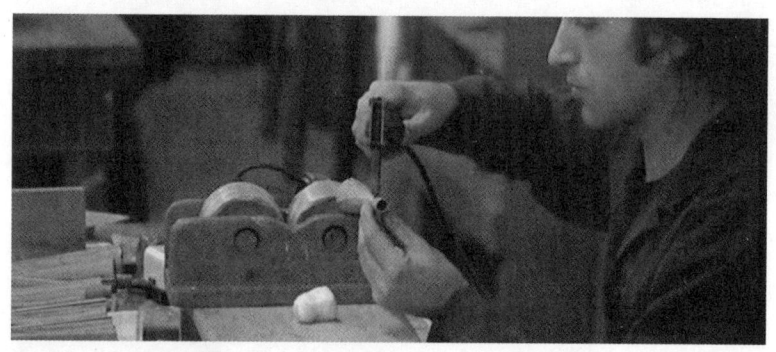

焊接音管

键盘和音栓配置

管风琴的手键盘一般是二到四个。通常，有强弱音键盘(swell)的在顶层，并且连接一根音管上方的强弱音箱(swell box)，在木门开闭中增减音量。

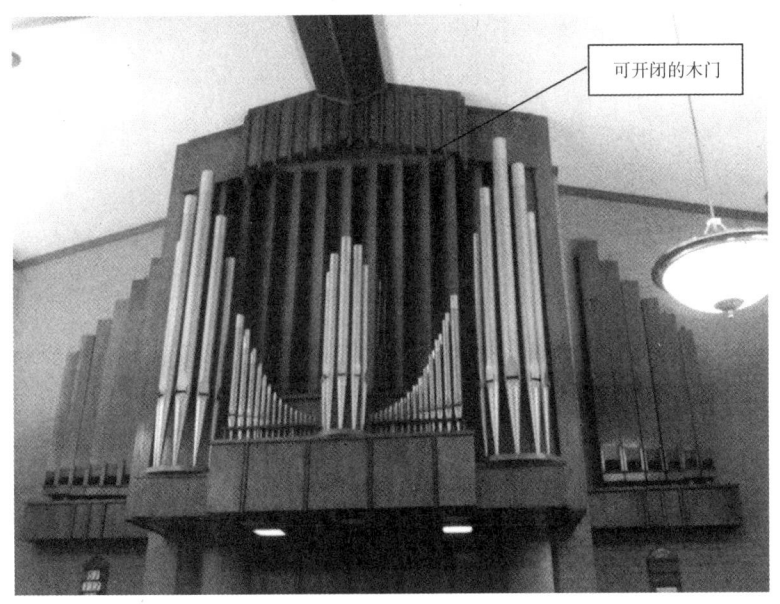

音管外的强弱音箱，开闭由演奏者脚下的一只踏板控制。所以，演奏者的脚不仅要在键盘上弹奏，而且要踩踏板、选音栓（一些固定音栓组合可以存储在琴上，脚踩或手拉按钮就可以拉出某个设定好的组合）

强弱音键盘之下，往往是大键盘(great)，也就是主键盘，再下一层是合奏键盘(choir/positive)。

不同的音栓有不同的音高和音色。一般来说，脚键盘弹奏较长的时值、较低的音高。在选择音栓方面，如果手键盘选择以8英尺

18　宁静乐园

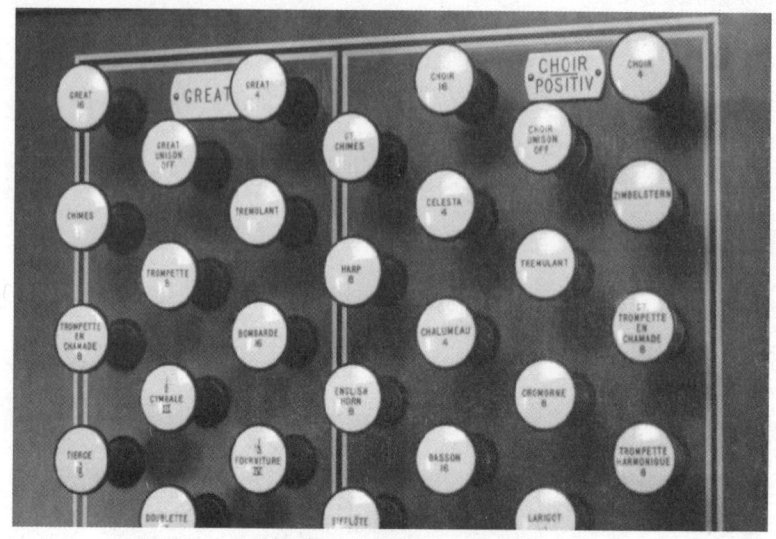

琴台一侧大键盘和合奏键盘的音栓

为主的音栓,脚键盘上会使用16英尺音栓,以此类推。而在教堂中演奏赞美诗时,16英尺的脚键盘音栓几乎是必用的。

不少键盘的"黑键"是浅色的,"白键"是黑色的

作者在练琴

从音色来说，体现管风琴主要特点的就是主音栓(principal，又名diapason/octave/presant)了，通常包括16英尺、8英尺、4英尺、2英尺，等等(32英尺以上因占空间过大，较为少见)。传统曲目中，巴赫的托卡塔、赋格、前奏曲等都需要用到它(包括2英尺到16英尺系列)，一般的教堂赞美诗更是少不了。而巴赫的《三重奏鸣曲》，BWV525–530(*trio sonatas*)之类的曲目可能用到相对透明清简的声音，甚至可能一个键盘只用一个音栓。因各地的琴往往不同，演奏家需要随机应变，设计合理的音栓配置。我们常常会面对这样的情况：本来自己熟悉的一个音栓组合中，某几个音栓属于一个键盘；而换了一台琴，它们就在不同的键盘上了，无法同时使用，怎么办？有时候，管风琴上的联键装置(coupler)可以让一个键盘联通到另一个键盘，也就是说，在使用一个键盘的时候，实际上产生了两个键盘相加的效果。如果这一招也不奏效，就只能寻找一些相近的效果了。即便如此，不同的琴适合的曲目仍有不同，有时管风琴家面对一台"巧妇难为无米之炊"的琴，确实很难达到满意的效果。

管风琴这个庞然大物曾经是欧洲工程学与科学的巨大成果，背后有着数学和音乐交会的故事。今天，它的风头已经无法和钢琴相比，也不再是"乐器之王"，但它的声音无可替代。而管风琴的宗教性，其实是在文化与历史层面后天形成的现象。它在中世纪消失于西欧，几百年后返回故园，成了大部分基督教堂、少数犹太会所的乐器。

Great Organ (Manual II) – 61 notes

16	Quintaton	61	4	Octave	61
8	Diapason	61	4	Principal	61
8	Cello	61	4	Flute Harmonique	61
8	Waldflute	61	2	Super Octave	61
8	Gedackt	61		Fourniture IV ranks	244

Swell Organ (Manual III) – 61 notes, enclosed

16	Flute Conique	73	2	Fifteenth	61
8	Diapason	73		Cymbel III ranks	183
8	Viole de Gambe	73	16	Bombarde	73
8	Viol Celeste	73	8	Trompette	73
8	Flute Celeste II ranks	134	8	Orchestral Oboe *	73
8	Rohrflöte	73	8	Vox Humana	73
4	Octave	73	4	Clairon	73
4	Hohlflöte	73		Tremolo	

* Basson-Hautbois stop built by Cavaillé-Coll for 1886 Roosevelt

Choir Organ (Manual I) – 61 notes, enclosed

| 8 | Diapason | 73 | 1 3/5 | Tierce | 61 |
| 8 | Concert Flute | 73 | 1 1/3 | Quint | 61 |

8	Holzgedackt	73		Plein Jeu III ranks	183
8	Dolcan	73	8	Spanish Trumpet	73
8	Dolcan Celeste [TC]	61	8	Krummhorn	73
4	Octave	73	4	Tuba Clarion	73
4	Flute d'Amour	73		Tremolo	
2 2/3	Nazard	61		Harp	
2	Blockflöte	61		Celesta	

Gallery Organ (Manual IV) – 61 notes

16	Bourdon	73		**Gallery Pedal**	
8	Diapason	73	32	Contra Bourdon [unit]	44
4	Octave	73	16	Bourdon	—
	Mixture III ranks	138	32	Contra Trombone [unit]	44
8	Tuba Magna	73	16	Trombone	—
8	Corno di Bassetto	73			

Pedal Organ – 32 notes

16	Principal	32	4	Fifteenth	32
16	Flute Conique	SW	4	Flute Conique	SW
16	Bourdon	32		Mixture III ranks	96
8	Octave	32		Fourniture II ranks	64
8	Cello	32	16	Bombarde [unit]	56
8	Flute Ouverte	32	8	Trumpet	—
8	Flute Conique	SW	4	Clarion	—

上图为纽约教堂（Calvary）管风琴的配置说明，最左列数字是音管长（单位为英尺），中间列是音栓名，最右的数字是该音栓的音管数量（图表来源：http://www.nycago.org/Organs/NYC/html/CalvaryEpis.html）

偶然或者必然地，管风琴和教堂的婚姻如此完美，后世想拆开都难。十九世纪之前的欧洲音乐家多数都在教堂任过职，工作内容起码包括伴奏合唱。此外，十九世纪的工业革命带来了钢琴的不断进化，管风琴也试图紧跟时代（革新和扩展都有，比如法国著名制琴家卡瓦耶—科尔【Cavaillé-Coll】对音栓、键盘的改变，二十世纪美国的电磁传动斯金纳琴），几乎能模仿管弦乐团，并且进入了音乐厅，甚至在某些时期成了音乐厅必备之物。不过，作为一件乐器，它至今未能克服自己的致命伤：没有细腻的强弱、动态表达，在追求个性的当代，显得不合时宜。再加上体积巨大，很不环保，造价极高，很难维护，一台管风琴的存在，的确要求人们付出高昂的代价。

近年，中国倒是出现了可观的管风琴引进热潮。欧洲土特产异地，会长出什么样的果实？很难说。但历史上的管风琴也好，各种历史悠久之物也好，无不在沧海桑田中进进出出，被种种机缘塑造。这机缘甚至不一定是多数人的需求，而只是一种社会的偶然罢了。

上图为巴赫《d小调托卡塔与赋格》的开头部分。
谱子分三行，最低一行供脚键盘演奏

上图为《d小调托卡塔与赋格》中间的一页,标记为笔者所加。在标注第三行脚键盘弹法的时候,音符上方的标记为右脚弹奏,下方的标记为左脚弹奏,⌒或∧表示脚尖,∨表示脚跟。脚尖与脚跟之分,往往跟音乐的分句需要有关。巴洛克音乐中断句较多,所以脚尖也用得较多,即便是相邻的音,也常常为确保断开而都用脚尖弹奏(所以,跟钢琴的指法一样,管风琴的指法和"脚法"都是为音乐服务的)

参考文献

1. 《管风琴：制造大全》(Pipe Organ / HOW TO BUILD... EVERYTHING，观看网址：https://www.youtube.com/watch?v=cfFWiWbXGuY)

2. 《管风琴制造的迷人之处》(The fascination of organ building，观看网址：https://www.youtube.com/watch?v=F2jxgvcGjfo)

3. 《乐器之王：音管的历史、科学和音乐》(The King of Instruments: History, Science and Music of the Pipe，观看网址：https://www.youtube.com/watch?v=GzpZRV9Cmac)

4. 《铅管：奥斯汀管风琴公司的故事》(Lead Organ Pipes：Story about Austin Organ Company in Hartford Connecticut，观看网址：https://www.youtube.com/watch?v=UV2T3wAvNnU)

5. 《拉法提管风琴公司之旅》(Fratelli Ruffatti — Pipe Organ Factory Tour Video，观看网址：https://www.youtube.com/watch?v=egOBhLNMnTo 或 http://www.uht-keyboards.com/company)

贝多芬碎影

(一)贝多芬和读谱

贝多芬的故事和音乐,似乎对资深爱乐者来说已经熟烂了,这个假设的确也一直飘浮在我的心头,所以我平常很少去主动听他,但有趣的是,他总是突然地闪现在生活中,让我很难干干净净地躲开——也许经典就是这样,处处悄然埋伏。这时才发现,原来我们的世界正是故人和经典的世界,只是被稀释了而已。艺术家用浓缩的人生,用他浓郁得无法疏导和平安的心结,替我们担当痛苦。而大师们如此清晰地凸显,也正是因为他们的体验无法被吸收于庸常人生,所以才这样清晰地游离,像一颗颗不化的沙粒。

其实我常常主动听的是早期音乐,演奏或者相关讲座。最近手里最喜欢的一部影片是《怎样读谱》(*Knowing the Score*),讲课的是著名古钢琴家、音乐学家比尔森先生。片子里最不"道德"的是他给大家看自己收藏的四台不同时期的早期钢琴,简直让我嫉妒得想哭;而他最让我惊讶的一个说法是,和别的作曲家相比,贝多芬的作品用现代钢琴弹是最不合适的!这样的惊人之语。我不敢说同意,也不敢说不同意,不过确实认认真真地看完了,也找来了一些相关访谈和资料来看。

提到论战的老对头、音乐学家罗森,比尔森说这些学者、钢琴家一直反对早期钢琴的推广,不是认为用什么乐器没关系,就是一口咬定早期钢琴不足以揭示音乐,然后说:"我感到我必须写篇文章。"而一说到早期乐器,自然就有诠释和读谱的问题。他不像我想象的那样,为复古而复古,反而主张"解放思想",通过分析和读谱来打开更多的可能性,同时也通过对上下文的了解,来靠近那永远也不可能抵达的"真实"。

他说到贝多芬的《钢琴奏鸣曲》(Op.111),第一乐章开头一小节左手间隔高达八度。当时右手没在忙,所以理论上来说可以用两只手来弹。有人问比尔森,这可不可以用两手弹?不然这么远的大跳,开音乐会的时候多吓人?比尔森说不行,不吓人就不是贝多芬了,尤其是开音乐会,本来就应该吓人——当然,他的原话大概是,这种紧张和悬念,本来就是贝多芬的一部分,在这里,甚至比音符本身还重要。

如果仅仅从听觉上讲,一只手弹和两只手弹一样吗?比尔森说,有一位教授分别用一只手和两只手弹给他听,弹了十次,事实证明很不一样。两只手弹的时候,那种紧张没有了。以我的理解,所谓紧张,不仅仅指音符正误之间的冒险,还包括一只手的大跳造成声音之间的间隙。弹者总是尽量弥补这种间隙的——尽管不可能填满这种以意愿引导方向而事实上不可穿越的沟壑,在表演艺术上确实是一种颇有历史的手段。我们通常所谓的"生动"不正与此有关吗?欣赏者在表演者的挑动下想象并期待——这正是创作者躲在幕后渴望获得的心理体验,而一个令人放心的圆满表达并不能达到这样的效果。当然,这样的效果也如点睛一般,不可缺也不必多。

说到贝多芬的作品，其实不止这一处大跳（比如Op.106，也是诡异地在开头单手大跳），大家心知肚明，必须按他的方式去冒险，哪怕有上来就弹错、搞砸状况的危险。不然的话，他干吗把谱子写成那样？好吧，我们都知道贝多芬一向可恶，就依了他。可惜，手指的跳跃和危险，光用看和听永远想象不出。

贝多芬的作品中，有不少"为难而难"的地方，也就是说，从钢琴上来说，是以"运动"本身形成音乐的心理体验。这样的做法，其实巴赫在各种乐器上都可能做过——我就弹过这样的，明明一只手弹更容易，但他标明要分用两手。老师说，因为两手交替看上去更有趣（但巴赫这种运动难度并没那么成规模，一般来说，其含义都是指向基督徒的顺服和挣扎）。巴洛克时期的另一炫技家斯卡拉蒂的乐谱，我虽然看得不多，但猜测也会有类似的例子。似乎只有莫扎特没有太多故意为难的地方——他确实"界面友好"，不把"运动紧张"当作必要手段。而键盘上的疯狂技巧到贝多芬那里才复兴。其实，艺术本来就是有违本能、拉抻本能的，从巴赫到莫扎特，无不如此。而贝多芬更加大了拉抻量，把业余爱好者远远地甩在后面，让音乐往"不可能"的方向盘根错节。

贝多芬之后不用说了，李斯特、舒曼、勃拉姆斯的钢琴音乐都是为键盘上的运动健将写的，所以他们的音乐真的要亲自弹过才能透彻体会。所以，音乐中的炫技造就了心理体验，而心理体验总是和表演现场相关——在文明社会中长大的音乐，往往包裹在环境的旋涡中，只有舍身投入其间的人，才能体会到真正的扰动。然而也只有对那些进入经典文献的作品，人们才这样努力求真求全，不愿漏掉其中的信息。

比尔森的重点仍然是读谱。他说：我如此这般讲，不是说别的演奏和读法都不对，只有我的对；而是希望从乐器能力的对比中发现更多的音乐，尤其是因现代钢琴损失的东西，并在挖掘根源的过程中获得更多的自由。

有一个例子是，现代钢琴的弦是交叉跨越的(cross-string)，琴弦相压，导致声音有更多的"混响"。而贝多芬时代的钢琴不是如此，弦是直的，彼此平行。比尔森说，所以那个时代的很多和声，现在听起来太"浑"了。如果作曲家用折弦钢琴，应该不这样写。不仅如此，跨弦钢琴容易造成右手旋律、左手伴奏的效果，这在现代人看来理所当然。但很多音乐，双手要更独立，因为各有各的趣味，谁也不能损失。

关于现代钢琴，有一个说法是：如果巴赫、莫扎特、贝多芬拥有现代钢琴，他们肯定更愿意用它而不是早期钢琴。没错，作曲家永远都梦想有更好的乐器，即便有了现代钢琴，现在咱们还嫌它这个那个不好，还希望有更好的琴呢。但是，梦想归梦想，巴赫也好，贝多芬也好，谁也说不准以后的钢琴会变成什么样，会出现哪些具体的优点和缺点。作曲家也不可能根据"梦想"来写给未来的乐器——即使他真这么干，效果也不会准确地符合梦想。贝多芬会欢迎现代钢琴的很多优点，但他是不是一定能接受现代钢琴的缺点，就难说了。更何况，他不知道自己的音乐在别的琴上弹奏时会有哪些具体得失。比尔森认为，现代钢琴对贝多芬而言是最糟糕的，因为现代钢琴上只有轰鸣的强音，没有加强(sforzando)，也没有声音变化的弧线——说到这里，他在早期钢琴上弹了一个句子，在现代钢琴上又弹了一遍，果然，早期钢琴上那种闪烁和渐变的生命力让音乐凸现出了"毛刺"，充满锋利的边缘。比尔森说，贝多芬对钢琴的表达力极其在意，对音乐在现代钢琴上的损失不会满意。这确实令我恍然大悟，因为不同的乐器果然能揭示不同的层次。我喜欢早期音乐多年，但过去也认为贝多芬必须在现代钢琴上弹——现在看来，音乐总是需要同时代乐器的参照。古典音乐这东西宏富至此，而种种思索和求真之途仍在叠加各种可能性。

只是这些可能性未必总能被听众感知罢了。作曲家通过演奏家，再到听者耳里，被"翻译"了两次，怎么还能信息无损？

(二)古典贝多芬

关于贝多芬的定论，我们爱说的滥调是"集古典之大成，开浪漫之先河"。而音乐学家罗森在《古典风格》一书中居然非常强调贝多芬的"古典"一面，声称其和声习惯甚至曲式习惯都基本是古典的，离海顿并不远，其整体的比例感尤近海顿和莫扎特。早期，他在外表特征上近似洪美尔和韦伯。而且，据罗森说，浪漫派中，直接受贝多芬影响的人并不多，多数人是受韦伯和菲尔德等人的影响，贝多芬对浪漫派来说是一个负担而非启发。而贝多芬呢，对刚化规律，比如矛盾的引发、织体和元素的增加、爆裂、拉长但又不断回顾、环绕，最后有一个解决或者闭合的趋势。不少人将《第五交响曲》解读为贝多芬的"精神自传"，不管跟他的本意是否有关，但这种趋势引发这类联想并不奇怪。而如果有人给巴赫或莫扎特编出一套类似"命运"的故事，也许就真是附会了。但对贝多芬而言，一切都显得如此合理。

再有，虽然主题变奏的形式在贝多芬的作品中占有不低的比例，但我比较主观地怀疑这类形式更适合莫扎特而非贝多芬。贝多芬总是往前走的，有潮水般的动力，最终的回归总是大规模地尘埃落定，而非精巧圆满地回环。以我个人之见，古典之后再弄主题变奏、小步舞曲真没什么大意思了，那套要清晰地分别各个部分、以求对称均衡的美学实在有些过时——在我看来，莫扎特已经为之画上了完美的句号。巴赫和莫扎特都是"封闭式"人物，这两位天才对某种形式的发展都已逼近极致，故他们都在为时代画上句号。而贝多芬是敞开的，这不仅仅指音乐——贝多芬傲然的ego（自我），是真实的人类冲动，必将引发潮水。虽然这股潮水的生成十分痛苦而缓慢，但被他所打开的一切，再无可能恢复原状。

(三)贝多芬快照

有一部关于贝多芬的电影，《伟大作曲家：贝多芬》，虽然讲的是大家都知道的事情，并且有点漫画化，但有些片段仍颇打动我。片子从头到尾基本都是夸张的舞剧式表演:"贝多芬"愤怒、张狂地把鸡蛋扔到墙上;"贝多芬"缠绵地追逐一个个女人;"贝多芬"凶恶地管教不争气的侄子卡尔。片子是这么处理的:贝多芬愤怒或缠绵的时候,镜头中走来几位拉琴的女人,坐下来拉他的弦乐四重奏(象征他心中的艺术女神)。墙上粘着鸡蛋,房间乱糟糟,盘子黏乎乎,而拉琴的四个女人并不介意,若无其事地展开他的Op.74。

片中另一个让我深受感动的细节是对他死后情景的叙述。墓碑旁边,蒙太奇地飘来几页字迹潦草的纸,那是贝多芬的情书,死后才被发现。这时四重奏的乐音又响起来,那音乐不伤感,不缠绵,冷峻地和世界若即若离。原来如此。人死了,任由别人闯进屋子来翻"遗物":一堆乱七八糟的东西里,总是保存着一个莫名其妙的人生。从结果来"倒推",永远存在着未知量太多而无法侦破的谜语。而这个死人留下的污秽和混乱,一边让人牵挂着可怖的死亡,一边深埋着精致的声音。瞬间,我就想起"贝多芬"三个汉字,和节目单上的"Beethoven"这几个英文字母。字迹在自己的私人记忆中、在书里、谱子上翻滚,世界的流变就是如此。一个充满剩饭味和体味的房间,终将被风吹干。生命和污秽一同逝去,纯净,不朽,凡人无法企及的智慧扩散到世界的众多角落。人的心太强大了,远者不会计较贝多芬的脏屋子、碎鸡蛋和餐桌上的不文雅——贝多芬身陷健康和精神危机的时候,外表和举止都让朋友差点惊叫起来——他看上去实在太脏了!据说他在餐馆吃饭的时候,独占一张巨大的桌子也不会有人搭台。这样的落魄者或者抑郁者，你我也在餐馆见过——然而这样的人里竟然会有这么一个贝多芬、一个让无数天才演奏家作曲家爱恨交织的贝多芬。

而这个人的生活，总是和艰难时世相联系。老爸的老爸（老路德维希），就不爱不靠谱的儿子约翰，逢人就说儿子毫无出息。到了孙子路德维希这里，其人生的重要经历就是对老爸约翰的仇恨和怜悯，几乎和爱情一样印记深刻。从老爸早年的酗酒、粗暴，到路德维希晚期的耳聋，这些事情读来并不新鲜，甚至已经足致麻木。但也有些时刻，当他的生活和音乐突然灿烂地在我们的生活中绽放的时候，一切都像闪电一样。如果你在他那些雄健的交响曲中读到他曾经多么热爱和向往贵族，幻想自己是普鲁士国王的私生子（明知不是真的，却直到晚年都不肯否认）；又因为太恨父母，幻想亲生父亲被杀、母亲因对父亲不忠而被驱逐；嫉妒弟弟有妻有子，后来疯狂地争夺侄子的监护权；还幻想自己是侄子卡尔的亲生父亲。这个太缺少爱的孩子，竟然曾经苦苦地用这样的幻想来满足自己——如果你在那庄严整饬的音乐里读到这些，你心里的感受该多么复杂。他的故事里还包括死去活来的爱情，那欢快干净的《第七交响曲》《第八交响曲》诞生于无果的爱情之间，音乐是倾诉还是逃避？是影射还是补偿？我们只知道音乐是此间的纪念。

贝多芬于一七八七年初造访维也纳。五年后，他二十二岁时再访，莫扎特刚刚去世。那时维也纳的市民生活，据说是由吃、喝、散步消化食物和去听音乐会组成的。大家看上去都高高兴兴的，懒惰，肥胖。维也纳人说："为什么不呢？"生活如此容易——连乞丐都过得舒服。人们的生活节奏很慢，没什么可以抱怨的。然而这个快乐的时代却慢待了伟大的莫扎特——是不是一个令多数人愉快的年代往往对大师麻木不仁？或者可以这样看，大师往往吸食了黄金时代的文化储备，然后与之决裂。那时莫扎特还算吃得开，但公众对他的兴趣显然不如他作为神童的时候了。也许，莫扎特成熟期之后的灿烂和奇异，在任何时代都不可能被迅速消化吧。这样的故事，在贝多芬身上重演，不过被放大了很多。他从来不是人见人爱的神童，但青年成名并不晚。然而他越成熟，跟环境的关系就越紧张。不过，命运这枚硬币也有另一面。贝多芬终生以"抗争"和"藐视"出名，却并不缺少贵族的支持。可怜的舒伯特生前无人支持，去世十年之后才开始被人了解。贝多芬并没有等那么久，虽然对他的透彻了解来得也很迟。

一八一三年，他的作品是被批评家摒弃的《惠灵顿交响曲》，当时却让他名利双收，而他竟然相信可以凭借一再给拿破仑写颂歌而获得成功（事实上那两年里他挣的钱比一辈子其余时间里挣的加起来都多）。但"成功"不再，他也没兴趣探索当时的音乐新风气。

研究者们约定俗成的"贝多芬中期阶段"是一八〇三年至一八一四年左右，这时他慢慢成为真正的贝多芬了，也就是说，不再是受到时人热烈欢迎的贝多芬，而是屹立于历史之中、痛苦的聋音乐家，几乎成为一个与"命运"抗争的符号。一八一五年，他听力变坏，许多贵族支持者离开了他。从一八一五年开始，他有四年时间忙着和弟媳争夺卡尔的监护权。本来，贝多芬的痛苦和矛盾更多的是出于个人原因，比如失恋、听力问题、与人相处的障碍，等等。更糟糕的是，贝多芬总是爱上这样的女人：已婚女人、订婚女人、贵族女人、高个子金发女人以及种种不可能爱他的女人与先是爱上他但又被他吓走的女人[1]。这些从一开始就注定不可及的爱情，成为令他变形的"势能"，最后只能软化在作品中慢慢燃烧。而贝多芬的生命并不总是燃烧。他经历过既无声音也无作品的郁闷和沉默。那时他连"贝多芬"都不是了，连音乐灵感都曾经抛弃他。

但这些完全可以同样出现在别人身上的挫折，被动荡时局下的幻想和失望加剧之后，宿命地跟音乐史的走向结成一体。他的音乐语言正好非常适合表达隐含对抗和戏剧性的情感。典型作品如《第五交响曲》，有令人窒息的优美和坚硬——这当然只是外行听众一种方便的表达。那音乐用完整丰饶的上下文包裹起"动机""发展"和"再现"，其间，他为自己的存在找到了妥当的理由，于是寄生在传统模式之中的裂变，异化为新的模式。贝多芬的交响曲、协奏曲的总谱，我曾一一翻过，仍然大惑不解。我辈除了试图了解规范，然后捕捉点滴趣味，还能做什么呢？

所谓贝多芬的晚期，一般说来是一八一五年至一八二七年。他

---

[1] 《大师之作：贝多芬的生活与音乐》，格林伯格主讲，教学公司出版社发行。

晚期的交响曲跟弦乐四重奏没什么可比性,因为体裁不同自然造成情感的侧重点不同。我的私心偏向四重奏一些,家里的乐谱总是摆在好拿的地方,一旦播放起Op.127或者Op.135,就条件反射地想打开乐谱来读。那音乐太寒凉、太险峭了,如果没有乐谱扶持,真不知何以为继。它们抵达了听觉的荒芜之地,偶尔一游即可。

贝多芬是说不完的。而言说之重,总是跟他的"历史地位"相关,这其实非他自己所能左右。其实,人生与人生之间终归是不能比拟的。贝多芬当时说到底只是一个在欧洲范围内出名的演奏家和作曲家,除了晚期耳聋之外,其他的际遇,按庸常的条件来比较,怎么可能比一个普通人更苦?可是,痛苦来自"痛感",敏感的人痛感更多。有人说和贝多芬的人生相比,咱们的人生岂不太过无趣?没错,可是贝多芬的想象世界,正是由他自己和他的音乐塑造的。他的意志和野心才是他的痛苦的源泉——尽管有时他被迫陷于困境,但要阻止贝多芬成为贝多芬,仍然无人能办到。没有这样野蛮之力的人,自然可以平静地度过人生。

但总有一些生命选择了助长、扩大其间的痛苦,然而其间的纠结终被遗忘。

(四)贝多芬和历史

终于有那么一天,人们板着脸翻书,摆棋子般地探寻历史人物的妥贴定位。好像贝多芬并没学会"理解"贝多芬,他也不会知道历史准备好了什么样的缺口,把他完好地镶嵌其中——他只知道自己只有在世界上猛凿猛打,才能扒住边缘活下来。

窃以为把贝多芬当作西方音乐的代表实在有失偏颇,因为无论是早年的巴洛克还是后来的二十世纪音乐,在西方文明中的重要性都不输古典浪漫时期。但若作为一种粗糙的认识,选取一位音乐家来代表西方音乐,恐怕就只有贝多芬了。真正意义上的"伟大音乐家"自贝多芬始。这并不是说他之前的作曲家在成就上不如他,而是,后验地看,他是第一个成功地把"个人"融入音乐的作曲家,而他戏剧性的生活也深深浸入他的作品。文本、生命、音乐结构和声音紧紧咬合,让音乐终于孕育出崇高。这其中,有痛苦有诗意,有故事有战争。[1]

那时的欧洲文明已经渐渐胜出,几乎就是现在多数人了解的"西方文明"的代表。尽管贝多芬未必预料到自己在历史中的话语份额如此之大,但他以后的时代却无可选择地成为"贝多芬后"。对这个世界来说,后来的日子更加复杂,充满悖论:灿烂高雅的德奥文化竟然跟战争相连,连邪恶的希特勒据说也喜欢贝多芬,并且不是一般的喜欢。人们只好反思一下贝多芬精神——那种对崇高、完美、纯洁的幻想,居然也能为邪恶或不宽容输送动力?然而总有那么一天,人欲爆发,个性爆发,各种可能性都获得了空间,崇高和壮美被杂化、软化。人之原罪有如原色,调配出纷杂的因果恩

---

[1] 这当然不只是他的功劳,那个时代的音乐家们开始自觉凸显"严肃音乐",也慢慢和舞蹈音乐及教堂音乐分离,提升职业尊严。

怨。让社会学家们去剥茧抽丝吧。

我自己对贝多芬的了解则刚刚开始——此生如果能读熟他的奏鸣曲全集，那么我的生活该多么圆满。当然，说到这里，我也有点怀疑自己了，贝多芬的意图难道不是在圆满中冲开豁口吗？不是在痛苦中不休地寻求吗？我也试图"开放"地读音乐和音乐书，为各种解释保留空间。不过我不敢否认这一点：贝多芬用自身的强大说服历史记住他，并让研究者划分出属于他的时期，以求一种圆满的描述。他不太自知地活在历史的巅峰。

参考文献

6. 《大师之作：贝多芬的生活与音乐》(*Great Masters: Beethoven-His Life and Music*)，格林伯格(Greenberg)主讲，教学公司出版社(The Teaching Company)。

7. 《怎样读谱》(*Knowing the Score*)，比尔森(Malcolm Bilson)主讲，康奈尔大学出版社。

钢琴上的舒曼

(一)

历史上的天才夫妻不多，幸福的更少。天才大多以自我为中心，两个这样的人凑到一起，相处太不容易。按刻板印象来说，男性本来就偏向于自我中心，不论是否天才。加上天才的筹码，更敏感自恋得不得了。

舒曼和克拉拉是历史上著名的神仙眷侣，以至于让人难以相信。克拉拉是十九世纪最著名的女钢琴家——我少时看过一部名叫《春天交响曲》的传记电影，克拉拉的老爹维克对女儿说："你会成为一位女贝多芬的。"跟老爹的学生舒曼认识的时候，她还是"洛丽塔"的年纪，同时又是一个四处巡演的神童。这样的小公主，应该给娇惯得不成样子，以后怎么伺候这么难伺候的舒曼？可是，人家偏偏就过下去了——至少从远处看去，两人有着和谐温暖的生活，尽管其间因为旅行演出而多次暂时离别，又因为生了八个孩子，有过在无数家事、生计的挫磨中忍耐的时刻——就像任何婚姻。与之对比的是浪漫时期的另一个音乐天才柏辽兹，生活更像传说中典型的浪漫艺术家：狂乱地爱上一位小姐并因之写了留传青史的《幻想交响曲》，然而当他得到苦恋的小姐之后，一切幻影都破灭了，婚姻成了一场灾难。

不过，传记和年表中三言两语就说清楚的史实，一旦凑近看，则因"像素"剧增而显得边界模糊，美与恶再无清晰分野。

舒曼和克拉拉从恋爱到结婚的过程充满艰难，其间伴随着跟老爹的激烈抗争，最后诉诸法庭而胜，听上去更像"王子和公主结了婚，从此过上幸福生活"的童话。老爹也没错，因为舒曼的家族有精神病史，舒曼自己在青年时期虽然显得才华横溢，但精神和性格都不稳定，令人无比担心，再加上前途未卜，不好指望，要让做父母的不反对也难。

而和克拉拉一起生活，舒曼也并不容易。他一边写了许多钢琴曲题献给她——甚至可以说，他的全部钢琴作品都和克拉拉有关——一边兀自挣扎苦恼着。比如他因为少年时练伤了手，不可能当钢琴家了，一直为此自卑。在克拉拉不断收到邀请去表演的时候，他在日记中写道："我的克拉拉最近被选定为室内乐演奏家（kammermusiker），这是我已经料到的，但我并不真心高兴。为什么？因为我和这个天使相比，实在太渺小了。"对钢琴的迷恋让他一生都纠结这件事情，也让他和任何自我强大的文艺青年一样，更倔强地捍卫自己的作品。克拉拉弹他的曲子，他常会争执："你错了，小克拉拉，只有作曲家才知道怎样表达作品。如果你以为你比我更了解，那就好像画家以为自己画的树比上帝造就的树更好。"你看，貌似是作曲家和演奏家之间的对话，但恐怕骨子里更像男人在妻子面前的脆弱和骄傲吧。幸运的是，克拉拉真心地珍惜并理解舒曼的天才。后来她对作曲也有兴趣，跟舒曼学习，也写了些东西——当然，这些作品如今看来和舒曼的作品完全不可比拟，在此不表。后来，舒曼指挥乐团的过程极不顺遂，据说毫无责任感，只沉浸在自己的音乐中，不但对听众视而不见，连乐团也不理，音乐停了，他仍在那里自顾自地指挥。这样的事情多了，他和乐团的关系越来越紧张，而他不理不睬，毫无"职场"中的敬业精神，而这样的机会和稳定的收入，是只活了四十六岁的舒曼到了四十岁时才得到的。

舒曼和克拉拉都留下很多关于婚姻和生活的日记，里面有不少抱怨和紧张情绪。克拉拉说为了让位给舒曼作曲，自己作出很多牺牲。舒曼则因为克拉拉的强大而感到压力——他弹不好自己写的曲子，处处要依赖克拉拉。没有她出去演奏，全家都要入不敷出。相当多的场合和相当长的时间内，克拉拉是艺术圈的话题，舒曼在圈子里都被当作"克拉拉的丈夫"。有一次，一个老朋友当面提到"克拉拉为罗伯特的作曲家之路付出了很多……"舒曼当场拂袖而去。

生活的另一面是，克拉拉一直忠实地维护丈夫。婚后不久，舒曼得意地迎来黄金时期，一年之内就写出一百六十多首艺术歌曲。克拉拉自豪地说："谁说婚姻会窒息灵魂？我的罗伯特在婚后写了多少作品！"不管舒曼把乐团搞得多狼狈，总有克拉拉来收拾烂摊子。甚至舒曼开始精神不正常之后，克拉拉也拒绝相信，说那些呓语是神借他的口说出的话。当时，舒曼作为作曲家近乎无名，克拉拉是为数不多的理解他的音乐的人之一——然而克拉拉如果在音乐会中弹了太多的舒曼作品，就会影响票房收入。

在舒曼病中乃至去世之后,克拉拉仍然是舒曼音乐最有力的诠释者。不管他们的婚姻中有多少焦虑和不安,仅就这些事实来说,舒曼已经无法更幸运了。

想找舒曼的生平故事太容易。舒曼的英语资料虽不如德语的多,但也雄赳赳地占了书架一两排。当然,李斯特、肖邦、勃拉姆斯也有类似的待遇。浪漫主义时期是一个疯狂言说也被言说的时代。因为说得太多,"浪漫主义"这个词的定义一直在变化,在不同的背景和措辞中向各个方向分裂。

然而我之所以记录一点"舒曼的生活",起因是一个细节:舒曼一生感受丰富,曾经把写作和评论当作主业,生活中却沉默寡言得古怪,见人不理,不打招呼。"我没有什么要告诉你"是他一贯的态度。他只沉浸在音乐中,内向至封闭。在社交场合,总是克拉拉在旁边替他答话。"我和他沉默地彼此注视一下,在一起坐了一刻钟,没有说一句话。他不说话,也不看我。我也不说话,直到离开。"一位诗人朋友这么回忆某次造访。

还有一个震动我的细节,就是在《剑桥舒曼读本》一书中,有一张照片,这是他早年为拉抻手掌和手指用的机械装置,正是它练坏了他的手。照片上那个刑具模样的东西看得我心惊肉跳——当年那颗不宁之心曾经和它厮守而定格:一生、音乐、心灵维度都和它有关——自古以来,艺术就是昂贵的。

这些细节让我对舒曼的印象鲜活起来,也为之涂上忧伤的颜色。舒曼的音乐中充满离乱之声和巨大能量,这个人对声音有着纤敏的体验,却又有着冰川般冷寂的心灵背景。其实,说到舒曼这样的主流作曲家,本来我应该这么开头:我认为古典音乐的魅力在于,当当事人的恩怨、死亡、绯闻都消失干净或者让人重复得麻木之后,当所有现场感、时代记忆都成为幻觉之后,作品即使被印成教学用的廉价版本,也仍可供音乐学院的学生从各个角度来抬杠和骂街——这样的音乐才算真经典。其实我对经典的认识就是这样。但很遗憾,我还是以舒曼的"私事"来开头,因为这一点生活的碎影确实让我不吐不快。如今读历史,人物命运都已知晓,天才的后人也一代代地在人群中寻得了妥贴的放置——当年那个激烈挣扎的生命终于稀释在人世间,求得了平凡和安宁,而坚硬难解的反而仍然是不断被解读的作品。

(二)

我现在面前就摊着几本舒曼钢琴音乐的廉价教学版乐谱,当然不够本真,读个大概也好。那首漫长如巴赫《哥德堡变奏曲》的《克莱斯勒偶记》,连听完它都是对体力的挑战,更别说现场演奏了。据说克拉拉当年是最早背奏音乐的钢琴家之一,而罗森在《怯场的美学》一文中说,《克莱斯勒偶记》中的最后一首,"它的主题不断重复,但低音部分从来不在预期的地方出现,而是以不断变化的切分音形式出现,每次现身都令人惊讶。我从未听到任何一次现场,钢琴家一点也没有记错、弹错。"这句话让我相当惊讶,也格外注意了一下曲子的最后一页。低音部轻轻的"嗒嗒",好像枯枝断裂之声。从前我以为舒曼的钢琴音乐往往在营造一种"态"或者"场",演奏者只要能带听众到门口,然后轻轻松手即可,但谁知道那么一点放松不是在草率地丢弃和错过什么?也许可以这样说,那枯枝之声和压低它的白雪之间有一种刻意的对话。一切都是精致的:淹没和坍塌,脚步和舞蹈。我猜,和别的作曲家一样,舒曼期待着忠实的演奏和倾听,但又是一种"不确定"的忠实,是心意、想象和操作互相叠加之后的影像。是不是浪漫时期的high art(高雅艺术)都会呈现这样的矛盾?

在繁复到极致的《克莱斯勒偶记》之外,还有一些稍微温和的作品,比如《童年偶汇》《狂欢节组曲》《森林情景》,等等,当然那温和与甜美从来不会持续太长,偶尔奖赏我们一个传统意义上的完整旋律,也要在几小节的"延留"之后。更常见的是调外的降号,一小节的光景就把人拖入冰窟。但凡篇幅稍长的曲子,音乐的进程总像时时被截断、改道的河流,调性切换几乎毫无准备。

其实,如果不是音乐学家罗森这本《浪漫时代》,我永远不会这样努力地接近舒曼的音乐。虽然我听过很多大师的录音,基本算混个耳熟,甚至煞有其事地向别人推荐"舒曼钢琴音乐的最佳录音"——至少我现在相信,"最佳"的帽子也许可以献给肯普夫、阿劳和科尔托吧。

在第一章里,罗森讲一些"听不见的音乐"。首先是巴赫,他的六声部赋格是不可能都听见的,后人以为是给不同乐器写的,但其实应该是键盘乐——《赋格的艺术》也是——更奇的是，还是给没有脚键盘的琴写的。这样的例子在巴赫作品中俯拾皆是，你指望完全从听觉去理解巴赫，就难免陷在泥淖里，不如索性承认一些过度成熟的文明成品是打乱了感官界限的——给耳朵写的东西也可以供阅读用，甚至有时阅读比倾听更重要，因为当倾听习惯了面对复杂的作品时就需要一些有意的引导和想象。那么，到底怎么引导听不见的东西？巴赫不太爱理，留给后人猜。后人连滚带爬地适应他的"不必要的艰难和别扭"之后，终于看清了这样的音乐。古典乐派似乎摒弃了这一点，典型如莫扎特，一切声音都很清楚。但贝多芬就已经很不同了，他分裂得多向、多维，声音的边缘反射着各种幻觉。

  在舒曼这里，"听不见的音乐"呈现出另一种样子，成为一种有意识、有系统的手段，好比中国古典文学中的"用典"，本身就是艺术。《阿贝格主题变奏》(Op.1)，竟然有时以和弦一个个撤出声音的方式来体现主题。也就是说，本来ABEGG都有，但从同时发声变成一个个消失，而且最后一个G竟然标上"加重"。大家都知道，钢琴的声音出来之后就不能改变了，它只会自己消失，怎么会加重呢？再说和声的减弱，谁能听出来那是把一个主题拆开了？难道旋律不是由一个个音唱出来的吗？关于以减弱来呈现音乐，其实在巴赫那里也不新鲜（这是我的观点），但确实不显得那么有意和重要，而更多的是为了形式上的圆满。舒曼这样做，造成了一种不可演奏、无法忠实的事实，算是和后人开了个玩笑。演奏者到这里大概得踩下踏板以示加重——但对实际音响并不会有什么改变。

我对舒曼音乐最敬畏的部分是他对声音的诡异感受和想象。罗森主张将舒曼的音乐特色视为音乐表达的个人语汇和风格,而非肤浅的自传式宣泄。这个观点我是最近才慢慢领悟的,因为贴近声音的细读、细听让声音裸露出各个方向上的可能性,这本身已经呈现了足够丰富的体验和冒险,并不需要外部生活来添油加醋了。

(三)

过去听到某些人弹巴赫,我不太喜欢时就会发表议论,说听上去像舒曼。我现在稍微看了点儿舒曼的乐谱,感觉要说两者在复杂和嘈杂上接近,其实也有点儿道理。当然,那一串串的八度和琶音,是前浪漫派不会想到的。但巴赫虽然复杂,好歹在细部上有迹可寻,而舒曼体现的是许多不能预料因素的叠加。

这里,又想起一个俗滥的话题:什么样的钢琴曲好弹?经典回答是:巴赫作品最难弹。对此我一直半信半疑,不是怀疑巴赫之难,而是怀疑这个"最"字。要我看,浪漫派音乐真是很难的,而舒曼是其中的最难之一,尽管这类音乐之难和巴赫之难不是一回事。钢琴家露丝·斯兰蓓丝卡(Ruth Slenczynska)说自己终生热爱舒曼,弹舒曼最完美。这个事实颇打动我,也让我对她生出更多尊敬。舒曼的难不仅在于技术,更在于听觉和手指之间的对话。他能把人逼到绝境,让人感到永远弹不好他,因为根本不知道标准答案在哪里——别说弹好，弹对都不可能。钢琴这件乐器，声响宏亮、多层，更玄妙的是声音消失的过程不好控制，所以有了隐形的"第三只手"——踏板——来微调音量。结果每个消失的过程都是音乐，答案永远比你双手能及的地方远一点点。舒曼的作品走钢丝般地利用着钢琴这样的特质，这可苦了弹琴的人。就算有那么一天，你说服了老师，你的演奏是合理的；你也说服了听众甚至同行，你的表达已经是所有可能中最好的；但舒曼会同意吗？不知道。尽管我们必须以疑问和探寻来接近他的音乐，但一切疑问和探寻终将面临深渊，因为我们无法复制他的心灵。

其实，用"圆满"来要求他的音乐，出发点就不对，舒曼的音乐是内向、黏稠的，却又残缺而敞开，弯曲而充满张力。据说他从十七岁起就对"疯狂"充满恐惧，却又在音乐中追逐疯狂，甚至以过于断裂和浓郁的声音为荣。也许谜底都藏在他早年练琴的过程中。我们不好猜测那个努力求道的过程给了他多少对钢琴的理解，但他对细腻音色的分辨和控制也许超过我们的想象。对我来说，对舒曼音乐的兴趣和好奇也就是对钢琴的兴趣和好奇。这当然是一个可争议的说法。我个人的印象是，舒曼是在探索"钢琴所不能"的事情，而且他将钢琴的不确定性和音色变化本身当作创作的手段，算是这个方向上的先驱。他指引我重新认识了一些古典形式，以反古典的姿态。可以想象，古典主义中的形式，比如奏鸣曲式造就了那么多光辉的作品，但同时又有多少人一直在壁垒外寻找可以攻陷之处，发明自己的声音。比他更完美的钢琴作曲家当然有，比如肖邦；和他类似的追求新音响、新指触的也有，比如德彪西。应该归功于钢琴这件乐器能够承载精细的线条和开放的声浪，能够被倾听、被想象感知，而倾听和想象之间的"比例"又衍生出新的光辉，让一颗颗孤独而巨大的灵魂在此间分手。

此外，在舒曼的生活和音乐之间，打动我的还有这样一个事实：今天的听众要感谢专家用他们的话语权为我们筛选了这样的音乐，确保它们频繁地出现在独奏会上。不然你让（无论舒曼时代的还是今天的）公众投票，哪轮得到让嘈杂混乱的舒曼或者勃拉姆斯传世？

让我来总结一下我不能理解舒曼的地方。以我个人的习惯和尺度来看，我不太喜欢《童年偶记》那样太抒情、太像歌曲的钢琴曲，我也无法理解《幽默曲》中的生硬，它简直有"病梅"的韵味。舒曼的钢琴协奏曲很好听，但我不太喜欢。浪漫主义时期的钢琴协奏曲，我大多无法亲近，虽然那是个协奏曲泛滥的年代。以我比较偏激的态度来看，正因为浪漫精神跟协奏曲这东西太合拍了，展现起个性来太舒服、太恣意，所以败坏了它。历史上最完美的协奏曲止于莫扎特和贝多芬。他们在节制、严谨的姿态中，有自己高蹈的神情。

而舒曼紧凑而闪光的钢琴独奏精神在和管弦乐队的平衡中活活被拖累成四不像。

当然，以上是我的偏见。

因为对舒曼好奇，我常常想这些问题。我不喜欢那种将舒曼的种种奇异之处归于疯狂的不负责态度。我相信舒曼的创作，至少其中的杰作，是处于控制之下并成体系的，是精细的人工成品。试想，历史上有几分狂意、追求极端的艺术家肯定很多，在激赏张狂气质的浪漫主义时期尤其多，但这样的人取得话语权其实是小概率事件。舒曼以他充满缺陷的作品赢得了如此地位，其中有很多秘密值得研究。

那么，这样尖锐复杂的东西到底怎样占据了钢琴文献的主流？如今的重要音乐会离不开舒曼是因为他好听还是通俗？似乎都不是，也许是因为他艰难？

或者还有一个原因，就是他有意为之的文学化、文本化。上面说到"听不见的声音"，这种有意的构建和他玩字谜的爱好有关。他用音符来组成人名，或者"戏仿"他人的旋律，要么就是给自己画出不同的脸谱，比如最有名的"埃塞比乌斯"和"弗洛列斯坦"，这还仅仅是比较鲜明的两位，其他的"群像"还有《狂欢节组曲》，等等。这一类对他而言非常重要的手法似乎并没有在后代形成"可持续发展"，因为音乐毕竟是音乐，它如果和文字横向对应，成功的概率很低。后人的"标题音乐"很多，塑造群像式手法也不少见，但不断使用"音乐隐语""字谜"的做法，似乎很少有人走得这样远。我本不喜欢音乐和文字之间的图解，但舒曼如此认真地构造他的"文字音乐"，让我无法不尝试着去理解。舒曼的文字欲望不仅仅体现在对霍夫曼神秘小说的发挥和音乐的文学标题上，据说他的一些艺术歌曲反一般之道行之，用钢琴演奏旋律，歌声反而成了破碎的提示。音高、节奏和语言一并打碎了，重新分配。这当然是既有趣又冒险的举动，因为这样的处理要依赖听众的成见来形成"成语"，才可以进一步构建。换句话说，作曲家对听众反应的预知正是作曲家的资本。而如此新鲜的、未被习惯的形式，依傍什么来形成"可持续发展"的规范呢？舒曼大胆地把一个"从未知到未知"的世界呈现出来，语言和音乐之间的投射、交互、推让在舒曼的钢琴和歌曲中成为活泼的生命运动。我们这些听众正是音乐所期待的土壤——不过，我们准备好了吗？

参考文献

8. 《罗伯特·舒曼的写作与音乐》(*Robert Schumann, words and music: the vocal composition*)，费舍尔·迪斯考(Dietrich Fischer-Dieskau)著，莱因哈德·G.保利(Reinhard G. Pauly)译，阿玛杜斯出版社(Amadeus Press)，1988.

9. 《剑桥舒曼读本》(*The Cambridge Companion to Schumann*)，剑桥大学出版社，2007.

10. 《浪漫时代》(*The Romantic Generation*)，查尔斯·罗森(Charles Rosen)著，哈佛大学出版社，1998.

● 校园里的马勒《第二交响曲》●

休斯敦大学交响乐团演奏马勒《第二交响曲：复活》，去不去呢？快期末了，学习太忙。可这是我热爱的曲子，很难听到现场演奏。思想斗争半天，决定不去，还吃了只冰激凌庆祝这个决定。不过到了下午，情况有变，心情有变，我想了半天，决定开演前去买票，看天意了，能买到就听，买不到就死心。结果不幸买到票。而且开演前半个小时我就学习得累了，于是有了更完美的借口去听音乐会。

记起来，去国之前百爪挠心，唯一的快乐是每天清早都听一段马勒《第四交响曲》，在末乐章的天堂歌声中激情奔涌。马勒为我分担了很多东西，彼此进入，难分难舍。那时，我读了国内能找到的跟马勒相关的所有资料。来美国后扎进图书馆，最兴奋的是见到那么多马勒传记，尤其是那个叫亨利-路易斯·拉格朗日的法国人，写了厚厚的《马勒传》（计划出四大卷，不知出齐没有），细得简直像马勒的博客。还记得那个上午，我跟室友搬到新居，我一边应付着搬家的琐事，一边偷空坐在地毯上，狂喜地摩挲着刚借到的大大小小的《马勒传》。按理说，对音乐家，我们只关心其音乐就行了，可是马勒这个人跟梵高类似，生命跟作品互相干扰，自我挣扎始终不离乐思，让人躲也躲不开。

不过，我不算最迷马勒的人——我喜欢给人讲美国人卡普兰的故事：一个成功的商人因为迷上马勒《第二交响曲》，竟然疯了似的放弃正事儿去学指挥，折腾了一些年，竟然真录出了像模像样的唱片，很长时间内只指挥这一首。真是个妙人啊。我们这些"马勒党"总要有些互相巩固信仰的故事。拉格朗日、卡普兰在我看来都是福星一样的人物——我以为，对于某种有着特殊气质（比如特别激情或者特别荒诞）的东西，人的天性决定了接受程度，所以很难解释为什么有些人对某些很"小众"的书和音乐显示了那么强烈的兴趣，并能为之作出巨大的牺牲。我跟人家不能比，但几年前的习惯是，只要有机会买唱片总是先搜马勒。我也不算钻研马勒录音的行家，而且并不挑剔，听个大概即可。随便谁的录音，都能让我做一阵白日梦，于是很满意。到目前为止，虽然我拥有他全部交响曲的录音，但并未都听熟。没关系，写了"马勒音乐"的马勒是人过中年才"听"完了这些声音的，确切地说，他一直在指挥之余（也就是在敌意和人际纷争中）艰辛地寻找时间作曲，用一生"听"完了自己的音乐。

马勒的音乐不算太"纯"。他"描述"了很多东西，而这首《复活》有着格外清晰的叙述脉络。简单说说马勒的本意：第一章代表葬礼，用那一下下抽紧的弦乐句子探问"死后有没有信仰"。而海顿风格的第二乐章似乎在回忆生活中曾经的安详，或者说，这是被平常日子稀释的痛苦吧，在遗忘和记忆之间轻柔地犹豫。混乱的第三乐章代表信仰的丧失。第四、第五乐章就是所谓的"复活"之意：信仰的复活、生命的复活，用歌声象征天堂和永恒，这种手段马勒没少用过。不得不承认这是非常有效的指引——在喧嚣的交响之后，世上尚存温和女声的抚慰，混乱洗清，晨星高悬。

演出不用说了，就像我期待的那样震撼。有几个细节让我印象很深，不是因为乐队有什么特别，而是因为一场活生生的马勒音乐会让人无法回避狂热的白日梦。比如第一乐章里用弓杆敲琴背那段——从录音中无数次听到这个细节，现在它赤裸裸地在面前呈现，鲜活得让我难以面对。再比如第四乐章里女中音出场，那是一个高个金发中年女人，表情哀伤，穿着巨大的长裙，为自己围出一个圆圈。在这个圆圈中，"原光"升起，轻而缓慢。

马勒使用了很多文本意象，"复活"本身就是《圣经》中的典型象征。但这种描述仍然是不能用文字来还原的，那纯粹的音乐手段撕裂人心的瞬间，一切都在那黑洞里坍塌了——画面有可能像潮水一样忽然涌来，而文字的状态往往是沉默与消失。事过之后，音乐被记忆上色，稀释，变成与情景交融的水彩画，才显出与其他感官的某种妥协。

妥协。是的，我等来了这一刻。

一张《斯卡拉蒂曲集》唱片

一直很喜欢亚历山大·塔霍（Alexandre Tharaud, 1968—）这位法国钢琴家，最早买他的片子是他和朱晓玫合作的舒伯特《双钢琴嬉游曲、变奏曲、幻想曲》四手联弹——朱晓玫这样的高人，合作者一定也非同凡响，于是我记住了这个名字。果然，他录的《肖邦圆舞曲》也颇有特色。话说钢琴家这个群体总像无底洞一样，不知什么时候，一个大家都不知道的高人突然冒出来，害得我们不断掏钱购买重复的曲目。塔霍本人比较低调不说，而且看上去过于冰清玉洁，好像什么隔世的人物复活似的，让人捉摸不透。他的录音也有刻意自守的意思，往往是库泊兰、拉莫、肖邦、萨蒂这一类"螺蛳壳里做道场"的音乐，规模小却需要无尽的细抠。他会弹那些风起云涌的浪漫派协奏曲吗？我无法想象。他的妙处都在一些小小的沟回上。有时阴柔的力量竟能摧枯拉朽，是因为我们的内部被重写，然后调动了全部能量改变了自己吧！世上或晦暗或缤纷的东西都可以在音乐中生出秩序。

塔霍最近出了张《斯卡拉蒂曲集》[1]，网上有一段宣传片，对我而言实在是成功的广告，因为他的第一句话"我要的是那种血红的斯卡拉蒂、西班牙大红的斯卡拉蒂"俘获了我，片子的背景的确是一片艳丽的红，这样的斑斓之像和我印象中斯卡拉蒂在键盘上层

---

[1] 唱片英文名：*Alexandre Tharaud plays Scarlatti*，百代唱片公司2011年发行。

层绣花的风格太不同了。其实我过去不太喜欢斯卡拉蒂，而对自己不喜欢的东西也往往没有兴趣深入。所以我对他的音乐只有表面的概念化印象，不知道其中还有这么丰富的风格，比如塔霍在片中刻意选择的西班牙风作品，还有一些和拉莫有些神似。于是我不由分说就买了。片子拿到手，和我期待的一样好，也引发了我对斯卡拉蒂的兴趣。

从键盘音乐的历史来看，斯卡拉蒂基本上一直在演奏曲库内，没有消失之后重被发掘的神话，克莱门蒂、车尔尼甚至肖邦都受过他的影响。可以理解的是，舒曼不喜欢他，认为他太肤浅。而斯卡拉蒂自己在《序言》中有这样的话："读者，无论你是业余爱好者还是职业音乐家，不要期待在这里发现深刻的用意，它们是艺术性的'游戏'，鼓励人们以更大的自由来演奏羽管键琴……"话虽如此，经典曲库里的东西能成为真正的录音，不管多么认真对待都是不够的，背后的机心和探索不是当年一句谦卑的"游戏之作"就可以涵盖。

听众和演奏家的交流（如果聆听也算交流）其实有着严重的"信息不对等"。一方面我们没有经历过录音背后的漫长努力和曲折经历，另一方面我们对某作曲家的了解往往是一鳞半爪的，听到的都是演奏家塞给我们的，而演奏家本人则悄悄经历了和作曲家私密对话的全过程，对曲子有着生杀之权，跟我们绝无民主和平等而言。塔霍说自己喜欢斯卡拉蒂多年，一直等待有机会录他的曲集，终于等到这一天，可惜一张唱片的容量只有十八首左右。我想，若按他自己的意思，恨不得出好几张。他说："我把斯卡拉蒂的六百多首键盘奏鸣曲都通读过，层层筛选、割爱，才定下来这十八首。"我听见这段话，颇被打动。想想看，任何一个音乐家或者爱好者把任何人的作品听到六百首，日久生情，想不喜欢也难。

总的来说，塔霍是一个用耳朵和脑子弹琴的人。只有手指、耳朵和大脑不断地实时对话才能获得这般光亮逼人的效果（也有人批评他想得太多，以至于有点做作。不过我觉得还好）。而他弹斯卡拉蒂的最大特色也许就是那种坚硬短促的声音，好像在模仿羽管键琴。他压平了许多钢琴家爱做的渐强，这至少在我看来是可取的——何况已经有那么多过于"钢琴化"的斯卡拉蒂录音因为过于宽广、圆润而让细且繁的声音丢失了原有的局促。想想看，斯卡拉蒂乐谱如此干净，音符如同颗颗小钉子般兀立，没有横向的指示，其关系全靠演奏者小心翼翼地把握。塔霍几乎把钢琴感消解了，以一种很尖很细、类似"敲"和"切"的方式触键。

从谱面看，斯卡拉蒂的音乐相当模式化，比如几乎清一色的二部曲式，用一两个短小的动机引出细致繁难的变化。但细看、多听之后，感觉就不同了。有时他优雅得近乎冷漠，有时则十分生动跳脱，有时提醒听众他来自"歌剧时代"。因为吸收了西班牙民间舞蹈的节奏，所以有时能听到弗拉明戈的味道，比如K239和K141，有许多由八分和两个十六分音符凑成的音型，天然地属于吉它和舞蹈，声音好像来自"拨"和"抽"，有粗硬的质感（从这一点来看，塔霍的处理是很正确的）。这并非偶然，因为斯卡拉蒂后来移居西班牙，死于马德里（著名意大利阉伶歌手法内利当时也居于马德里，和他是好友）。唱片说明书提到，当时西班牙的宫廷音乐风格是颇为严峻甚至忧郁的，斯卡拉蒂却不失热烈、活泼。他的"赞助人"玛利亚·芭芭拉曾是葡萄牙公主，后来成为西班牙王后。她很懂音乐，自己也学琴，但常年健康不佳，也许需要欢快音乐的抚慰。斯卡拉蒂为她服务了二十多年。

巴洛克时期几位重要而又高产的键盘音乐作曲家，如巴赫、亨德尔、斯卡拉蒂（此三人于同年出生）、拉莫和库泊兰，其音乐都同时具有"键盘性"和"歌唱性"，前者充满跳跃，手指在键盘上寻找音符时可以随心所欲，歌唱者则不然，声乐旋律往往以连续性为主。键盘音乐是凸显键盘和歌唱的区别还是追摹歌唱？两个方向各有空间。在我听来，斯卡拉蒂的"键盘性"音乐占主流，不过一些经常演奏的编号，比如K132（C大调，*Cantabile*）也有着天然的歌唱线条和流水般的形态。塔霍处理这类音乐时，高亢的强拍之后，一串弱音明显松弛、坍塌，瞬间繁花满地，踏板在其中编织着呼吸。此人掌控键盘的能力真让人叹为观止。

此外，塔霍在唱片说明书中提到自己所用的版本是加拿大音乐学家肯尼思·吉尔伯特据手稿（藏于威尼斯的圣马可国家图书馆[Biblioteca Nazionale Marciana]）编订的。塔霍曾特意去那座图书馆查阅并对照斯卡拉蒂手稿和若干时期的抄本。"这是一种动人的经历。"他说。

是的，我能想象高产作曲家们各自留给后人一个小宇宙，假如你正好有机会穿越时光隧道,让自己容身其间,就难免因入戏之深而恍若隔世,而且信息越挖越多,令人无法自拔。所以,请允许我感叹古典音乐和历史之互为影像,深不见底。

参考文献

11.《塔霍演奏的斯卡拉蒂》(*Alexandre Tharaud plays Scarlatti*),百代唱片(EMI),2011.

阿尔康其人其乐

十九世纪法国作曲家阿尔康几乎被人遗忘了(换句话说,他是'被历史淘汰'的作曲家,近年来才开始复活)。不过我最近深迷于他,不能自拔,那种极端斑斓的诗意已经嵌入我的音乐经验,牢不可去。他给人最表面的印象是:他是肖邦好友,和肖邦一样基本专写钢琴曲,挖到钢琴骨肉的深处,拼命压榨、鞭打它的灵魂。不同的是,肖邦细腻精简,微言大义,而阿尔康强劲辽阔,充满了粗暴的"钢琴体育"。也许是因为不曾被细抠和过度诠释,才保留了"硬"的表象。又因未被吸收到主流曲库,也未被后人继承和稀释,他的面貌保留了一种"异相":粗服乱头。翻开他的谱子,我总是吃惊于那一片密成黑线的三十二分音符和一丛丛垒得太高的和弦,也许只有个别在键盘上削铁如泥的技术大匠才玩得转吧。

(一)

我曾经好奇:除了阿尔康,谁能弹阿尔康?

这样的人注定不多。美国钢琴家莱文塔尔是阿尔康最早的宣传者之一,也是有着历史功勋的研究者。我找来他编订的阿尔康乐谱——《阿尔康的钢琴音乐》,他的前言和介绍就是极好的演奏建议,充满身体力行者的谦卑和真切,也充满灵感。他说:

我能建议的不是"应该怎样弹",而是"不能怎样弹"。

我嫉妒读者诸君现在打开这本乐谱。初次面对他的作品,踏上探索阿尔康的艰辛之路,多少快乐在前面等待你!

他曾经从当红的演奏生涯中退隐,因为手伤。最后的岁月在隐居中度过。他关于阿尔康的研究著作,生前未有机会出版,几乎"享受"了和阿尔康作品类似的待遇。莱文塔尔本人相貌奇伟,颇有李斯特的气质,事实上他也是演奏李斯特的能手。

还有一位,就是在阿尔康身后第一个举办阿尔康作品音乐会(20世纪70年代)的钢琴家罗纳德史密斯,他的《阿尔康:人和音乐》是第一部阿尔康传记,而他本人的演奏也是神作——我无法理解这样的演奏家为何如此少有人知。EMI(百代唱片)为他录制了一张唱片,封面是一个男人闲坐望天,简直是绝妙的阿尔康侧影。

目前活跃的演奏家中,加拿大人阿姆林(Marc-Andre Hamelin, 1961—)是杰出的阿尔康诠释者。还有一位比较重要的,英国人吉本斯(Jack Gibbons),这家伙和阿姆朗相近之处颇多:几乎同年;都是技术大匠;都擅长格什温和阿尔康;都欣赏即兴和爵士;都从少年时代就有作曲野心,在别人专心于肖邦李斯特的时候,他们默默地投身于阿尔康;成名之后,都一度是"小众钢琴家"。更传奇的是,吉本斯基本是自学,十岁开始演出,十五开音乐会,弹了李斯特《B小调奏鸣曲》。吉本斯自己发明了一套练琴方法。看他弹琴,确实有点儿和别人不同,触键轻快流利,堪称少有,溢彩流光,确实适合阿尔康音乐的弹奏要求。二〇〇一年,吉本斯出了场大车祸,重伤,多处手术,左臂完全不能用,后来奇迹般地恢复,继续在键盘上行云流水。

大凡演奏非主流作品的人,都有自己作曲的尝试。作曲的实践给了他们独立思考的能力和自信,去探索标准曲库之外的作品,做别人不敢做的事情。吉本斯十七岁就公演过阿尔康《为钢琴而作的协奏曲》。这部巨无霸作品的,第一乐章就有七十页,近半小时,是对体能的残酷考验。我看过他中年后录制的一个现场,不知是录于伤后还是伤前——我希望有一天为这些手臂受过伤的钢琴家写一本书。

眼前,他的双手如同两朵火焰,与一个神秘的名字狂欢着——查尔斯·阿尔康。

(二)阿尔康其人

"阿尔康不得不死掉,才能让人记起他的存在。"他死后,有人这么说。而他的死法也有几分离奇,这个自称健康不佳长达几十年的人,孤身活到七十四岁,最后似乎是被书架砸死的(吉本斯不赞同这种说法)。他多年来皓首穷经地投入《塔木德》和《圣经》之中,天天在书架间攀行。对他来说,读书、读《圣经》是最重要的事情之一。有人听见他抱怨肖邦"不读书"。

他是钢琴神童出身,和兄弟姐妹都在小小年纪就获得巴黎音乐学院视唱比赛的优胜奖。六岁入巴黎音乐学院,十一岁开了第一场独奏会,得到了传说中神童的种种荣耀。从十五岁开始了神童期过后孤独的挣扎和成长。一切看上去都不坏,他进入了巴黎的社交圈,朋友中有肖邦、乔治·桑、李斯特、德拉克洛瓦和雨果。二十五岁时,声誉达到顶峰——仅逊于李斯特。

据后人分析,阿尔康敏感、自尊,受到攻击后往往缩进自己的壳里。当时的音乐气氛是李斯特那一类风格大行其道,而二十五岁的阿尔康在一场公开音乐会上弹的是莫扎特、舒伯特、洪美尔等古典作品,受到恶评,指责他口味保守,等等。他有数年没再登台,而是埋头作曲,也没有回击对他的作品的种种批评。他也许打算小心地保护自己的作曲潜能和创造力,让它不受干扰地冷冻起来,以免在公众干扰中稀释——他的决定实在不坏,但这要牺牲人皆有之的成功欲和虚荣心,并且让人难以获得平静:"保鲜"真能获得效果吗?谁敢肯定你的作品以后会被人演奏,而非毫无痕迹地从历史上消失?其间,内心的愤懑、辗转,旁人难以想象。当时巴黎著名乐评人费蒂斯(Fétis)在一篇文章中说:"阿尔康不仅是一位伟大的演奏家,还是一位创新的作曲家。不幸的是,多年来,他的能力还是没有获得承认。但这种命运难道不是他自己的问题吗?他是不是退缩得太快了?"❶费蒂斯此时六十多岁,目击了阿尔康从天才外

---

❶《阿尔康音乐:谜》(第一卷,第二卷),(*Alkan, Volume One: The Enigma*),史密斯(Ronald Smith)著,伦敦卡恩与艾维尔(Kahn & Averill)出版社,1976,1987。

露到前途蒙灰的过程。

不管别人怎样说，阿尔康默默地出版着作品。几部重要的大作品如《为大调所作的十二首练习曲》(Op.35)及《大奏鸣曲》(Op.33)等都在一八四七年左右出版，后一首大作比李斯特的《B小调奏鸣曲》还早几年。

巴黎的一面是拥有不少音乐天才和文化名流；另一面则是在学院中有许多保守平庸之辈，安然捧着饭碗。大概任何学术圈都是如此，文化传统和与之共生的人际关系很难突变，其间的等待足以令不走运的天才默默老去。

一八四八年，阿尔康在这个世界上"冒泡"了。虽然他的作品没有被承认，但他的演奏技巧和教学是公认的，人们都知道他是巴黎甚至全法国最好的钢琴家。这时他打算申请巴黎音乐学院钢琴系教职——阿尔康本人靠教学已不愁衣食，但他也像别人一样渴望一份稳定并能进入主流的职位。系主任是欣赏他的老师齐默尔曼，他的竞争者还有几位，都是不错的钢琴家，但排在第四位的候选人居然是他以前的学生玛蒙特(Antonie Marmontel)。阿尔康大吃一惊：这个能力和名气都不能和那几位钢琴家匹敌的人怎么成了主要候选人之一？玛蒙特是公关能手，院长是他的朋友，而阿尔康的朋友、恩师齐默尔曼却不肯为阿尔康表态！阿尔康急得坐不住，给乔治·桑写信，说自己多么不愿意为这件尴尬的事情麻烦别人，可是事态令人无奈："那个家伙每天都取得一些进展，离那个职位越来越近。"在这场职位争夺战中，乔治·桑和其他支持者的确向他伸出了援手，可是无力回天。"尽管以我的能力有足够的理由获胜，尽管您慷慨地帮助了我，我还是失败了……"

犹太人阿尔康的确生不逢时。一八四八年的法国发生了二月革命，此时对整个欧洲都是多事之秋。不少音乐家已经逃离了巴黎，音乐气氛大改——说白了，因为民主的呼声壮大而开始驱逐精致的旧音乐。此刻巴黎的反犹气氛相当明显（总的来说，法国并不是反犹最严重的国家），而未被聘用也是因为他举止倨傲，不招人喜欢——有多奇怪呢？据说即使是他最忠实的粉丝去拜访，也会在一张"阿尔康先生不在家"的纸条面前吃闭门羹，而此时他就躲在楼上。他也不肯配合演出，说"因为会延误我的中饭"等等。讽刺的是，这些生平记述，包括他和肖邦的友谊，竟主要来自对手玛蒙特的著作《著名钢琴家》（*Les pianistes célèbres*）。玛蒙特本人只是个教师，但他在钢琴系长达四十年的任职确实颇有成绩，也一直获得院长的支持。他的学生中甚至包括比才和德彪西。我们有理由怀疑玛蒙特曾经故意夸大阿尔康的古怪，但他对阿尔康也有过慷慨的赞扬——此书出版（1987年）之际，阿尔康早已淡出，对其没有任何威胁可言。玛蒙特表示："一八四八年，阿尔康先生和我之间那场不幸的误会令我们分道扬镳，但并未降低我对他的敬意。我尊敬这位不倦的创造者。"阿尔康和巴黎音乐学院的恩怨终生未了，后来他立遗嘱捐赠大笔遗产给学院，学院竟不接受。

申请教职并为之动用熟人资源，本乃极不符合他性格的尴尬之举，也是他和公众的最后一次对话。之后，他举办了一场曲目高难的音乐会，然后静静地退回到自己的世界，以教课为生。

　　隐居生活中，阿尔康最重要的事情是作曲、教课和研究《塔木德》。幸运的是，因为他的学生都是富人，能供给他一份舒服的生活。他在生活小节上十分挑剔(据说一连辞退了五十个女仆)，对外只称自己多病。战乱年代，供给短缺，他缩在自己的寓所里煎熬。不过他也有自己的朋友圈，包括诗人席勒，一个让阿尔康听出声音就立刻让仆人通报"主人在家"的朋友。二十多年的岁月就这样过去。

　　一八七三年，他六十岁的时候突然复出了，开系列音乐会，弹拉莫、亨德尔、贝多芬和肖邦等人的作品，受到热烈欢迎。但他基本不弹自己的东西，也许是因为技巧不如年轻时了，无法驾驭自己的作品。一八七七年，他开了最后的音乐会，然后重归沉默。

　　阿尔康孤独一生，成功地保护了自己的隐私，不留任何资料，只有一个据说是其私生子的后人(史密斯谨慎地对此存疑)埃利·米里亚姆·德拉博尔德(Élie-Miriam Delaborde)，他才华横溢，成了音乐会宠儿，后来却也不怎么弹阿尔康的作品。

(二)他的音乐

　　第一次翻开他的乐谱，我被自己的一个想法逗乐了：这人简直是把钢琴当成跑步机，而且是负重跑步！

　　要命的是，还必须举重若轻。有时双手八个音同时快速作响，听上去却仍要轻快飘逸，只比雨滴响那么一点点，而且仍要刻画出旋律，随时飞翔。他的重要作品《为小调所作的十二首练习曲》和《为大调所作的十二首练习曲》。前者有四个编号是《交响曲》，三个编号是《协奏曲》——当然，都是为钢琴独奏所写，但有清楚的管弦乐示意。这部演奏时间超过贝多芬《锤子键琴奏鸣曲》的巨作是最华美的钢琴文献之一，也正是它让我记住了几位心仪的钢琴家的名字。

还有一部洋洋洒洒的大作《大奏鸣曲》(*Grand Sonata*, Op.33)，一共四个乐章，代表人生四个阶段：二十岁、三十岁、四十岁、五十岁。乐章的速度随着年岁的增长而渐慢。其中最著名的是《三十岁》(*Quasi-Faust*)，正是他写作此曲的年龄。在这里，赋格、卡农和管弦乐般的浓厚音响叠加，"浮士德"主题如青筋般裸露。其内涵之丰富，足以让专家细细地写出论文。事实上，我草草浏览资料，发现果然有一位音乐理论专业的硕士生以令人生畏的图表来分析它。虽然我敢肯定阿尔康本人未作此想，但他在音乐上的探索确实值得后人以种种方式来逼近，哪怕看上去"离真相无法更远"。

总的来说，阿尔康的音乐还是调性音乐和十九世纪音乐，旋律仍然很重要。他用了很多拿坡里六和弦，调性常常模糊不居（这不是他的专利），也在钢琴上探索了很多新技巧。幸或不幸地，没有多少人演奏他的音乐，模仿他的作曲家也少❶，所以他的大部分音

---

❶ 一说德彪西、拉威尔等人都从他的部分作品中汲取了营养。

乐至今显得新鲜——他从十九世纪叉开去，但没有经过二十世纪。音乐的历史就在"遗忘"中中断、改道、伸出旁枝，让历史失语，让言说无力。这正是音乐躲在历史背面狂欢的时刻。

幸好，他和肖邦一样是"小品大师"，不时自在地静水流深。在这里我特别推荐一首小曲《前奏曲》（Op.31之八），原题为《海岸上的疯女人之歌》。旋律曼妙无比而十分清简，左手七和弦低到难以分辨，好像海妖在水下若有若无地耸动和喘息。还有一首干净利落的大调练习曲，Op.35之五（*Allegro Barbaro*），是非常高亢阳刚的"钢琴体操"，音乐也极为多彩——真想象不出世上有无法被它治愈的忧伤。这些小曲都和肖邦那么相似。迷人和媚俗有时就在那么一线之隔——甚至无隔，只在不同的心和耳中才体现差别。阿尔康的Op.23（*Saltarelle*），曾经成为炫技的常演曲目，确实也很好听，但渐渐沦为沙龙曲目。而底色暗黑的《大奏鸣曲》和《交响曲》，我至今仍无亲切之感，在调性跳跃和处处出乎意料的气氛变化中尤其无所适从，它们脱离了我的音乐经验。对我而言，所有作曲家都有不能被轻易吸收的一面，它们是留给岁月的礼物。

莱文塔尔在《阿尔康的钢琴音乐》一书的介绍中说到练习的困难："（为了演奏阿尔康的作品），演奏者必须像运动员那样长期练习体力。如果你不经常做俯卧撑，那么一定会在三四个变奏之后抵达'死神之门'。但如果一天天地坚持下来，你渐渐就可以胜任十二个变奏。""最好的练习方式是把他的《交响曲》的末乐章跟随节拍器连续弹若干遍，而且每弹几遍快速之后要回到慢速，改正快速中的错误。这样的努力必须每日坚持。""演奏这样的曲子必须注意保存体力，要把动作减到最低。""这样的音乐最终是一种运动员般的成就：要完美解决每个问题。当它们合并起来的时候，你又要有足够的控制力，有足够的精神集中，保持冷静，同时又要迸发出火花。"谈到《大奏鸣曲》中最著名的乐章《三十岁》，他说："演奏这个乐章既不能在音符中磕绊，也不能让它听起来轻快如肖邦《圆舞曲》。要让听众感知它的困难，不是音符上的，而是想法和情感上的负重之意。你应该先在情感上找到表达的方式，再去发现音符。"说到其中超难的个别段落，他说："如果经过最刻苦的练习仍不能掌握，就要仔细诊断，寻找原因。但是仍不可放慢、中断。记住，如果去掉其中的危险，也就抹去了它的兴奋。所以李斯特的管弦乐《玛捷帕》远不如钢琴版精彩。"

连阿姆朗都说，并不是因为阿尔康的难而欣赏他——事实上，如果他容易一点就好了。但他的音乐品质让人感到这些付出都是值得的。

不过，吉本斯也指出，阿尔康并不总是很难，有些清隽的小品足以供业余爱好者练习。我手里的唱片，四十八首《素描》(*Esquisses*, Op.63)中就有一些这样的声音，甚至有那么一些门德尔松的古典味道。

(三)阿尔康和别人

肖邦一生，朋友不多，在音乐上引为同道者更少，大师如李斯特、舒曼都因气质与肖邦格格不入而难入他法眼。阿尔康是他的朋友之一，两人都安静沉潜，不喜众人，和炙手可热的李斯特处于两极，故格外惺惺相惜。肖邦去世后，他的很多学生都投奔了阿尔康继续学习。

有人比较过阿尔康的Op.31之四和肖邦的Op.10之四，两首练习曲的确"无法更加相似"了，只是肖邦的音型多为上行，阿尔康主要是下行。这在两人的练习曲中确实很常见。他们的夜曲也颇多相似之处。不过，肖邦的节奏往往伸缩多变，而阿尔康往往保持坚硬的音型和节奏。肖邦总体来说是精致、平衡的，经得起推敲，并尽量圆融地隐去雕琢的痕迹，图穷匕见；而阿尔康的野蛮之力无边无际，马蹄所至，都是疆土。他不避重复，不避叠床架屋，笨拙、天真和诡异常常烩入一炉，在这一点上，他犹如舒伯特。

在我真正了解阿尔康之前，曾经本能地把他当作李斯特的同路人，因其华丽——也有人将之比为柏辽兹，出于同样的理由。而"华丽"是一个空泛的词，背后可以掩藏完全不同的气象和脉络，这一点我慢慢才发现。从人生来说，李斯特是成功者、强者，对别人从不吝啬支持和帮扶，演奏了很多同行的作品，但独独在阿尔康的作品面前保持了沉默，虽然他曾经赞美阿尔康的演奏技巧无出其右。如果他肯伸出援手演出阿尔康的作品，也许以后阿尔康的命运，甚至音乐史的写法，就会有那么一些不同。李斯特的沉默是因为和真正的对手狭路相逢了吗？

而在我眼中，还有一个隐身远处的与阿尔康呼应者，这就是同为犹太人的马勒。这一点是莱文塔尔指出的，他说在两者的音乐中都使用了犹太民歌曲调和犹太音乐传统中的弗里几亚调式。我恍然大悟，怪不得阿尔康对我而言有一种直接的征服力，就像马勒当年对我的震动。两者都有奔涌而悦耳的旋律（也都因犹太传统而天然地带有'异国'情调），都"大"到失衡，都有"不平"之下积蓄的能量，都颇具意象，比如马勒的艺术歌曲（这是他音乐的核心）和阿尔康的许多标题小曲。他俩也都见微知著，在一些最幽微的瞬间盛开出甜美和温暖，如同令人脱衣的冬日阳光，力量不亚于大型作品。关于他和马勒的关系，史密斯谨慎地持保留态度，因为类似的风格在非犹太作曲家身上也可以见到。但对我的私人感觉来说，他简直就是钢琴上的马勒。

除了钢琴，他也写管风琴作品（一说为有脚键盘的钢琴而写），风格极似弗朗克，甚至可以说，是我知道的最近似弗朗克的管风琴作曲家。可见，作曲家总是和时代有着千丝万缕的联系，而浪漫派作曲家貌似与传统决裂，其实他们的相互影响是很明显的。

如今，浪漫时代也已经远去多年，联系我们和发黄谱纸的纽带只能是演奏家。主流作品比如贝多芬、肖邦，因为人人皆弹，男人、女人、欧美人、亚洲人、德国学派、苏联学派，等等，都在其中投射了自己的影像，所以我们无法下结论说什么样的人才能演奏贝多芬和肖邦。而且，世上终归仍有肖邦比赛和李斯特比赛这种东西——仅就肖邦比赛，就有大大小小许多种。年复一年的主流曲目大比拼中，各种诠释的方向和可能都被敲骨吸髓地探索了。

而某些"小众"作曲家，到目前为止确实只有少数人触及。面对一个钢琴演奏竞争到极致的现实却另辟蹊径，这样的选择需要的不仅是勇气和才气，更是强大的个性。除此之外，作曲家之间的排斥或敌意在演奏家这里已经淡化——演奏阿尔康的人无不首先是肖邦或李斯特专家。让人感叹的是，避世的阿尔康并不能阻止演奏者之间的竞争。据说钢琴家奥格东在一九六九年为了抢在史密斯之前出版阿尔康录音，竟然以半视奏的状态录完，不惜留下错音无数。

当美丽的东西终于牵动世界，旋涡里总会沉淀一些讽刺。

此外，我们惯于说"历史是公正的"，其实才不是。时间之轴上随意切片，所谓的公正无非是当下最好的(或者手握话语权的)说法而已。有时我替古人操心：他们会料到、奢望自己身后获得声誉吗？据说不少艺术家并未纠结这个问题，好像没顾上身后事——但他们到底还是希望有人知赏，不然何必将手稿存世？作品自己寻找在世上的路，有时寻到我们的身边，有时半路夭亡。

拜网络之赐，我能看到不少阿尔康的录像，这也是他的支持者们有意为之，尤其是钢琴家吉本斯一直推介关于阿尔康的各种资料。网络能否让一位"死去"的作曲家复活？这种复活与贝多芬莫扎特那样融入历史、细细渗透世界并共同成长的过程完全不同：如今信息如此方便，只要略作努力，阿尔康的乐谱、资料一下子展成平面，一览无余，我手中这本皱巴巴的《阿尔康练习曲》也会立刻被重印、修订，不久也会有钢琴家争相录全集。阿尔康的资料也会迅速电子化，让远者近者平等地面对。作为阿尔康爱好者和旁观者，我悄悄地希望这一切成真。但也许，他"冒泡"之后复归于沉寂。好吧，即便如此，我仍然要写一写这个人，哪怕仅仅纪念一个不平并有痛的人生。

参考文献

12.《阿尔康音乐：谜》(第一卷，第二卷)(*Alkan, Volume One: The Enigma*)，罗纳德·史密斯(Ronald Smith)著，伦敦：卡恩与艾维尔出版社(Kahn & Averill)，1976，1987.

13.《阿尔康的钢琴音乐》(*The Piano Music of Alkan*)，莱文塔尔(Raymond Lewenthal)著，莫泽尔出版社(Schirmer)，1964.

14.《阿尔康的一生与音乐》(*Charles-Valentin Alkan: His Life and His Music*)，威廉·艾迪(William Eddi)著，灰门出版社(ASHGATE)，2007.

15.《阿尔康的故事》(*Alkan Illustrated*)，雷恩(Piers Lane)制作。

路易十四时代的库泊兰

（一）

在《西方的塑造：人与文化》(The making of the West: Peoples and Cultures)一书中，有一则法国路易十四时代的故事：国王（路易十四）突然拜访某贵族，贵族家中的厨师措手不及，赶紧去订购鱼，第二天久等不至。他跑到自己房间里，将一把剑顶在门上刺向自己的喉咙，努力了三次，成功自杀。刚死不久，鱼就送到了。国王听说后，很有风度地表示了对自己来访的歉意，但这个厨子的位置立刻被别人顶上了。"这是一顿很好的晚餐，之后有小点心，大家散步，打牌，打猎，到处是水仙花香气，到处如魔法般美妙。"这个故事是法国贵妇玛丽·德·塞维涅(Marie de Sevigne, 1626—1696)在给女儿的信中写的。

这件事记录了当时法国专制时期的王权之重——怪不得很多人说法国是欧洲的中国。在英国议会闹得热火朝天、力立宪分权（其间查理一世国王被处决）的时候，法国完全是另一番风景。"太阳王"路易十四给自己立下的终身使命就是努力加强专制，让自己看上去闪耀着"神圣的光辉"。艺术风格追求的也是"绝对权威下的荣耀"，不光国王，但凡有权的人，都将对他人的控制做到最大化。

路易十四，五岁登基，在位时间长达七十多年(1643—1715)，世上君主罕有其匹。这个浑身故事的人，据说"哪怕我们有《佩皮斯日记》那样详细的记述，也无法帮助我们了解他。"或许，君王都是难以琢磨的，其性格必然多面，必然处处有掩饰和伪装，必然绝世孤独，也必然集迫害狂、妄想狂、自大狂于一身。

一切都是"据记载"。他天资平常，少年受的教育不佳（跳舞、骑马和餐桌上的文雅倒是绝佳，可惜文化不高），又经历了宫廷和国民的物质匮乏时期，颇受了些委屈。也许是不顺利的少年时代造就了他沉静的气质，加上容貌不凡，连作家拉封丹都赞美他的外表。

当时代他主政的是主教马萨林，据说少年国王不得不经常向他申请一些零花钱，还往往不被满足。虽然他出现在众人面前的时候穿得像一个国王，但在家里，竟然几乎每件衣服上都有洞。整个国家看上去贫困而动荡。他二十三岁，马萨林去世，路易成为真正的国王。这时法国的种种混乱仍层出不穷。路易将马萨林的财产充公，立刻成为一个富有的君主。不过，这个过渡期和路易十三时期红衣主教黎塞留为统一与稳定付出的代价，也可视为日后路易所获的资本。

路易做了很多"城市建设"，也为历史悠久的罗浮宫收藏、委约了很多艺术品。罗浮宫也是法兰西学院的所在地，不过路易在位时最大的工程，是一六六〇到一七一〇年扩建的凡尔赛宫。花园的设计也体现了"路易的灵魂"，一切都清晰有序，尺寸精确，对称而完美，表明国王可以将自然摆弄得井井有条。它地处离巴黎二十公里左右的一个小村庄，经过几十年的建造，终成容纳万人的华丽宫殿（不过起居极为不便，很多人认为它没有厕所，一说有）。王族一直住在这里，直到法国大革命的时候被强迫回归巴黎。在这段时间内，它是法国真正的首都。凡尔赛宫的建造过程经历了数次战争，最后，在同盟战争[1]之后，因法国的强势地位已经巩固，路易十四便在凡尔赛宫上倾尽了全力。

他经常在宫中举行壮观的典礼、晚会和舞会，其效果不仅是表面的享受——很多有政治野心的贵族被这种奢靡生活软化，据说进宫是仅次于食色的第三大欲望。他们努力仿效路易及宫中的礼仪，担心失宠。路易对谁多讲几句话，对谁略显关注的神色，给谁留了个座位，都会引发贵族之间的明争暗斗。路易每天的晚餐是在宫廷面前演习的，丰盛、冗长而压抑，在场的人没有人敢耳语一句。路易回到自己的房间，女士们逐个来问晚安，之后路易送给大家一个举世闻名的路易牌鞠躬。

凡尔赛宫在当时是路易王权的象征，被俄国、奥地利的君主们纷纷仿效——除了英国。法国人曾打算在法国复制英国人的成绩——立宪、限制君王的权利，但从未成功，直到矛盾大爆发——法国大革命，其巨大的破坏力宣泄了几百年的压抑。不过，议会的反叛[2]也曾有一定的成效，路易少年时代，王后带他逃离巴黎，她也曾经睡在稻草上，典当珠宝换食物。但一切都结束得相当快，贵

---

[1] 路易十四欲在欧洲进行大规模扩张，英国、荷兰和哈布斯堡王朝组成大同盟联合对抗。结果法国被迫与大同盟各国言和，放弃对外扩张的念头，但保住了欧陆最强国的地位。（维基百科相关词条）
[2] Fronde，一般译为投石党。

族不久就输给了国王，旧秩序回归原位。

《路易十四的时代》的作者杜兰说："农民恨他，因为他们被战争带来的重税压垮了；商人恨他，也是因为税收损害着商业；贵族恨他，因为他不承认封建制的种种'美德'；议会恨他，因为他将自己置于法律之上；王后让大家更恨他，因为她禁止别人批评他。但凡此种种，都没有中断他长达七十年的统治。"他心思谨细，对教堂、戏剧、海军和法庭都盯得很牢，每个环节都亲自控制。"每个小时，他都是国王。"杜兰这样写道。法国在这段时期确实如同升起的太阳，治理得比从前任何时候都好。

这是一个礼节严格但道德松弛的时代——杜兰说。我猜，这两者也许有那么一点联系。大家期待的美德不是诚实，而是"体面"。丈夫对妻子的不忠只是眨眨眼——当然，他们各自都有情人，只要能负担开销。"别的地方有这样耐心的丈夫吗？"莫里哀说。著名的妓女妮侬（Ninon）和上层社会紧密联系，追求者众。她会弹大键琴，开办沙龙，后来被路易十四邀进宫做客。"性的刺激扩展到头脑，女人在美貌中加入聪明，男人被女人教会文雅的举止、好的品位和得体的谈吐。"

少年的困窘经历造就了路易成年以后拼命奢华的人生，并且，他让法国成了奢侈品行业和种种细腻享受的榜样。一六七二年，法国出现了世上第一家时装杂志。据说我们现在生活中悦目的一切，从考虑购物体验的商店到香水、时装、香槟、折叠雨伞乃至令人愉快的咖啡馆，无处不留存路易十四的痕迹。法国人学会了优雅委婉的谈吐，饭桌上的礼节不断地改进，连争论都不能太激烈。当然，一些粗糙不卫生的习惯仍然保留着，比如不少人往地上吐痰，在罗浮宫的过道里撒尿，国王终生都用手拿食物吃东西，尽管叉子和纸巾已经慢慢流行起来。

欧洲人成了"法国食物、衣服和时尚的奴隶"，巴黎完胜了威尼斯、阿姆斯特丹、伦敦这些对手。路易还进口了几百只白天鹅，放养在巴黎对面的小岛上，这样从巴黎到凡尔赛的行人可以一路观看。意大利人、德国人都涌到法国，来完成"追求头脑和身体之雅致的最后一课"。

用杜兰的话说："过去从未有一个政府像路易十四这样激发、培育并主宰了那个时代的艺术，也许唯一的例外是古希腊的伯利克里。"黎塞留和马萨林都颇具艺术品位，买了很多画作。路易十四打压动乱的时候，顺便拿走了贵族的收藏。在路易十四时代，凡尔赛宫既体现了均衡有序的古典理想，又相当到位地体现着巴洛克风格，比如那些繁复无尽的装饰。他每年花八十万里弗来买各种艺术品，四处分赠，既为支持艺术家，也为传播艺术之美。他对待作家、诗人也十分慷慨。他的品位不错，但在今天看来，确实太"古典"了——音乐家库泊兰、画家华托和作家拉辛往往被人放到一起谈论。这种优雅、节制、有序的风格深深嵌入历史，影响着欧洲文明。我猜测，今人对这类艺术风格的品评和度量也许正来自路易十四时代所确立的经纬。而之后艺术之路的变革和反叛，也将它瞄准为清晰的目标。

路易追求的风格，不仅仅是为了象征王权，恐怕也是为了"让法国显得高贵"。不过，十九世纪对之的反动完全是可以想象的，而同样可以猜到的是二十世纪对之的怀念。

无数画作中，自然有路易本人的委约画像。在杜兰的生动描述中，"画家瑞格这家伙是个直肠子。他的面包上的奶酪也来自画画，但他并不是只会讨好的角色。这幅藏于罗浮宫的画像，远看不乏美化，但仔细看来，站在权力之巅和命运之边的国王，显得粗硬而臃肿"。

（二）

我一直十分迷恋法国古典音乐[1]，尤其是管风琴和大键琴。也许是怀旧吧，毕竟其中有自己在谱上圈点的卑微苦乐。路易的历史原本从未寄存在我的回忆中。但世界随时掀起一些角落，总有历史的伤口斑斓地裸露。通灵、通感的音乐更是如此，瞬间就让你劈手夺过他人的幻梦，据为己有。

巴洛克时代的法国音乐大概有两条路，一条是戏剧性的，追求宏大，吕利是代表，拉莫等人的部分作品也是如此；另一条就是沉静、敏感型的，库泊兰是代表。前者渐渐被历史摒弃，因为今人或者说十九世纪之后的人做起"宏大"来才真正得心应手，而十七、

---

[1] 法国的巴洛克时代，因为被历史学家认为有古典之风，所以有人以"古典"指称法国的巴洛克时期。

十八世纪的庆典音乐，在今天看来简直就是过家家和四不像。而后者直至今天仍有其位置，因为私密性的情感表达是不可被后人替代的，哪怕我们有了莫扎特、肖邦和德彪西。

在菲利浦·布桑所著《库泊兰传》的《前言》中，作者这样写道："库泊兰只对那些深爱他的人露出真面目。"

谈弗朗索瓦·库泊兰基本是个令人绝望的工作，因为后人中的好事者哪怕用最敏锐的触角去搜寻，仍然不得要领——这人留下的故事太少，比乏味的巴赫更乏味。把他的名字换掉，其生平几乎可以套到很多巴洛克作曲家身上，他们面目模糊，似乎清一色地在宫廷或教堂里慢慢混，最后或繁华或空寂地被光阴掩埋。一百多年后，却缓缓地复活，成为节目单上让人不会发音的名字。更要命的是，库泊兰还不那么"伟大"。今人挑些"伟大音乐家"搞场音乐欣赏讲座，他往往正好被甩在外面，因为他分明比"最伟大"的那些还差那么一口气，而任何一个"最伟大"之一，已经够我们研究很多年了。

可我终于坐下来，大胆谈谈他和他的音乐。这些管风琴曲毕竟是我数年里耳熟能详并亲自学过的作品，并且居然有机会上台演奏——虽然这音乐听起来极孤独，简直是淡香缕缕，飘逸无踪——矛盾的是，它又是"教会音乐"。

库泊兰家族是类似巴赫家族的音乐世家，除了弗朗索瓦，叔叔路易·库泊兰也是青史留名的音乐家……但再追溯几代，他们是农民，只能说会玩玩乐器。据说在十六世纪的亨利四世时期，一个几百人的村庄里的音乐家比现在法国一个大城市中的专业音乐家还多。库泊兰父亲查尔斯成了宫廷音乐家和教堂管风琴师,四十岁去世,库泊兰母亲玛丽靠着自己当年的嫁妆抚养孩子成人并安度余年——与此对比的是巴赫的妻子,在巴赫去世后一贫如洗。

弗朗索瓦·库泊兰自小学音乐,十七岁时成为教堂管风琴师。二十五岁时老师去世,他被路易十四亲自考试后,接替老师成为皇家教堂管风琴师。最大的遗憾是他的作品散失得太多,管风琴作品只有两薄册弥撒,大键琴作品现有四卷,共二百三十余首,另外还有一些室内乐传世。库泊兰年轻时,最著名的音乐家是吕利,库泊兰也难逃其影响。

他为国王服务了二十年,用英国著名学者梅勒斯的话来说:"安抚国王日益增长的忧伤。"他的作品有相当一部分是为凡尔赛宫而写的教堂音乐(包括室内乐、合唱)。他名声日隆,成了无人不知的"大库泊兰"(Couperin Le Grand),并且教国王的儿子弹大键琴,这在当时可以说是鸡犬升天。

一七二三年,他还有十年可活,可是此刻他把管风琴师的职位交给别人,然后逐一辞去别的职位。后代中,儿子夭折,女儿做了修女,也继承了父亲的职位并成为第一位女性宫廷音乐家。他大概期待自己的未出版作品能由妻子来出版,可惜没有。妻子好像从来没做过什么,被托付的侄子也没有为此负责。不过库泊兰生前曾经任职的教堂乐师职位又在家族中传了几代,直到法国大革命,大键琴大量被毁,"库泊兰音乐家族"到此为止。这段叙述中打动我的是这一点：他的最后十年中发生了什么？我们不知道，也许他只是养病。历史记载和历史本身原本居于两个层面：叙事好比水面上偶尔的涟漪，而水下沉潜的一切则远离后人的视野。这段时间里，他没有作品留下来。他的最后两卷羽管键盘作品十分成熟复杂（有人拿它们和巴赫作品相比），好像对尘世和文明的道别。然后这个人的气场就稀释了。手稿惨失之后，并没有复得的传说和奇迹，一切都平静得激不起绝望。

死亡这件事，本来在历史中堆得满坑满谷。但作品和后人的联系令死亡不那么平凡，它牵动起种种想象和感受，让一切生死都鲜活而唯一，无可替代。

（三）

这两卷《管风琴弥撒》（第一卷"*paroisses pour les fêtes solemnelles*"，直译为《教区弥撒》；第二卷"*couvents de religieux et religieuses*"，直译为《修道院弥撒》），如今是管风琴文献中的重要曲目之一，也是库泊兰仅存的管风琴作品。这两卷传世之作出版于他二十二岁时。这些小曲洋溢着一些伤感和纤柔，但也有相当雍容恬静的宽广气息。当然，这些词语都是今日语境之下的度量。假如我们试图接近历史语境，那么关于管风琴和库泊兰的一切，自然可以有着连篇累牍的描述，比较正式的评论话语是：给天主教堂写的弥撒往往有着严格的规定，所以留给作曲家的空间非常小，风格单调，旋律重复，调性少变，难免有逼仄之感。不仅如此，每首小曲都有清晰的目的和标题，比如《荣耀经》《慈悲经》《圣哉经》，还有《信徒的奉献》，等等，从表面看，相当寒素拘谨，犹如《格利高里圣咏》，和德国同时代的巴洛克管风琴作品非常不同❶。这一点，在法国同时代作曲家的管风琴作品中到处可见，比如尼古拉·格里格(Nicolas de Grigny)，尼古拉·勒贝盖(Nicolas Lebègue)，等等。其中小曲的顺序都类似，一切都极为程式化。不仅如此，库泊兰为每卷作品都附上一份表格，清晰地指定各种装饰音的标记该怎么处理——也就是说，在种种限制之外，他还加上一些自己的限制。而那些新教教堂中五花八门、形式自由的管风琴作品(巴赫是其中代表)，变化空间则大得多。今人往往赞巴赫朴素，殊不知若调查一番语境，巴赫管风琴音乐中的"奇技淫巧"在法国教堂中是难以想象的。此外，德国管风琴作品往往来自深远的复调传统，法国的作品则十分"当下"，在音乐上受舞蹈和歌剧的影响更多，而这类舞蹈特质的音乐也深深影响了巴赫。❷

即便如此，库泊兰仍神奇地保留了光彩，甚至把镣铐变成了风格，比如曲集中随处可见的优雅、舞蹈性、温和的不和谐以及飘逸的气质。梅勒斯在《库泊兰和法国古典传统》一书中说："库泊兰的不和谐音被各个声部之间温暖的空间和流动感所包容。"实在很到位。库泊兰的和声中藏了许多不和谐的延留音，但听起来并不刺

---

❶ 见《库泊兰传》，布桑著，兰德译，阿玛杜斯出版社，1980。
❷ 见《十七世纪的管风琴文献：关于风格研究》，夏农著，桑伯里出版社，1978。

耳，就像作者说的，各个声部分得比较开，在铺得高远的声部中，七和弦的解决往往引向另一个七和弦，而拐角温和的楼梯在光线中留下阴影，让光线显得更有层次，七和弦本身的紧张往往淡化了。这大概是库泊兰有意获得的平衡感。法国音乐的韵味往往和法语的重音特质相连，最明显的表现就是谱面上无附点的八分音符要弹成略微的附点，也就是说，"不平均"到处可见。

此外，这个时期的法国管风琴作品都有着类似的音色，常用的音栓往往有这么几类，基本都是簧管：变号音(chromhorne)、三度音(tierce)、联键音(conret)、人声(vox humana)，等等，都有着高亢温暖的声音。库泊兰在这一点上尤为刻意，曲子上都标明音栓，所以这类作品对琴的要求也比较苛刻，最好在法国本土的琴上演奏，比如：往往由左手演奏旋律的tierce en taille[1]配置，和plain jeu[2]一样是法国音色的特征。

好的管风琴演奏都有着舒适的呼吸，这在法国古典作品中尤为重要，因为一切都那样透明，无可掩饰，好比钢琴上的莫扎特。无论听者把注意力集中在哪部分，都能听到经得起推敲的呼吸。用略微夸张的方式来说，一个理想的演奏简直是带着听者做呼吸运动，把所有烦恼都吐干净了。此外，合格的演奏者，手指一定是"低飞"的，对法国古典作品来说尤其如此，人和琴的关系要亲近、亲密、亲和，随时沉浸在状态里，不能发力，也不能远离。这类音乐

[1] 原意为高音的三度音音栓。
[2] 几种重要音栓的混合配置，一般为开始和结束时的宏大场面所用。

总的来说有着低回的气质，但也有暴君的一面：它不许你张扬、飞翔，但如果你让它自在地歌唱，它就轻而易举地铺出通天之路。从根本上说，库泊兰属于感官而非思考，但任何声电光色都无法像朴素的管风琴这样，不是替人想象，而是激发人的想象。这样的美妙，有一种"不禁手捉"的脆弱，而它的微颤之态总是如影随形，从未走远。

演奏这样的音乐，难在防止"气"断。虽然其中的复调并不复杂，甚至脚键盘也用得不多，但其中小心穿针引线的内力要求并不低于巴赫音乐。比如，装饰音的密度和句子长短是相关的，而演奏者选择的速度要让装饰音仍然显得足够"装饰"，断句的间歇仍然保持逻辑：短句的气口要短于长句气口，装饰音要被包裹得正好自然。一不小心，在该连通的地方就会生出小小阻隔，血流不畅，尤其在左手装饰音密集之处，好像怎样弹都不大对。除非你在三百年前的法国生活过，能讲那个时代的语言，才能找到舒适的气口——即便演奏者能做到，而如何让听众感受到意蕴的核心也是一个艰难的课题。我自己练习的时候，多半努力都集中在装饰音上下文的段落中，尽力去掉其中可能发生的"囊肿"和"青紫"，让血流自如地携带营养。我盼望音乐自己找到生长的方向，成为一个令我吃惊的生命，神采奕奕。

尽管库泊兰是一位小心经营的音乐家，这样的音乐仍然让我感到：我们不需要"使"它发生，而只需"允许"它发生。

(四)

管风琴作品毕竟写得比较早。梅勒斯引用法国音乐学者朱利安·蒂尔索的话说:"我们对库泊兰的生平了解得很少,并不要紧,他的大键琴作品就是他的回忆录,也是他居住的微小世界。"我本来不太相信,拿来谱子仔细看了一些,深感此人何等孤单,不然何来如此之丰富和自由。无论他的世界多么繁华,他都能给自己发明一些寂寞,蜗居其中。

有人说库泊兰是巴洛克的肖邦,的确是不坏的比喻,但钢琴、管风琴和大键琴还是有着本质的差别,困难也不同。管风琴曲集中的作品,有不少只需双手演奏,自然有人会想:可否用大键琴代之?至少我认为不可以。这样深慢而有着细微颤动的声音,天然地属于风鸣而非敲击乐器。而他给大键琴写作的音乐❶,充满的是"震动"而非"颤动"。

库泊兰共出版了四卷大键琴曲集,其中的"组曲"(一般称为"suite")在这里称为"ordre"。他出版乐谱,把标记和装饰音的弹法写得清清楚楚,生怕被别人一弹就会走样,这在当时的作曲家中是比较少见的做法——事实上,不少巴洛克音乐家都在身后有"走样"之虞,后人哪怕怀着虔诚之心,求真的工作也任重道远。而库泊兰的大键琴乐谱幸运地被勃拉姆斯认真编订、纠错,才有了

---

❶ 在大键琴(harpsichord)上演奏的音乐,一般可以在小键琴(clavichord)和琉特琴(lute)上演奏。

我们手上几个大体合理的版本。

有趣的是,库泊兰这些大键琴曲竟然多为标题音乐,相当多的是描绘某位小姐。当然,标题和音乐,至少在我们眼里并没有什么清晰的联系,只是那满地珠玉的装饰音(第四卷中竟然有不少装饰音在弱拍上)确实有几分脂粉气。我没怎么弹过大键琴,所以对这些曲子只是随意听听,曾经觉得绚烂松散,无可依托。而当我读了几次乐谱,并再次把注意力集中在装饰音和附点音符上的时候,似乎找到了"解法"。音乐的脉络长成纤细而结实的花枝,而绚烂仍包裹在沉静之中。仍然是低音步步为营(随便打开谱子,七和弦的螺旋式柔缓解决总是让我一下子认出他),装饰音像一只萤火虫,由近到远,由大到小,又像有弹性的珠子掉在地上,渐渐越跳越低。真是一花一世界,一曲一天国。

而在这样精细的音乐面前,我终于理解,为什么专家将之和巴赫的作品相比。不过,巴赫的作品早已进入钢琴文献,而库泊兰只有个别远不能代表其风格的大键琴曲被人在钢琴上演奏,比如那曲名为《滴答》(*Le Tic-Toc-Choc, ou Les Maillotins*)的大键琴曲,因为双手在同一音区,故可在大键琴上分为两个键盘演奏,而在钢琴上,两只手蝶翅般挤在一起翻飞。天哪,这简直是灾难!一些钢琴高手,比如索科洛夫和齐弗拉,弹得非常好,但毕竟钢琴上的袅袅泛音非库泊兰所需,他只要"线性"的声部以及大键琴特有的嗡嗡声。所以这些曲集不可能批量地融入钢琴文献。而在当今,与钢琴隔离,福兮祸兮?未知。

曲集中的第四卷是库泊兰最有趣的作品，似乎有点儿像巴赫的《帕蒂塔》，比如分解的七和弦、九和弦次第出现，和巴赫一样，它们长出了"内凹"的棱角，因内嵌经过音的不和谐音而丰富。按梅勒斯的说法，库泊兰在这里像巴赫一样消解着调性，只是没有像巴赫走得那样远、规模那么大而已。即便如此，至少第四卷第二十三组曲中的《阿尔列金》（L'Arlequin），完全可以充当巴赫的一首前奏曲。我听到它的时候，不时怀疑错音。看过谱子，才知道这位病中的库泊兰也许更唐突更古怪，又也许更悲伤更孤独。

关于这个时期的法国音乐，梅勒斯论及库泊兰及其时代时曾说："这种文化注定是少数人的文化，从开端就注定了灭亡；它包含许多愚蠢甚至邪恶的东西，但也包含了一些价值和标准，任何严肃的文明都无法将之忽略。"而我前面说过，这个时代中，像吕利那一类庆典、歌剧、芭蕾音乐几乎已被音乐史埋葬，但我相信世上总有常鲜之物，其中之一叫作"孤独"。无论泥土换为何种，孤独总是那样容易存活，并贪婪地成长。

参考文献

16. 《光辉的世纪:路易十四时代的法国》(*The Splendid Century: Life in the France of Louis XIV*),路易斯(W. H. Lewis)著,韦夫兰出版社(Waveland Press),1978.

17. 《风格的本质》(*The Essence of Style*),德让(Joan DeJEAN)著,自由出版社(Free Press),2005.

18. 《路易十四的时代》(*The Age of Louis XIV*),杜兰等(Will and Ariel Durant)著,西蒙与舒斯特出版社(Simon and Schuster),1963.

19. 《西方的塑造:人与文化》(*The Making of the West: Peoples and Cultures*),亨特(Lynn Hunt)著,贝德福德/圣马丁出版社(Bedford/St. Martin's),2003.

20. 《十七世纪的管风琴文献:关于风格的研究》(*Organ Literature of the Seventeenth Century: A Study of Its Styles*),夏农(John Shannon)著,桑伯里出版社(The Sunbury Press),1978.

21. 《库泊兰传》(*Francois Couperin*),菲利普·布桑(Philippe Beaussant)著,由兰德(Alexandra Land)译为英文。阿玛杜斯出版社,1980.

库泊兰与拉莫的羽管键琴

一直都以为，羽管键琴的时代早就过去了。但艺术之中，真正的消失是罕有的，多数时候，古老的艺术以别的方式重现、重生，有时因为一小部分人的狭窄需求和时代变迁恰好化学反应成某种结果，博物馆里的陈列品也会容光焕发，突然走回人间。古乐的复兴并不是原原本本地复原古乐，因为土壤早已荡然无存，这一点大家都知道。此外，要去接近非当下之物，总要爬升一段学习曲线去突破形式的枷锁。但不可否认，古乐的复兴，至少有一部分是当下人心的真实诉求。

对羽管键琴的声音，我曾经觉得冰冷枯燥，可是渐渐发现它的色彩多得数不过来：闪烁、缥缈、高亢，甚至可以有雷电劈冰雹般的凶猛。它虽然是由细细触键发出来的有限度的声音，但它也可以有自己的"音栓"配置，从而呈现出不同的音色。它可以千回百转，可以倾泻冲洗，可以排山倒海。大部分时候，因为琴的状态不稳定，不断处在走音—调音的循环中，也因为触键往往"小心轻放"，羽管键琴的演奏粗粗听来是矜持的，细看却往往有着最大胆的自由节拍——大胆到了我听着演奏，手拿乐谱都无法辨识的程度。现存的羽管键琴音乐往往跟舞曲有密切联系，而舞曲对人体动作的描摹，常常松松紧紧，精细和雍容要浑然一体。自己在琴上细细剖析和放大过那些装饰音和自由的经过句,我觉得这些音符好像一串串大大小小的玻璃球,有弹跳有惯性,却仍挡在一定的边界之内——每个小节的总时值仍然是严守的,它们要奔跑得自由而精彩。在我看来,羽管键琴上的装饰音固然充满宫廷文化中程式化、符号化的遗迹,但它仍然来自普通人活生生的步态和舞姿。圆满的表达需要痛苦的练习,也需要自然呼吸中的灵光一现。听到既活泼又有"重心"的装饰,我会有种吸足氧气般的畅快——请让我享受这样的呼吸吧——镶嵌珠玉的繁华景象过后,一阵撩过柳叶的微风足矣。后世的肖邦也不过如此。

这都是自己最近细听法国羽管键琴的心得。历史音乐,某种程度要建立在阅读、想象和相信之上,要有眼睛在露珠近处细观的用心。

在这个慢慢求索、挖出一堆法国巴洛克音乐渊源的过程中,我基本还是围绕着后世中最有名的两位,大库泊兰和拉莫。两人都有大量键盘作品传世,库泊兰是两卷薄薄的《管风琴弥撒》,外加四卷洋洋洒洒的《羽管键琴曲集》,拉莫相对少一些,主要是组曲。当时,世俗范围内的键琴曲集以组曲为多,包括种种舞曲,比如阿列曼德舞曲,吉格舞曲,等等——当意大利的影响蔓延过来的时候,还会有许多托卡塔舞曲之类的形式。作曲者们惊人丰富的想象力都谦卑地站在这些简朴的标题背后。

(一)

　　作个不精确的比喻，库泊兰和拉莫的风格对比，略似巴赫和亨德尔。库泊兰和巴赫一样，都是旧世界的人，都停留在旧世界的复杂和精致之中。拉莫和亨德尔则靠近线条简洁的古典风格开端——理论家拉莫甚至在某种程度上缔造了古典风格。此外，因为种种原因，库泊兰和巴赫都未写歌剧，而拉莫和亨德尔都是以歌剧(尤其是神话题材的歌剧)出了大名。更有趣的巧合是，拉莫和亨德尔虽然都弹管风琴，亨德尔还有一些管风琴作品存世，但管风琴不是他们的主要乐器。而库泊兰和巴赫都是重要的管风琴作曲家。当然，这种比拟很不精确——艺术世界里没有什么可比较的大师，尤其是巴赫和亨德尔几乎同年，拉莫则比库泊兰年轻十五岁。库泊兰的时代是路易十四和路易十五的时代，他的圈子里有不少贵族。其社会背景，一边是法国文化高度成熟发达，一边是君王独裁下的火山口。到了拉莫的时代，社会动荡已经开始，仍属于旧人、保守派的拉莫，其敌人就包括著名的卢梭。拉莫自己算是幸运的，死在法国大革命之前，而羽管键琴在大革命中被毁了不少，他的歌剧也被人扫进了垃圾堆。

　　作曲之外，拉莫也是有影响的理论家，接受了笛卡尔和扎林诺的很多观点，认为音乐要体现秩序和逻辑，故简单重于复杂，主调音乐重于复调音乐。最后，拉莫在理论和实践上都渐渐简化框架，键盘作品常常直接是两层，右手旋律左手伴奏，和声走向也很明确，音乐好像在重力作用下清清楚楚分成天和地，没有老式复调专家们叠床架屋的繁琐。有时候，他索性大面积地刷音阶，或者用一堆好听的三连音砌成结构方正、阳光普照的小房子，音乐谈不上深意，更多的是亲切和好听，有着合理的和声进程，即使有小小的惊讶，也是优雅温润的。在拉莫的组曲《新拨弦钢琴曲》（*Nouvelles Suites de pièces de clavecin*）中，这是最著名的小曲之一的G调组曲（La Poule）：

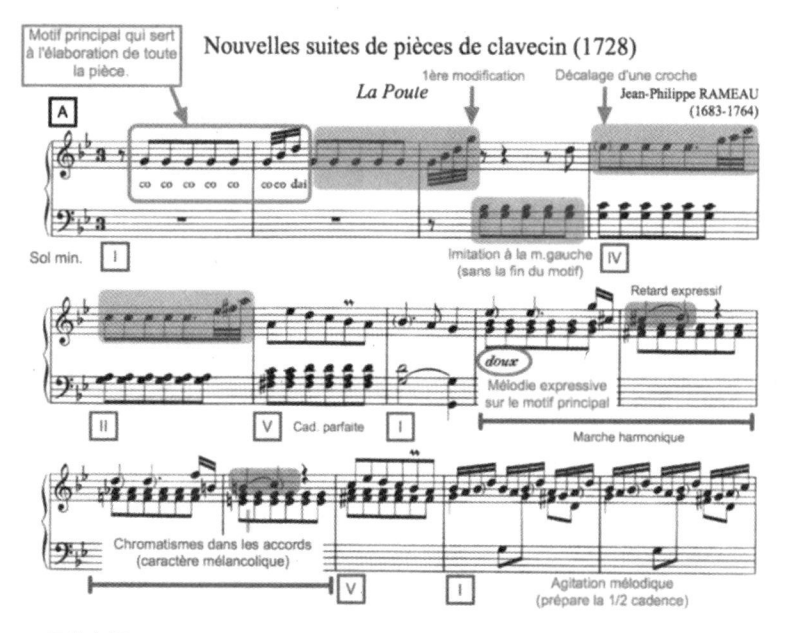

图片来源：https://www.youtube.com/watch?v=xZV-0gqvKak (Rameau: La poule (Analyse)

这是另一首悦耳的小曲，加沃特舞曲：

104　宁静乐园

图片来源：https://www.youtube.com/watch?v=1AqWgSV6tpQ (Rameau: Gavotte)

拉莫的一些作曲理念，深深植入后来的古典传统中，所以今人很容易接受。甚至可以这么说，在莫扎特那里成熟的古典乐派，那种相对透明清晰的结构，跟拉莫的主张是一脉相承的。

虽然脉络简明，拉莫的键盘演奏并不容易，尤其当现代人把它移植到钢琴上，那些细微的装饰音如果想在钢琴上再现，需要相当的技术。一些钢琴大师已经有了很好的录音，比如索科洛夫、塔霍等人的录音。本来，我并没有在这些小曲中发现多少深意，但经大师们挖空心思的处理，平板的拉莫竟然熠熠生辉起来，好比黑白照片被图像美化了一样，但又是高级的、艺术化的重构，你可以想象钢琴家们经过多少努力才让拉莫进入钢琴文献——我私心猜测，原来是当代演奏家们成就了拉莫键盘音乐的地位。钢琴家之外，古尔德般的怪人天才斯科特·罗斯对普及拉莫也功不可没。我曾经想，罗斯这样有着张狂内心的人怎么会喜欢拉莫？或者说怎么会喜欢羽管键琴这样"压抑"的乐器呢？可事实是，罗斯把拉莫弹得抑扬顿挫，对羽管键琴也是如痴如狂。原来镣铐之中也有金蛇狂舞，人与乐的奇缘，不是教条能解释的。

拉莫早在四十多岁的时候就基本结束了键盘乐的写作，后来主要投身于歌剧。但我觉得，把他的各种体裁作品结合起来听，会发现舞台上的、歌剧中的拉莫，有时候是键盘拉莫的具象化和图解。反过来，键盘拉莫是歌剧拉莫的"清唱"。从这个角度来说，拉莫其实是古典音乐的理想教科书和普及读物。

下文要谈的库泊兰生长于一个文明"熟透"的时代，比拉莫早生十五年，经历了真正的路易十四时代。"熟透"的时代中，文明仍然要前行，也许会选择简化。如今纵观各种艺术的发展史，有时是从简单到复杂，有时是从复杂回归简单——当然不可避免地，以后再回到复杂。

(二)

去年夏天，受朋友之托，我向管风琴老师请教了库泊兰《羽管键琴曲集》中一些标题的翻译。四卷曲目中满是密码般的标题，结合英译，我的笔记中留下许多这样的东西：

La Lutine: (The Sprite) a kind of small, mischievous fairy
一种小而淘气的精灵

Les Langueurs-Tendres: (The Tender Languors) Being tenderly in love.
恋爱中的温柔

Les Folies francaises ou les Dominos: A domino was a cape with a hood, worn at balls (dances) and during the Venice Carnival.
多米诺指一种带帽子的披风，在舞会和威尼斯狂欢节的时候戴。

Gavotte, La Belle Javotte autre fois l'infante: Beautiful Javotte, who was once the Infanta. Refers to Mariana Victoria of Spain (Javotte must have been a nickname), who was fiancee to Louis XV for a little while when she was very young, but the wedding never took place. She was Couperin's student.
加沃特，美丽的加沃特，曾经是公主（Infanta），指西班牙的玛丽安娜·维多利亚公主（1718—1781），她曾经是路易十五的未婚妻，但最终没有结婚。她也是库泊兰的学生。

这类谜语般的标题，库泊兰不是始作俑者，尚博尼埃等前辈都有过，在琉特琴音乐中更常见，而这个时期的羽管键琴音乐，甚至直到巴赫，都跟琉特琴有亲密关系。我跟老师一起努力，花了相当长的时间，才把四卷二十七"章"（ordre）的库泊兰《羽管键琴曲集》的标题翻译完——说是翻译，更多是猜测，夸张一点说，是一个小小的研究课题。时代阻隔，语义模糊，库泊兰的标题与音乐不一定有准确的联系，而且他自己也会随意更改。比如第十八章中的莫妮卡姐姐，据说"描述一位名声不好的女人"，但对听者来说，音乐更多的是轻柔的平静与优雅，实在很难附会出别的意思——库泊兰认为圈中熟人能领会其中的讥讽，不过我倒觉得，这恐怕是一个人际复杂、表情微妙的社会的出口和缩影，而艺术家不是生活的裁判，不是客观的记者，后人不能轻信。但对学习者、演奏者来说，弃之不理又放心不下，何况钢琴家们如赫威特，都教导学生绝不可忽视库泊兰留下的指导。就当时的背景而言，库泊兰对于"怎样弹我的作品"可以算是喋喋不休，跟巴赫一样恨不得手把手教人。

跟巴赫一样，库泊兰从前辈那里汲取了很多东西，并且受意大利风格的影响。他的曲集中，许多样式都能从前辈那里找到一定的原型。就拿出生比他早八十年的尚博尼埃来说，那种受琉特琴影响的精致勾画已经不陌生了，而他的学生中包括大库泊兰的叔叔路易。库泊兰（可惜三十五岁就去世了），圣杰维大教堂（Saint-Gervais Church）的管风琴师职位也正是从尚博尼埃这里传到库泊兰家族，持续到十九世纪的。在如今的音乐史叙述中，尚博尼埃是有史记载的最早一位法国巴洛克羽管键琴家，而他居然还是宫廷里的一名芭蕾舞者。有师长的提携，有贵族当靠山，库泊兰家族虽然没有吕利在宫廷中的那种风光，但牢牢握住了教堂职位。管风琴师一职一直传到这位库泊兰的女儿——第一位女性宫廷乐师，直到她因病不再能胜任。

关于库泊兰音乐的形态，读者可以与上文中拉莫的加沃特舞曲比较一下。同为加沃特舞曲（《羽管键琴曲集》第二十六章），库泊兰的谱例如下（虽然简单，仍然会有三四个声部）：

因为作品数量很大，库泊兰的风格难以一言蔽之，随手举一例（此处八分音符按惯例要弹成略微不均等）《羽管键琴曲集》第十二章中的，可以看到装饰音之多：

相对于拉莫等人，库泊兰的音乐性格是偏内向的，微妙的情绪藏在花朵般的装饰音中，又被多声部牵制或衬托，无处不在的延迟和解决就在各声部阶梯状的对话中滑动。相当多的曲子跟巴赫作品一样，只听不看谱，是不容易明白的。

当然，相对简约的形式在库泊兰的作品中也有。讽刺的是，最常在钢琴上演奏而非代表库泊兰典型风格的《滴答》，正是这样一首。谱子看上去有些刻板，以至于演奏者往往过度求快，但这种密密针缝的节奏确实是库泊兰玄机的一部分。十八世纪的音乐，尤其是非教堂的器乐，有很多"游戏"之作或者是优雅的嬉闹，还有大量舞曲。真正"载道"的世俗键盘作品，恐怕要等到贝多芬了。

库泊兰这种法国古典风格在法国渐渐失宠之后，却在德意志时兴。因为三十年战争的缘故，德意志的文艺风潮有些滞后，贵族普遍崇法，据说弗雷德里克大帝"法文比德文讲得优雅"。大家知道，巴赫吸收了库泊兰的许多东西（库泊兰的一些前奏曲放到巴赫创作去中几可乱真，泰莱曼对库泊兰更是大抄特抄），巴赫那些标志"法国风格"的作品都是以符点为主要形式。从理念上来说，相较于巴赫的强烈宗教感，库泊兰是偏世俗的。

今人看历史，库泊兰是镶嵌在十七世纪法国古典主义的拼图之中的，这些羽管键琴和管风琴音乐也常被称为"古典风格"而非巴洛克风格。所谓法国古典艺术主要包括哪些内容呢？文学方面，最著名的是拉辛和莫里哀；而在绘画方面，华托是最常被提起的，他甚至跟库泊兰被视为分别在视觉和听觉艺术中对等的人物。梅勒斯在《库泊兰与法国古典传统》中说，库泊兰和华托那些最温柔的作品巧合地都作于病中。我自己对华托了解极少，所以不能发表意见。不过在一本名为《安托万的字母：华托和他的世界》（*Antonie's Alphabet: WATTEAU AND HIS WORLD*）的历史小说中，关于"古典主义"词条有这样的话："（前文提到古典主义等同于统一、完整和稳定）华托的作品，如果真是古典主义，那么是在他的灵魂而非风格之中。然而华托即使向往统一、完整和稳定，他也会同样地想摆脱它们。对华托来说，古典的统一不是努力获得，而是存在于意识之中，是一种长久的希望或许诺，可以去追求，但不一定斩获。在这一点上，古典主义的各种意图和目的都已成为浪漫主义。"这段话不仅让我感动，也回答了我的不少疑问。无论古今，在羽管键琴或其他古乐器的求道者中，有不少生性狂放的"畸人"，他们不是为宫廷音乐的教条所吸引，而是在精致有序的艺术中做到极致，从而发现了自由和浪漫。

这也是库泊兰音乐之旅最终告诉我的。

参考文献：

22.《安托万的字母：华托和他的世界》(*Antoine's Alphabet: WATTEAU AND HIS WORLD*)，皮尔(Jed Peal)著，珍品出版社(Vintage)，2009.

23.《库泊兰和法国古典风格》(*Francois Couperin and the French Classical Tradition*)，梅勒斯(Wilfrid Mellers)著，多佛出版社(Dover Publications, INC.)，1968.

24.《库泊兰和"音乐的完美"》(*Francois Couperin and 'The Perfection of Music'*)，坦利(David Tunley)著，劳特利奇出版社(Routledge)，2004.

管风琴音乐会琐记

（一）

虽然弹管风琴多年，但我对现场表演并不太热衷。弹琴之外，自己倒算是热心听众，无论教堂礼拜还是音乐厅里的管风琴演奏会，大大小小的机会，能听尽量听，看看能否有所收获。但我不得不承认临场吸收管风琴音乐是件难事，甚至，如果对作品不熟悉而作品又足够复杂的话，简直不可能抓住音乐的脉络。管风琴这件乐器本身就有这样的矛盾：一方面它的"现场感"太强，以至于很多人认为这一乐器作品必须在现场听（虽然我并不同意）；另一方面它的主流曲目要么是巴赫时代的赋格，要么是高度复杂、喧闹的浪漫派作品（比如李斯特或弗朗克）。这种规模的作品，只能供人反复倾听和研究，临场能领会的东西太少了。内行能不时抓住主题已经算不错，外行大概只能注意到花里胡哨的音色变化，外加"恢弘的气势"。

所以，尽管管风琴作品中有不少比较肤浅、只求气势的作品，但对其中的经典，我一直这么看：它的意义主要在于"重听""分解"和"研究"。这和它华丽的外表正相反，然而这确实是我的心得。

很意外地，半年多前，一位热爱钢琴的朋友、正巧在深圳音乐厅工作的周孀小姐跟我沟通，商量可不可以在深圳开一场演奏会。

我是保守的人，不敢奢望这样一场演奏会对观众有何裨益，只能自私地估计一下：这样一件事情对自己有没有一点儿好处？代价是明显的：在准备曲目期间，恐怕没什么心思学新作品了；但好处是，能把过去自以为学好了的作品再精研一下。钢琴家普莱亚说过："只有表演过的曲目才算真正学会。"是这样的。要不怕困难和失败，去经历所有可能的曲折，包括舞台上的紧张、对新琴的适应、现场音效的调整，等等，这一切难道不是音乐生活的一部分吗？何况管风琴演奏会在国内如此稀少，为什么不利用所有机会向观众作些可能的推介呢？也许作用只有那么一点点，但有所作为总胜过不为。

曲目很快就定了，全部是巴赫，当然包括人人必弹的巴赫名作，《d小调托卡塔与赋格》（BWV565）——谢天谢地，巴赫还有这么一首进入手机铃声的作品——虽然大家熟悉的只是托卡塔或赋格的开头。另外从那组著名的《舒伯勒众赞歌》中选了几首，剩下的几首是一般听众不太熟悉的作品，但我早早公布了曲目，暗暗希望有心的听众会自己去找相关的资料。

我自己呢？这个准备的过程不用说有不少烦恼和挫折，经历了求完美、接近完美之后厌倦并退步、总结经验后继续进步的过程，大概像任何人准备一场钢琴比赛一样。我的压力比钢琴家小多了，因为关于管风琴演奏的批评和竞争显然比钢琴界少得多，但和音乐搏斗、共生的过程并无二致。我自己在一篇文章中写过："对他们（演奏家或指挥家）而言，生活和音乐是互相渗透、互相放大的，概念和标签都要变成具体的声音才有效。这个从想和听到做的过程，对人的影响不可小视——音乐和人互相进入、互相纠正，音乐形式终将成为生命形态的反映。他们被音乐'扰动'的人生又自然地为音乐构造了'上下文'和文化基因。"如今我的生活正在真实地被"扰动"，从中，我经历着担忧、自我怀疑和来自音乐细节的营养，以及不可避免的厌倦。

在房间里摊开了乐谱，这样，有空的时候就可以不时地瞥几眼。清早也可以打开乐谱，从各种角度和各个段落读读想想，希望音乐的线索和逻辑能够深嵌入心。我平常就喜欢看钢琴家的演奏录像，最近看得更多，在他们或严肃或潇洒的表情中，我试图给自己模拟一些心理体验，其间，思绪纷纷。比如从舞台上"退休"的著名钢琴家古尔德彻底回避了"现场"对音乐的干扰和众目睽睽之下的表演。其实这样的拒绝之态并不难理解。但也有钢琴家说："舞台就是我的家。我爱舞台。"同样是大师，对舞台的态度可能各持一词。有人置身度外，只顾沉浸在音乐中；有人不时地关注听众的反应，调整自己的表达。音乐和舞台真是难解难分的冤家。音乐会这个程式发展到今天，把听众、演奏家和作曲家清清楚楚地隔开，最残酷的是把演奏家抛入一个孤立无援的境地，等人挑错。舞台对演奏家而言也许是荒凉的，因为台下有谁能分享那种体验呢？不同的人有不同的人生，大家在一个空间里试图获得妥协，但仍然各自感受各自的，其间的壁垒无法消融。

（二）

好，不想这么多了——老师有时批评我"想得太多"。其实我往往劝自己索性把音乐当成体育或者舞蹈好了，让音乐自然地从身体中涌出，让自己和听众一同惊讶。

话说，在巴赫那首《d小调托卡塔与赋格》中，最怕哪段弹错？是赋格中两手交替演奏的音阶。这一页其实最简单，只是不能忘记换键盘。另外，因为是单手轮换着弹，一有错音便昭然若揭。而它在音乐上因"简单"而获得的鲜明效果算是巴赫作品中比较少见的。其实，很多学者都怀疑这首曲子并非巴赫所作——我还没有那么大胆，但也感到巴赫作品中这样的处理实在太特别，也许在他的作品中也找不出几个例子。

奇怪的是，我对这段一直有心理障碍。一开始，嫌它简单，懒得多练，总是跳过去；后来不时地出错，以至于最害怕它。幸运的是，在台上没有出错。

但是，深渊一般的音乐总有许多死角在等待你——在一些平时准备得非常好的地方，或一些因为太顺利而不必准备的地方，或者因为音乐的丰富、柔软而无法预测的地方。所以演奏家、教育家们不仅终生追求音乐，还要设计那么多琐碎的操作方法，力求对所有漏洞严防死堵——不仅为防出错，也要保证音乐表达能够脱离技术羁绊，在自由状态中迸发出来。不然的话，努力寻得的鲜活表达到头来却因技术失误而被窒息，岂不冤哉？而在学习、练习的阶段，人和音乐虽有冲突，总还算互动着，友好相处。但到了舞台上，经典作品就流露出残酷性：必须弹对，不能弹错，因为音乐已经经典化了，它现在就是《圣经》！固然，音乐中的激情可以吸引听众的注意力，弥补一些失误，但管风琴给予个人的空间比钢琴小多了，对错误的容忍自然也小得多。

别的演奏者也许和我有类似经历：有时在练习中有着非常好的状态，激情饱满而又技术准确，有生动圆满的乐感——可惜，最好的状态没有出现在舞台上，并且谁也不敢保证在舞台上总能复制好的状态。当你在技术上非常可靠的时候，往往已经失去了激情；但单靠激情来带动音乐而没有技术上的稳妥保证就上台，谁敢？

你瞧，内心和音乐的挣扎只有在舞台经验的激励下，才能如此淋漓尽致。

演出现场的观众和我预想的差不多，有比较懂音乐的，有不太懂的；有比较耐心的，也有全无耐心的——和我自己做观众的时候类似。听音乐会的状态对我而言同样变动不居，有时能把声音和灵魂一并吸收，也有时全无感受，完全被音乐抛下。舞台气氛带来的变数太多，谁也说不准一定会发生什么。演奏者拥有的只是忠实的心意。

演出前有一个小小的插曲。就在我抵达深圳不久，在音乐厅的小廖带路下去书店转转，买到一本赵晓生的《巴赫解密》，大喜。赵先生的巴赫著作，我一向逢见必买。拿回旅馆看了看，在细致的谱例分析和"索隐"中突然豁然开朗。几天时间里，无论经历着轻微的"上台恐惧"还是因为缺乏信心而焦虑,这本书都像一枚铁锚,牢牢定住我的情绪。既然精研音乐之路如此漫长,我又何必过分纠结于此时的得失呢?我准备的巴赫曲目看似有限,但它们背后的潜台词不仅涵盖巴赫的风格,还有无穷的理论、历史和诠释的话题。难道我不该庆幸这样的复杂是音乐留给世人的礼物吗?我,或者别的管风琴演奏者,从教堂到演奏厅,从寂寞中来到舞台灯光下,似乎环境骤变,然而巴赫的音乐不理这些,它们自在地生长。所以,一切表面的变化和纷扰都是浮云。这一点,已经无声地写在所有的杰作之中。

练耳

(一)

《练耳》是一本老书,出版于一九七四年。我在图书馆里看中它,是因为发现里面的曲子都是自己熟悉的,比如贝多芬《第七交响曲》、巴赫《勃兰登堡协奏曲》,等等,都是爱乐者听腻的大路货。编者的目的并不一定是为了挑选大家都知道的作品来投人所好,而是用这些有代表性的素材来训练学生的听力。但是我的好奇心顿起:看看对这些熟悉的东西到底有多熟?我对它们的理解还能推进到哪一步?

回家后先翻开莫扎特《弦乐五重奏》(K516)——其实这部作品我一直感觉不太亲切。书上附着谱子,我先不看谱听了一遍,然后看谱听了一遍,自以为够熟了,但仍然没有太多的感觉。然后翻到后面的问题。这些题目的第一部分有关于节奏、音高、织体、曲式几组选择题:

- 这个乐章的织体是:
   a. 对位   b. 旋律+伴奏   c. 主要是旋律+伴奏,但也有一些对位
- 哪些部分从结构上是紧密相连的?
   a. 第一和第二   b. 第二和第三   c. 第一和第三
- 大提琴在这部作品中:

    a. 主要是贝司　b. 和其他的乐器基本平等地演奏旋律　c. 主要是贝司，偶尔参与到旋律中
- 下面哪种手法是展示主题材料的主要手段：
    a. 跳音和连奏　b. 在每个主题材料中变换音域　c. 双音

后面还有很多问题，越来越细，越来越专业，从要求读者划分乐句段落、唱出几支旋律，到渐渐把读者引导到和声分析与练习。我不得不承认连其中比较初级的问题都令我一筹莫展，要回头再看谱子才能回答，因为很多元素要么忘记要么根本没注意，甚至不知道应该注意。后面比较专业的问题更需要做作业般的态度。其实我还算看谱勤快的人，但我承认看谱并非万事大吉，因为作曲家的意图并没有在谱子上总结出来。你看到了一堆音符，但脉络藏在深处，要有人指点才能昭然若揭——所以总有演奏家表示，我拉某首曲子多年，至今仍发现新东西。

我不是演奏家，不敢指望永远发现新东西，眼下我只是做一个小小的试验：在《练耳》这本书的指引下做一些练习，不会的就回头去翻谱子，想不出来的就再听听。这个过程对我的听感到底会有什么影响？花了四十分钟左右来听和想的时候，突然发现我和它的关系发生了质的改变：我深深地爱上了它，顺便突然感到可以接受更多的莫扎特室内乐，这一扇大门"哗"的打开了。我当然也可以放下谱子，放下练习，自在地倾听，放松或者认真地，不管怎样，它都不会再弃我而去。

当然，这本《练耳》比较专业。其他以普通爱好者为对象的书籍，比如《听音乐》，等等，也提供习题，但主要让人辨认乐器、主题、节奏和音乐的大致形态。读者不必读谱，只要听得足够认真，就可以跟上。

据我观察，西方的专业人士但凡带领人听音乐，路数基本近似：总是有条不紊地从结构知识入手。这恐怕也是西方人一般的思维定势：分类和量化。这是他们本能的理解方式，但凡著书立说或面对公众，往往如此。而多数中国读者恐怕不习惯——听音乐本来是享受，怎么变成了做习题？我以前建议自己和朋友理解古典音乐的基本途径就是"重复听"，但不一定要系统地听。现在我觉得尝试一下反过来，至少可以进行一种有趣的探索，甚至是有方法地听，也许更有效率，能直击要害，并且立刻带动听觉和意识的联系。联系一旦生成，就是"自由"的开始。而这么一点知识和意识会加强想象的指向，并激发更多的东西。

据说"喜欢"是不能分析、没有理由的。但在我看来，人和作品的关系本身就像一个有趣而难测的生命，你可以培育、溺爱或杀死它，你也可以一边和它角力，一边共同成长——当然，我这里先排除对作品的价值判断，假定它是某一部名作，至少是值得我"试图喜欢"的。当作品"形式"上的阻碍都在熟悉中软化，并且和身体同温，它还会那么难以接近吗？

据说真正理解音乐的方式是自己学习乐器。对此我不反对，但学习乐器往往让人被迫把大量时间用在肌肉训练上，可能导致眼界极窄——更糟糕的是，学会演奏某部作品不一定真正地理解它！正如我上面所说，音符都摆在那里，一个个看清楚不等于弄明白背后的关系。当乐器演奏者花费海量时间，用"肌肉记忆"学会了某部作品，甚至能背谱演奏之后，往往和音乐上的真正吸收仍然隔着遥远的距离。

我不怀疑这样的事实：真正的理解终归属于身体力行者——练习、分析加思考所引向的深度认知确实是不可替代的，但是审美终归指向专家群体之外的人。另一方面，"审美能力"这种奢侈之物又时时在逃离我们。那么，在外行的不得要领和极少数内行才能抵达的身体力行之间有没有可行的妥协之途？在我看来，有很多。一定体量的倾听积累当然是基本，当你拥有了这个基本的积累之后，如果能够试图从音乐的脉络上去认知——哪怕只针对自己喜欢和熟悉的作品——就会发现更多的趣味。你甚至因为改变和它的关系而看到"自我"的加强——所有你能够理解的东西，都成为你的延伸、你的放大。一部穿越百年历史的作品与你携手，互相温暖。

记得有一次我去听一场音乐会，曲目中有莫扎特的《小提琴奏鸣曲》——我不由得皱皱眉头，这也太熟腻了吧？不过音乐一响起，我就发现它并不像我以为的那样熟悉。再经典的东西，平时也蛰居于遗忘之中。既然我们用遗忘来消费音乐，就需要有人不断地用演奏来生产它们。

持续倾听并认知我们喜欢的作品，难道不是对它们最好的尊敬吗？

(二)

罗森写《萧伯纳》一文来评论这位昔日的"乐评家",顺便总结一下通常谁最关心乐评。他按程度递减来排:第一,是演出者和他们的经纪人,在字里行间寻找足够好听的话,放到日后的宣传品上——所以我们常常读到某某"被欢呼为本世纪最伟大的演奏家之一";第二,是去听了音乐会的观众,他们乐意被专家确认昨晚的音乐会是一场重要的事件;第三,是没去听的听众,决定参照乐评家的意见,决定以后买不买某人的票。我基本总是在第三类中(估计多数人跟我一样),毕竟能听的音乐会不多。遗憾的是,我发现自己极少从乐评受益,顶多是留心了一下陌生的名字,仅此而已。

我最喜欢的乐评杂志是《钢琴》,至少是我知道的键盘音乐水平最高的评论,无论是针对演奏会还是唱片,都能够比较清晰地指向具体的句子处理,而非泛泛而论。比如一期过刊(2004年11月号)的标题叫作《征服纽约》(*Conquering New York*),说了几个有点儿名气的青年演奏家。一般来说,纽约首演非同小可,对演奏家以后的事业影响很大,比如尼克莱·鲁冈斯基,才能很高,可得奖十年后才迎来纽约首演。上半场贝多芬的《热情奏鸣曲》弹得不三不四,中间的八度显得和前后文毫无关系;但下半场拉赫玛尼诺夫的《哀歌》就非常温暖,后面演奏的斯克里亚宾作品更是亮点——他是不多的真正理解斯克里亚宾的节奏的人之一。

文章后面说到郎朗。音乐厅满座,郎朗从一开始的舒曼《阿贝格主题变奏曲》就清晰地显示了才能，虽然有点"过度浪漫"，但毕竟抓住了听众的注意力。可是不久，他的手段就越来越显得廉价，比如pianissimo（乐曲中以最弱音演奏一节或一个乐章），第一次用到时还显得有趣，可是如果在同一场演出中一再使用，就不聪明了。

这篇文章接下来说，郎朗的种种缺点很明显，可他没有动力去改变自己，因为他只要照这样弹下去，就能赢来无数合约，并常常卖光门票。他的成功是钢琴家们不敢想象的。

这篇乐评讲得不错，估计别的读者和我一样略有畅快之感。可是从另一个角度去看，乐评的意义是什么？在乐坛拨乱反正？对郎朗的批评也许是有意义的，但我从种种乐评中读到的信息是：钢琴家被驱赶到竞技场，等着评论家和观众看他们流血。《纽约时报》《华盛顿邮报》，外加这份《钢琴》杂志，讲话当然是很有分量的（相当多的时候，说得还真不错）。但种种口舌无非形成一种针对演奏家的"话语"，使演奏会看上去更像一场业内考核，让演奏者和经纪人去制衡各种力量来维持这个演奏市场。为了监督活着的演奏家和指挥家？不过专家们评论起已故当事人的老录音时似乎同样是这副调调——已故大师们不用批评监督了吧？也许更合适的解释是：活人有市场，所以一定要激发种种口舌来吸引注意；故去的大师录音仍然有市场，所以也用类似的理由来吸引评论。

这样说来，不大有市场、被媒体们保持沉默或顶多提及一星半点的，倒是贝多芬、莫扎特、巴赫的作品原典本身了，因为它们的价值已经确立,既不需要人来聒噪也无可聒噪——所谓经典,难道不就是被吸收到文化传承中的东西吗?对它们的价值判断自有先人代劳,并且已经喋喋不休两百年。但我仍然有自己的想法:所谓艺术,作品和个人之间一定有着"一对一"的关系,不管它们被多少专家和教授解读过。对任何一个独立的倾听者来说,一切感受都要从头开始。情感体验是无法传递的,"有人"理解了贝多芬,并不意味"别人"或"多数人"对音乐本身已经了解得不需解释了。《钢琴》不光访谈艺术家、评论演奏会和录音,也提供乐谱和听读指南,所以苛责它并不妥当。它是一份专业的杂志,故尚可面面俱到,而纵观各大报纸的评论,给音乐的篇幅本来就很少,且往往都会跳过对经典作品的讨论,直奔对演奏的评判。坦率地说,我认为他们为大众听音乐的角度和态度做了很坏的榜样,或者至少是不合适的榜样。你可以发现多数听众在李云迪的音乐会后往往都是对他的挑剔和批评。我无法相信,难道多数观众对肖邦已经熟悉到了这种程度?没有任何新信息值得接受,只剩下李云迪可以品头论足了?我怀疑这是比赛评委的节奏。

前面说过作品和倾听者之间"一对一"的关系——借用基督教的说法,神和人之间就是这样的关系,而牧师不应替代神,这正是本人的意思——演奏家固然站在听者和作品之间,是音乐的媒介,但在多年的聆听经验中,演奏家对我的影响越来越小。即使说一场比较普通的演奏或能揭示作品的百分之十,好的演奏或可揭示百分之二十到百分之五十,也没什么本质区别。以演奏速度进行的东西，仅靠从头到尾的倾听，所获有限。我一向建议我自己和跟我状况类似的人（对主流曲目略有熟悉，但又非评委、非专家、非考官的听众）尽量调动自己的力量去理解音乐（前文已经大胆提出理解音乐的一些方式）。常常，只要我认真并有针对性地倾听，一场平庸的演奏也能触及更多的音乐秘密；不认真的话，一场天才的演奏也就只是让我当时激动一下而已。所以，对待比较熟悉的作品，我只有在精神集中，甚至有那么一点灵感或事先分析好作品的状态下才去听，试图辨认"我想象的音乐"和"某人揭示的音乐"的区别。不作此思考的话，任何大师都无法令我的理解再推进一步。渐渐地，至少对巴赫的作品，我发现自己需要的只是一个比较清楚、大体合理的演奏。"清楚"之外，首先要经过个人的求索，再和别人的理解对照笔记。

我自己曾经也理所当然地把理解音乐的责任推给演奏家。没错，品评高低令人兴奋，因为人类总免不了竞争或观看竞争。但听众的处境如此"安全"，既不用付出汗水也不用承担话语责任，既无成本又居高临下——问题是，无成本就无收获。当然，听众既然花钱买碟或买票，总有理由要求物有所值，但这个价值，难道不可以是激活自我力量的产物吗？终于，我虽然仍看重现场感受，却厌倦了等待演奏者来嚼饭喂人。我觉得若想保持对音乐的活跃兴趣，应小心地培育自己的创造力，向来怀疑在音乐会（或录音）之后记录一下某某错了多少音符或节拍能带给人多少乐趣。我相信，假如我发现了以前没注意到的贝多芬处理某个终止式的方法，那么还值得记录一下,虽然这对专家来说可能是老生常谈。但我们听音乐一定是为了发前人所未发或教育演奏家吗?

当然,以上同样是个人感受,不敢假设别人也会有类似心得,同样不敢灌输给别人。我只是感到,如今音响资料如此方便,不同演绎被如此广泛地传播,我们还需要把某个、某几个演奏家当作"解释《圣经》"的神父吗?换句话说,我们能否稍稍改变一下视角,对演奏家少一点依赖和期待,把更多的关注留给音乐本身?坦白地说,我简直怀疑媒体对演奏家和录音的过度谈论是一种"商业阴谋"。我们若以音乐为本,就不应助纣为虐。

参考文献

25. 《练耳》(*Ear Training: An Approach through Music Literature*),维特里奇(Gary Wittlich)、哈福里斯(Lee Humphries)著,H. B. 乔万诺维奇出版社(Harcourt Brace Jovanovich),1974.

26. 《听音乐》(*Listen to Music*),莱特(Craig Wright)著,耶鲁大学出版社。

27. 《钢琴》杂志(*International Piano*),一本在伦敦出版的关于音乐的季刊。

《钢琴笔记》谈屑

美国著名音乐学家、钢琴家罗森的书我一向必读，用我自己的话说："几乎每页都有令我兴奋之处。"但这本通俗的《钢琴笔记：钢琴家的世界》，我以前没当回事。最近出于对浪漫派钢琴音乐的好奇拿来看看，又给雷得够呛。罗森自己仍在开演奏会，但其更大成就是音乐研究。也就是说，他自己是"戏中人"，但也能躲到幕后"恶毒"地指指点点。书中这些话，大约别的钢琴家也说得出或者想得到，但估计：第一，没多少人这么敢说，把一些行业秘密都端出来；第二，没人能讲得那么清楚。艺术家类型的人写东西和评论家类型的人写东西有什么区别？在我看来不一定是见识上的，而是"说话姿态"之别。艺术家任性地钻在自己的牛角尖里，总以为听的人跟他一样；而评论家随时能顾及语境，能从自我中跳出来看问题，照顾到外行的兴奋点和兴趣——这其实也是他自己的心路历程。大家都有过普通人的好奇、关注和对成就的渴望，这些东西在人的生活中都是平衡的。理性的人才会给这些因素一些合适的加权值，知道凡事落实到操作层面时，看上去和意图已经不那么直接相关了。书中有很多启发性的观点，每一点都值得大谈特谈。我在这里引用一些，以飨读者。也引申一下个人看法，夹带私货。

(一)

在"身体和头脑"这章，罗森谈到种种钢琴家的手——有多少钢琴家就有多少种类的手，"并不存在完美的钢琴家之手一说"。名家霍夫曼的手比较小，斯坦威公司特意给他做了台琴键偏窄的琴，这样他才能够到九度。手大的钢琴家当然多不胜数了，但即使手大，手指的相对长度还是影响到技术和表达。要知道，人的五指不齐，能力也不齐，指尖厚度也影响到音色。这是一台多么微妙、敏感的仪器啊！罗森说："里帕蒂的学生告诉我，老师说：'你知道有多少年我没有把大拇指从三指下穿过了吗？至少十年了！'我（指罗森自己）听了十分高兴，因为我的大拇指也比较短，从三指下穿过也很不舒服。"你瞧，你我把大拇指从三指下穿越并非做不到，但为什么有些钢琴家注意避免？因为钢琴操作的高难度可能要求近乎机能极限的速度，为最大程度地发展极限，只能从基础做起。好比乒乓球运动员的握拍方式会影响到技术极限，尽管在低水平的阶段，各种握拍方式并无明显差别。所以，演奏技法中种种细微的习惯培养和科学化的训练都表明钢琴的表现力之强和难度之高。钢琴家必须充分利用个人条件，一丝都不浪费，才能在竞争中立于不败。

说到"身体"，在弹琴时起作用的当然主要是手。罗森说，有些音乐家否定音乐的"运动性"，认为身体操作比头脑低等。事实上，身体同样左右着音乐，因为手指运动有自己的独立逻辑，它和音符逻辑的对话是音乐的重要成分。比如，罗森举了莫扎特《奏鸣曲》(K576) 中的一个例子：某小节跨越十度的琶音，不同的手指位置和倒指方式带来不同的强调方式，随之而来的是不同的情绪，尤其在现代钢琴上，音量、节奏、音色都在同时变化，其中的细腻渐变和肌肉的紧张度同时起作用，和音乐表达有着微妙的联系。

罗森说，键盘上的"体操"从斯卡拉蒂时代就开始了，到了所谓维也纳第一学派，也就是莫扎特、海顿，这种高难度操作明显减少，因为这时音乐家的收入包括卖乐谱，自然要考虑业余爱好者的程度。但到了贝多芬那里，业余爱好者已经不入他的法眼，他也不屑于给技能不高的人作曲。所以，在《皇帝协奏曲》中，密集的八度成为历史上比较早的八度炫技段落。当然，到了李斯特、泰尔伯格那里，八度进行成了真正的运动，需要网球运动员般的体力。技巧对音乐当然有很大好处，因为技巧带来种种奇异的表现力，而一些有名的别扭和艰苦的段落往往伴随着不凡的歌唱效果，比如勃拉姆斯的《间奏曲》。这样的练习是在试图驯服钢琴这头机械制动的怪兽，其间的接触和控制只有亲身经历的人才能领会："塞尔金弹贝多芬《华尔斯坦奏鸣曲》第三乐章，要求在八度进行的滑音 (glissandi) 之前舔自己的大拇指和小指以求滑动得力……有一次我要在三个晚上弹贝多芬的五首协奏曲，偏偏遇到的钢琴非常不灵敏。一位调琴师为了帮助我获得滑音的效果，把琴打开，在我需要用的每个琴键下的侧面涂了一点润滑剂。"

罗森也承认这个秘密：钢琴家最喜欢的炫技之作是那种"听上

去比弹起来更难"的作品。不幸的是,巴赫的作品几乎都会被这个选拔标准剔掉。

(二)

在《音乐会》一章中,罗森说:"在公众面前演出并不是最可怕的。最可怕的是在一两个朋友,尤其是音乐家朋友面前弹琴。"

"有些朋友颇有吓唬人的天才。有一次我上台之前,有个朋友用胳膊肘戳我说:'如果你把贝多芬《锤子键琴奏鸣曲》开头那句大跳弹错了,你会把那个呈示部重弹一遍吗?'还有个家伙跟我说:'如果你用两只手弹那段,我马上就会从座位里出来,坐到第一排去。'更有甚者,去机场接我的第一小提琴手跟我说起要演奏的贝多芬《第二钢琴协奏曲》:'我始终理解不了那些独奏者的是,你们怎么能记住那么多曲子。'我简直是被肯定地预言必然要忘谱并且弹砸。幸好事实上还算安全过关,只是左手的经过句中漏了两小节。"在另一本文集《怯场的美学》中,罗森写道:"有个坐在第一排的年轻人叫了声:'看!'那个瞬间,我正好在弹勃拉姆斯《降B大调第二钢琴协奏曲》开头最艰难的段落。"

你瞧,独奏家孤零零地被抛在台上等着残酷的听众来挑错,而台下观众的不安静、乱鼓掌、音乐厅内空气污浊……多少因素能毁了一场演出?

从某种意义上来说,台上的艺术家和观众是一种微妙对峙的关系。演奏者有选择曲目来演绎的自由，观众也有对之批评的自由。演奏者更关心自己弹得如何，但外行观众最关心的是演奏家长什么样，其次是有没有自己听熟的曲子，再次是听上去是否令人兴奋。内行呢，首先被演奏家的名声左右，以罗森的观察，名家的演绎哪怕平庸，听众对之的信息吸收也远超过对无名演奏家的吸收。"什么样的音乐会是成功的？总的来说，钢琴家越著名，公众得到的快乐越大。"这听上去有点讽刺？"听众总是去关注他们希望听到的。""令音乐会成功的是观众的注意力。所以，名家的平庸演出也能获得很好的效果，这并不算不公平。""我们对钢琴家的容忍应该像对政治家一样。"想想看，不能不说有点道理。在复杂的音乐中，观众要调动自己的感情去想象，甚至去创造。而演奏家的声誉确实可能参与这个心理图景。不过我和罗森看法有点不同：我认为心理作用的影响恰恰证明古典音乐是一种需要"重听"的艺术，要用以各种心情和心态去反复听，才能获得一个比较中和的效果，这也是录音不能被现场演奏取代的原因之一。音乐会这个奇妙的场合里，音乐在其中辐射、扩散、在人群中震荡、加强。大家都相信现场的真实，因为没有改错和矫饰。但现场有其自身的欺骗性：它让人欢愉、麻醉，但也会失去判断力，连钢琴比赛裁判都会在现场作出错误判断。演奏家急于让听众当场惊讶，更会不知不觉地扭曲音乐。而唱片虽然有矫饰、流失，但重复播放让人在理性状态下对音乐获得全面的理解和学习。

当然，有些人向音乐要求的并不是一个"中和的效果"和理性的判断，而是一种现场的激动和幻觉。人各有需，无可非议。

其实，尽管演奏家看上去是承担压力的"弱势群体"，观众也有明显的弱势和被动之处，他们被清晰隔离在音乐之外，不能参与，不能发表意见——即使发表也没多少话语权。在这一点上，演奏家则是不折不扣的暴君。在个人主义诉求如此之高的现代，文艺、体育处处"互动"，产品设计第一要考虑用户"自我"的今天，古典音乐会这种形式显得多么独裁和落伍啊。

现场之外，录音也是一个重要话题。塞尔金具有最高的诚实美德，他录音的时候，如果错了几小节，就会从第一乐章开始重录，以致有的协奏曲录了十几次。据罗森讲，最后的效果未必超过有错音的现场的冲劲和新鲜感。在罗森看来，录音中有错就剪辑一下没什么不好（我也这样认为）。很多大师都这么干了，比如霍洛维茨复出那场，第一个音就弹错了，后来不偷偷改的话，怎么发行？我对此也是持放松的态度，有点错音的演出应该原谅，关键是演奏家有才能、有热情、有求真的总体信念即可。你看，这些事实告诉我们，很多音乐会曲目都是挑战音乐家极限的东西，摆脱错音这个粗活竟然常常是最高挑战。罗森说，自从听录音成为听音乐的主要方式后，像拉赫玛尼诺夫《第三钢琴协奏曲》那样艰难的作品已经不能让人领略到底有多难了，因为听众看不见，只能靠想象来猜测——只有自己也弹过这个曲子的人才知道它有多难——并酸溜溜地想，唱片要经过多少加工才能去掉那些太多人弹错的错音？我读到这里想的是，罗森老师忘记现在有无数音乐电影呢，我就是个电影爱好者，一个需要观看"钢琴体育"的听众——不过视觉一旦被满足，听觉又会被分散。世上哪有完美之途？这不过再次证明，古典音乐是需要重听的。

（三）

在《音乐学院和竞赛》这一章中，有许多惊人的细节和尖锐的看法，还有很多关于钢琴比赛的趣事。特别值得一提的是，其中说到的钢琴家，许多是真实的指名道姓。这只有罗森才敢为，的确够刻薄，别人哪敢如此——还想不想在圈里混了？这些和艺术功利（求职、获奖、寻求演奏机会）有关的事情，除了世故这些表面的东西之外，钢琴演奏的传统、风气及诠释的趋势也是重要因素，所以俗事也并不简单。

他说："艺术家必须由其最高成就来判断。"很多才华极高的钢琴家，演出时的状态差别很大，据说一些大师鲜能把曲子弹到中庸、合适的程度，要么非常好，要么从头错到尾。比如塞尔金在某场演奏会上不仅把贝多芬的《锤子键琴奏鸣曲》第一句大跳弹错，而且右手压根就没摆在正确位置上过，几乎从头到尾掺杂着错音不说，连句子都没了。然而仅仅在三个月前，同样的曲目，他不仅弹得接近完美，而且将贝多芬的其他重头戏也演绎得超级棒。

所以罗森当裁判时，见某选手第一回合弹得很好，第二回合却弹得乱七八糟，仍主张让其晋级决赛，甚至为之"游说"别的评委，希望给其机会。

但据罗森说，很多评委都是老师，所以对错误和偏差有着与生俱来的仇恨，认为那是不可忍受的。而罗森则可以接受略有偏差但有个性的演奏。他还说，很多非常杰出的钢琴家兼老师也和他一样，"悄悄地允许某些才华很高的学生有时弹得不循规。"往往，音乐会钢琴家如果做评委，就会宽容一些，他们并不期待参赛者弹得和他们一样。演奏家往往得意于自己的演绎，希望那是自己的"专利"，如果钢琴家乐意听年轻人模仿他们，那他们干吗不自己弹？

比赛公平吗？太难说了。和体育比赛一样，选手属于国家，而且属于某个老师、某个学派；不仅牵扯到国家荣誉，还有同行中的声誉和利益平衡。有一次利兹（国际钢琴）比赛，有人发现英国选手全在第一轮被淘汰，就提醒大家："咱们可是在英国。是不是挑一个最好的英国选手，让他进入第二轮？"幸好大家一致认为这是不应当的，结果就没更改。

还有一次，一位评委提出要讨论一下选手的音乐处理方式："不是所有音乐问题都能通过投票表决。"但著名音乐教育家布朗热说："如果你感兴趣的是音乐，就不要来比赛。比赛中，我们不讨论，只投票。"布朗热其实没错。另外呢，她在比赛中不讨论音乐，但另有渠道表达看法。她总是带着谱纸来听比赛，谁的演奏平庸得让人睡觉，她就开始在纸上写主题。有一次，她写出一个特别精巧的五声部对位。"利兹比赛上最让人情绪低落的莫过于连续将三场不出色又相似的演奏塞给人听，而且还都是勃拉姆斯的《F小调奏鸣曲》。"罗森这样总结。

还有一次，来自南非的年轻选手斯戴芬·德·格鲁特(Stefan de Groot，当时是塞尔金的学生)刚得了克莱本比赛大奖，居然在利兹比赛的第一轮被淘汰。"当时我走到他跟前，对愚蠢的评分结果表示歉意。我说：'投你票的评委都真心地欣赏你。'""格鲁特个性强烈，让人要么很喜欢，要么很讨厌。这样的人，绝对值得再听。""他是一个才华很高的年轻人，可惜几年后在空难中亡故。"

（四）

本书的文字虽通俗，涉及的历史研究范围之广、之细，却令人叹为观止，更有许多有趣的观点，妙语连连。

在《倾听钢琴的声音》一章中，罗森说奥地利艺术史家阿洛伊斯·李格尔(Alois Riegl)有个著名的理论，说艺术随历史的顺序，倾向于由触觉(haptic)向视觉(optic)发展。换句话说，从可触变得越来越可见。原始时代，艺术的线条传达的信息类似于用手指触摸的感受。慢慢地，文艺复兴时期的"成角透视"体现了空间感，其建筑也不仅仅体现自身轮廓，还要表达和空间的关系。巴洛克艺术的色彩技术则融化了线条，所以其形象不能再被"触及"，而只能以视觉来"感受"。最后到了印象派和立体派，连物体都了无边界。按罗森的看法，音乐竟然也有类似的规律：历史从"可触"向"只供倾听"来发展。早期拜占庭和中世纪的单线音乐好似可以用手指感知线条，再往后的复调音乐和巴洛克音乐将音乐的横向和纵向相结合，和声的进行和时间的推进要以听觉来感知。而海顿、莫扎特实现了更大范围内的和谐。到了舒曼和李斯特，长线条都消失了，声音互相"溶解"，线索难寻。不用说，到了瓦格纳、理查-施特劳斯和德彪西时代，这种趋势发展到了极致。再后来的勋伯格把纵向的和声结构都去掉了。最后，布列兹和斯托克豪森将动机与序列的重复及稳定的节奏这些"线条"的最后防线都统统推倒。这个趋势体现了音乐元素从近观和个体处理到远观和全景处理的变化。

这样有趣而大胆的见解只有像罗森这样腹笥骇人的音乐学者才说得出吧。他在无数实例和争端中穿行，然后奉献给读者更多的谜团。在《风格和方式》一章中，他说著名羽管键琴演奏家柯克帕特里克(Kirkpatrick)认为钢琴家(对待早期作品)除了个别需要，应该用指法而不是踏板来连音："在他(柯克帕特里克)看来，用踏板演奏连音是作弊，因为羽管键琴并无踏板连音。他认为钢琴家这么取巧，太不公平了。可是他又认为用踏板来变幻音色是可以的，尽管这并非作曲家所图。""他没想到，不同的指法在钢琴上会引起不同的重音，但对羽管键琴演奏家不存在这样的困难。""柯克帕特里克不讲道理的主张体现了键盘演奏者过度拘泥于操作细节的毛病，为了保持绝对的'平均'力度，不惜牺牲美学上的真实。"罗森在另外一处又提出，"如今的巴赫演奏者为迎合现在的口味，把一些段落弹得轻巧，把另一些加入戏剧效果，以免听上去太单调。不幸的是，巴赫多数作品并没打算吸收音量和音色的变化。""如今巴赫留下来的指法标注虽然不多，但表明了他的分句和呼吸比我们一般以为的要鲜明。现代人加入了太多的连音。""十八世纪早期的音乐爱好者不怕一系列曲子都用同样的调和类似的和声。到了十八世纪末，公众开始要求和声的变化了。巴赫和亨德尔可以用一个调写一个组曲，而莫扎特哪怕写巴洛克风格的一个组曲，每一段也要用不同的调。""我自己更喜欢那种忠于莫扎特和海顿的清晰断句，我认为音乐的质量会因忠实于作曲家的分句而提高，但我也不愿随意丢弃现代的连音。莫扎特的风格可以吸收多种表达法。""我倾向于'正确'的解释，但相对于无趣的演奏，我还是会选择更有灵感的那种。"关于莫扎特的踏板之谜有很多争论，比如季雪金(Gieseking)坚持不用，因为他仔细看过莫扎特用的琴，没有踏板；而另一名家斯科达(Paul Badura-Skoda)说季雪金个子太高，所以没看见莫扎特的琴的踏板藏在琴下，演奏者要用膝盖来顶它！罗森最后说："哪怕我们用莫扎特的琴，我们的音乐厅也不是他演奏的地方了。更重要的是，我们的听众不是他的听众。""忠实于作曲家的同时，我们还需要自己的想象力。两者缺一，剩下的就毫无用处。"

从钢琴技法的扩大、流变一路说下来，自然不能不说到现代音乐。现代音乐之"臭名昭著"，当然不是新闻。不过，现代艺术里，现代派的文学和美术招来的反对是远少于音乐的。这是一个耐人寻味的话题。个中原因，以我本人猜，首先，音乐这东西，躲不开，吵闹的东西扑面而来。你要么逃走，要么咬牙听完。不像文学美术，还可以跳着看看。第二，文学和美术，到目前为止，好像还没把传统手法用光——至少文学上是——除了诗歌，诗人们确实已经给挤压得只能往自虐和虐人的方向走了。音乐在这一点上近乎极致：传统实在给用光了，空间也消耗完了。

以上说的是创作。

演奏当然完全是另一种样子。在懂点儿古典音乐，也就是说，能基本跟上音乐的人中间，莫扎特这样两百年前的老古董远比二十世纪的勋伯格受欢迎——时代和审美的对话并不那么线性。对多数人来说，中世纪的音乐也远比二十世纪音乐好听。所以你看，一方面人们说数字时代如何如何，真给你数字时代的东西来听，大家是坐不住的；能让大家坐住的东西，包括流行乐，仍然是旧的调性体系中的那一套。换句话说，多数人能接受的是有那么点儿舒服习惯的东西加一点点新鲜感——这在听古典和流行的人中并无区别。罗森说："对现代音乐的厌恶是可以理解的，因为喜欢这类音乐确实是很难的事情，需要一定的意志力。需要反对的是那类批评家：他们不理解为何有人能够喜欢和理解这些东西，并发表言论，认为喜欢现代音乐是'赞美皇帝的新装'。我们的社会对这类人、这类轻易否定自己所不能理解的东西的评论家有一种荒唐的宽容。这些人可以被同情，但不必听从他们的建议。"

(五)

罗森的这些讨论,我如果在学管风琴之前看,那么和现在看的感受会很不一样。几乎每位演奏家和学者谈到钢琴都会不同程度地传达这样的信息:钢琴是浪漫精神的产物,与个性的张扬共生。大凡钢琴家、评论家无不赞赏有创新、感人的演奏。

糟糕而无奈的是,多数管风琴的演奏拿到钢琴比赛上都会让听众睡倒一片。在钢琴上把一首名曲弹得中庸平稳差不多就会招来千夫指。而在管风琴上,连大师也难免如此。换句话说,管风琴上"无过"就差不离,钢琴上非得"有功"才可。钢琴是带着强烈自我的,而管风琴的理念与之不同,它多数时候稳妥而平静,像沉睡的巨兽。

关于管风琴,罗森是这么说的:"管风琴至今仍然具有宗教生活的印记,它有着不可克服的缺陷,也就是:力度无法发生微妙变化(比如一个小节或句子内的变化)。""管风琴的音量增大可能靠音栓或增音踏板,但管风琴家无需使出任何力气。羽管键琴能承受的动态也非常小;小键琴呢?演奏者的发力可能把琴弄坏。而钢琴的优势不仅在于巨大的音量和动态,还在于动态变化是由演奏者的身体运动导致的,是类似舞蹈的全身运动,这更近于音乐的原初。"

在钢琴家看来,这当然都是天经地义的结论,而在管风琴家来看,必然引起争端。管风琴的演奏并非完全一样,但人和人的差别确实没有钢琴家那么明显,尤其是,在管风琴上没有个性或触键直接导致的差异——当然,要排除琴键和音栓的区别。在钢琴上,人们轻易地以呼吸和力度来辨识个人,这在管风琴中都被压抑到很低的程度,像钢琴演奏那种一个句子出来就抓人的情况极其少见。我过去的管风琴老师就叹息,自从钢琴兴起,人们就不会判断微妙的东西了——问题是,像他那样拥有X光般听觉的人又有多少呢?

而在我看来,管风琴音乐的存在为我们保存了另一种艺术形式的理路:它躲过了十九世纪音乐绝对化、舞台化、炫技化的过程。它至今没有从教堂中完全剥离出来,仍然保留了古老的礼拜习惯和文化。今天的管风琴演奏比赛也往往有赞美诗的内容,因为这是最实用的职业保证。我尊重这样的理念和习惯,因为在现代艺术里,沿这种路子走的东西实在太少了。

那么,我们接受管风琴演奏这个几乎匿名、无个性的事实之后,再来看"艺术"的定义。历史上,无名者创作的艺术品相当多,从古希腊雕塑、古建筑到中世纪音乐,千万作品和个人、个性的联系都是松散的。直到巴洛克时期,因为教堂音乐仍是主流,作曲家憋足劲头要传世的念头仍然不那么明显。到了贝多芬时代,我们才确切地感知"伟大作曲家"成了一个清晰响亮的称号,鼓舞无数从业者以身相许。从此之后的大师,无论演奏还是作曲,都在苦苦追寻时代中的自我,以至于我们相信,这是顺理成章的艺术家天职。不过,这果真那么天经地义吗?

我们都承认,历史不会倒退,人类对"个人"和"自我"的追求只会越来越强烈,但这不意味着其他的追求一定会消失。早期键盘乐器的声音,如今和钢琴之声同时存在,正如在今人听来难以接受的"现代主义"和主流经典必然同时存在一样。早期和现代这两头的音乐,虽然都属于小众,意义并不相同,后者追求语汇之新,但其理想还是在表达自我;前者语汇似乎陈旧,其"匿名"的理念,在今天难道不是真正的另类吗?

底色和潜流的运动对巨大全景的影响在阅读历史时往往正是有趣的看点——罗森这样一本"钢琴书"倒为我启发了一些"非钢琴"的视角。

参考文献

28.《钢琴笔记:钢琴家的世界》(*Piano Notes: The world of the pianist*),罗森(Charles Rosen)著,自由出版社,2002。

遇见格拉斯

（一）一部关于格拉斯的电影

对美国作曲家菲利普·格拉斯略有所闻，但没留意过——我很难对当代音乐产生感情。不过有一次正巧在图书馆看见这个片子，《格拉斯——十二幅肖像》，一好奇，加上不拿白不拿，就赶紧拿回来。后来才知道，其名源于他的一首作品：《十二段乐章》——结果，和这个人相遇后的一段时间里，我的整个音乐观都遭遇了更新！

格拉斯是谁？这个美国人生于一九三七年，还活着，还在作曲。

片子一共两张。惭愧，我第一次看第一张片子的时候，有印象的只是他的婚姻。片子开头出现的年轻女人霍丽，我一开始以为是他女儿，跑来跑去吹泡泡的小朋友是孙子。结果她是太太，小男孩是儿子。霍丽比他小三十岁，遇到他的时候，她是餐馆经理，格拉斯去吃饭的时候遇到她，不由分说地暗恋，然后像许许多多传说中的故事那样追求，而她已婚。结果就是一番不必细述的"魔法"，总之他们于二〇〇一年结婚。我无聊的好奇心大作，在网上一搜，原来这是他的第四任太太。更雷人的是，如今他们已经分居了，格拉斯有了新情人。霍丽在片中说，格拉斯其实很需要支持，也需要交流和生活中的帮助，但……余下的话其实我们可以替她来讲——反正天才就是这副德性。

片子中有一些他们一起玩乐的镜头。格拉斯就像传说中的许多老天才一样,老而不衰,坐着"过山车"哈哈大笑。

不过我后来又看了一遍这部片子,印象突然很不同。这一次是带着导演西克斯的"私语"解说,也就是在画面进行时,导演以画外音解释了一些前因后果。还有一个有意思的地方是附加了一些"被删掉的片段",看上去简直有点儿掩耳盗铃:既然"删掉",为何还和片子一起放出来?

对比一下删剪部分和正片,观众也许都有自己"微妙"的观察和结论。片子涉及他们的真实家庭生活——拍摄的时间跨越两年,格拉斯和恩爱小妻子已经露出难以掩饰的分手征兆。格拉斯私下和导演西克斯说:"有人能跟你走一段人生路,就应该感激了。"任何人都听得出,"最坏的事情可能会发生"就是他下面要说的。西克斯大吃一惊。被删除的片段中,有一幕在沙滩,两人各领着一个宝宝,彼此站得相当远,画外音说:"这似乎表明即将发生什么。"格拉斯像任何一个爸爸一样尾随着蹒跚的宝宝,一步不离。后来他给宝宝用小桶把沙子扣出小桶形状,宝宝生气地拍扁了。"你是不是想再做一个呀?""要不要弄一个大点儿的?"他像别的爸爸那样耐心地说。这是七十岁的爸爸和两岁左右的宝宝。

在片中,霍丽有一次忍不住流泪说,我们很爱对方,但终于发现各有自己的需要,两人的生活并不像他们当初想象的那样,尽管"有一段时间过得还可以。""和一个总是同时在写三首作品的人一起生活,是很不容易的。""度假的时候他也在工作。"对着镜头倾诉到一半，格拉斯进来问霍丽邮箱密码。霍丽收拾起泪容说不知道，但后来想想说，可能是×××。格拉斯说好，推门走了。霍丽又坐下来略略掩面，不过又带着眼泪大笑，说："这下你们都知道我的邮箱密码了。"看，这个有灵气、懂幽默的女人，一定敏感而有情趣。她在片子中显得性情温和，克制而开放。朴素洁净的她，似乎很适合与格拉斯的形象相伴。然而童话注定不长久。

片子持续两年，拍到后来，其实他们已经在分手的边缘。"微妙"已经放大成伤感，更可怕的是片子一旦公开，对二人的关系会有何影响？导演说他不敢多想。如果格拉斯不喜欢他的拍法，会不会损害两人的友谊？但后来格拉斯打来电话，大意是："这是你的电影，你有权按你觉得合适的方式去做。"导演说："我看到了这个不凡之人的种种复杂之处，但此刻他又恢复了他在我眼中的形象，我又看到了他超越自我的智慧。"

(二)格拉斯的音乐生活

好了，以上都是八卦，或者说，只是格拉斯生活中的一面。我后来在好奇之下，寻找了更多的资料，才真正地大吃一惊。他原来是个相当喋喋不休的家伙，发表过无数访谈和回忆录。

格拉斯是犹太人后代，成长在保守的小城。父亲开了唱片店，凡是当代音乐一定滞销，于是他好奇地拿回家听，想"看看问题出在哪里"。这样，格拉斯小时候就听了很多嘈杂可怕的当代音乐。

他小时候学了点儿钢琴,也会胡乱拉点儿小提琴。十九岁从芝加哥大学毕业,学的是哲学,也选数学课。后来迷上作曲,到茱莉亚音乐学院读了几年书,认识了一个只比他高一班的年轻人阿尔伯特。此人从和声到对位都精熟,比老师们强多了,于是格拉斯干脆和阿尔伯特学。阿尔伯特不收钱,唯一的要求是必须完成作业。慢慢他发现,原来老师们私下也跟阿尔伯特学!格拉斯问阿尔伯特,你跟谁学的?阿尔伯特说,我是在巴黎跟纳迪娅·布朗热学的。法国人布朗热是位奇女子,教了近七十年音乐,从和声、对位、作曲到钢琴、管风琴,是无数美国音乐家的老师,用格拉斯的话说:"是二十世纪音乐史上最有影响力的人物。"

不幸的是,才华横溢的阿尔伯特从音乐学院出来,做了指挥,可是从布朗热老太太那里继承来的犟脾气让他无法跟乐团合作——一有错音他就生气,可是谁买你这个二十出头小伙子的账!这孩子神童出身,样样都走在别人前面,但渐渐地,一样一样地放弃,最后早早死于沉寂,和许多被各种原因折损的音乐才子一样。而记得他的人都是因为跟他学过作曲。

后来格拉斯决定干脆去跟布朗热学好了,于是靠奖学金资助去了巴黎。而这两年多整个改变了他的音乐能力和观念。学什么内容?其实就是基本练习,外加分析巴赫、贝多芬和莫扎特。他说,跟她学习是个可怕的经历。课下做无数练习,拿给她看,她随便翻翻就挖出来藏着的平行五度。只要犯一个错,"她就能让我羞辱得几乎爬出教室,这辈子都不打算犯错了"。她最好的反应也只是从头翻到尾一句话不说。她只说过一句好话,指着某个小节说:"这个小节确实像个真正的作曲家写的。"这句话让可怜的格拉斯记住了很多年。

每周都要背一首巴赫的《众赞歌》,四个声部都得背清楚,在任何谱号下,让你弹哪个就弹哪个,或者弹一个再唱另一个,布朗热随时会抽查。那时格拉斯已经没有奖学金了,得到处打工养活自己。不过她说,你可以不付我钱,以后有钱再说——格拉斯直到她去世多年后才开始挣钱。

曾经有这么一节课,布朗热让大家分析一段谱子,配和声。"你来。不行。菲利普,你来。"整个班级花了一个上午吭哧吭哧地分析,直到中午才做完。布朗热说:"很遗憾我们花了那么多时间。我本来打算几分钟就够了。"然后她从钢琴背后取出谱子,大家发现这段和声的作者是贝多芬,这正是他某部小提琴奏鸣曲的一段中声部(她经常从名作里取出一段一般人认不出来的旋律,让学生写出其他部分,然后对照)。原来,她逼大家当了一回贝多芬!

在集体课上,大家常常被吓得一片死寂,好像要上绞刑架。

而手艺的尊严就在于此。一周一周地,在艰苦得可怕、把能力压榨到极致的强迫训练中,他总算学会了扎实的技术,随便听到什么东西都能立刻想得清清楚楚,好像看到谱子。他在巴黎曾给印度音乐家申卡打工,跟他学到很多东西。"申卡总是在教别人,只要你在场,他就开始给你上课!"他后来深深迷上印度音乐和文化。回忆起这两位老师,格拉斯说:"我太幸运了,成为这两位天才老师的孩子。纳迪娅用'恐吓'来教，申卡用爱来教。我后来发现，两者好像是一样的，我经常从自己身上看到这两面。"大概音乐甚至所有艺术都是如此吧，既有爱和温柔，又充满苛厉的自虐，两者交媾，生成无坚不摧的热情。

他直到现在还坚持："我得告诉年轻作曲家一个坏消息：作曲必须有坚实的技艺，尤其是对位。""现在的年轻人都在着急：怎么找到自己的声音？我要说，找到你的声音并不难，三十岁之前肯定有了，问题是，你怎么摆脱它？换句话说，你怎么持续发展？没有技术的风格往往是垃圾。"跟布朗热学习到底有多苦？格拉斯的意思是，真正的痛苦是在遇到布朗热之前。"那时我写任何东西都要经过漫长的痛苦挣扎，而且找不到自己的语言，只会跟在卡普兰、勋伯格后面转。跟布朗热补上了传统手艺之后（大约在三十岁左右），作曲突然变得轻松了，我几乎再也没有'憋'住过。"原来，当他回到最老掉牙的巴赫、莫扎特和贝多芬，把音乐细细拆碎了，一点点分析，然后重新构建，才获得了自己的语言——从"最少"获得了"最多"。当然，前提是：天然地拥有创造力和悟性。"她把传统的东西强化到这个程度，以至于旧东西和创新简直成了一回事，全看学生怎么看。"他认为她是革新家，她的方法是革命式的，"对我的启发犹如闪电"。而布朗热一直强调："我希望学生有自己的声音。我不灌输自己的喜好，但他们必须熟练掌握根本的东西才能发现自己。"她教的不仅是纪律，也是纪律和个性的平衡。

不过他一直以为自己是坏学生，不得老师的欣赏。直到她去世多年，别人整理遗物时发现她给格拉斯写的推荐信，信中充满热情的赞扬。他这才恍然大悟——那是四十年之后。

其实，他在和布朗热学习之前，有些想法本来已经与之相近。他一直很有纪律，克己。他曾经特意去西藏和一些教徒相处一段时间，希望获得修行中的灵性。从西藏回来后去巴黎，人家告诉他，纳迪娅要的是纪律，他说没问题，因为他总是被别人夸奖勤奋。"我不怕。"结果一见她就傻掉，因为自己学的东西和自我要求在她那里什么也不是。每天六七点钟起床开始做练习，至少六个小时。每周到了见她的时候，她就把饭放在钢琴上吃，边吃边看他的作业——"我一会儿害怕她的饭掉在钢琴上、腿上，一会儿害怕她发现我的错误。"

"她的生命并不'优雅'。没有人说她优雅。她强硬地做了这一切，坚持了一生。人人都说她是魔鬼布朗热。""我从她那里学到三样东西：集中精神，努力学更难的东西，永远从最基本的东西开始。"她不仅是音乐老师，也是灵魂的老师，因为她强调的"集中精神"也是宗教中的苦修所能抵达的。那种献身与投入的精神，"普通人类"实在不可能达标——而她期待所有学生都和她一样！这些信条之外，格拉斯自己加上一条："一点点耐心。"要知道，他和同伴经历过多么漫长和孤独的年头。

而事实的另一面是，她的学生不是都成了格拉斯。其中有人因为受不了压抑、艰苦的学习而早早放弃、离开了；有人始终抱怨她太保守——没有教任何新东西。她对种种抱怨充耳不闻，一直坚持自己的理念。她教到临死前不久（九十多岁），视力弱得不能看谱，只能靠耳朵和记忆。

格拉斯呢？艰苦求学能收获什么？不知道。作曲这个专业不是"可能没工作"，而是"必然没工作"。从巴黎回到美国，格拉斯找到的工作是开出租车，修水管。但他的野心可不小，自己搞了个小团体，从一开始就约定只演奏他的作品（只有一个例外，就是演奏一个作曲家朋友的）。没有任何基金，他靠别的艰苦打工来凑钱付给乐团的人——负债是肯定的。在有机会演出之后，他的团每夜在歌剧院的演出要赔一万元左右。他坚持要在歌剧院演出而不是下里巴人的场所。他和伙伴，剧院经理威尔森——一个同样满怀疯狂理想的家伙——靠卖音响、卖画来还债，很多年都如此。此时他的名声已经不小了，但一贫如洗。作为新音乐家，当然会挨评论家的骂。"他们都说我的作品是皇帝的新装，结果反倒帮忙宣传了。人群分成阵营，开始有人真心地喜欢我们。"

和很多美国人一样，格拉斯成年后和母亲很少见面。母亲某次见到他在某大厅的演出队伍中，观众一共六个，母亲是其中之一。下一次见面是八年后，音乐大厅里挤满了人，不过此时格拉斯正负债累累，并且越欠越多，越演越欠。因为受欢迎，一再被要求演出。他说："我们实在演不起了。"母亲倒也简单，看到儿子居然搞出了什么演出，十分自豪。

当然，也只有在伟大而自由的纽约，这些作品才能常常上演、卖光票，尽管还是在赔钱。"可是我们享受自由，可以演出任何作品，不需要获得许可。"他的第一任妻子、离婚后仍与他合作多年的剧院经理简回忆起当年的岁月，感慨说："那时我们真穷啊，可是什么都能做。只要有音乐和表演上的想法，就都能成真。"

格拉斯有一则小轶事：当管道工的时候，某客户是艺术经纪人，惊讶地说："哎呀，你是格拉斯！"格拉斯说："我是呀，不过我还有个工作是修管道，你的洗碗机马上装好。"经纪人同情地说："可你是格拉斯呀！你怎么干这个？"格拉斯说："对，不过我现在得修你的下水道。请让我修完。"还有一次，他的歌剧上演，反响热烈，很多人都记住了格拉斯这个名字，而格拉斯却仍然在开出租车。有一天，一位太太上车之后看见车上的司机牌子，很好心地说："年轻人，你知道吗，你和一个著名作曲家同名！"

这样的岁月持续了十三年。

(三) 格拉斯的音乐

读关于作曲家的一切，我总是感想很多。首先是对音乐本身：看似1到7这么几个音，在西方音乐体系的高度形式化中真能把整个文明都搅进去。我似乎能理解为什么有的音乐家能忘记所有尘世烦恼，把音乐当作逃避（照格拉斯的意思，是解放），因为这种高度形式化所生成的秩序既复杂又干净，让人饱享思考之趣，比真实世界好玩多了。当然，别的形式化学问，比如数学，也是如此。大概，作曲对规则和抽象化既近于数学，又可疯狂如诗歌。能负担这种强度的人，也必然能像格拉斯大人一样，勇敢地结四次婚。

为什么作曲需要这么多的技术？格拉斯后来说他现在写东西越来越精确了，他的作品里面没有糊涂的声部导引(voice leading)，哪怕复杂如歌剧《阿赫那吞》或者《弦乐四重奏》。因为"我很清楚我要什么，怎么写才能达到我的目的"。

看，这就是所谓技术，也就是对效果和手段的精确区分。艺术发展到今天这种稀奇古怪的地步，连我们这种所谓爱好者都不敢说什么，但仍然有些东西没有丧失它的尊严，比如"区分能力"。在杂草般的现代派中，内行仍然能够清晰地辨识好坏——哪怕风格、新旧完全被放在考虑之外。内行能看出有些人"知道自己在干什么"，有些人则不知道——因为他们的区分能力走到某个程度就开始疲软。而后来格拉斯搞印度音乐跟西方传统和声一点关系也没有，但我想，这种"区分能力"让他总能发现"手段"和"效果"之间的联系，并且帮助听众建立这样的联系。

惊喜的是，我居然真被格拉斯的音乐迷住了，而我对一般的当代音乐往往只有尊重而已，并不太听。他的头上有一顶"极简主义"的帽子(但这只是他的早期标签)，因为音乐的表达方式就是不断重复一个动机，重复到让人疯掉。电影中的访谈说："格拉斯擅长把塞满听众的屋子变成空屋子。"很多人听到一半被烦跑了，还有人气得敲雨伞——那次的观众们愤怒得一齐敲雨伞，声音大得令演出快进行不下去，但乐团的人都有着格拉斯式的不屈，硬是演完了。

格拉斯对种种骂声有一种天才的免疫能力,以至于《格拉斯——十二幅肖像》这部电影的导演在画外音咯咯笑着说:"真希望我也如他那样对待批评!"格拉斯和团员们以收集报上的恶评为乐,常常在坐公交车的时候和大家互相朗读,哈哈大笑。他总是说,不喜欢听我的音乐不要紧,只要有人喜欢即可,对那些不喜欢的人,"世上有那么多音乐,有莫扎特和披头士,你不用听我的。"他读到恶评时会说:"好吧,现在我知道自己是在正确的道路上!"

不过呢,我觉得"重复"对于音乐来说并不坏,至少比韦伯恩那样压缩信息、回避重复更容易接受。至少我还没给烦跑,只要别一口气听得太久。另外,格拉斯是有调性、有旋律的,浪漫而细致,并不逆耳。我甚至被他著名的《沙滩上的爱因斯坦》深深打动,找了各种版本和录音来听、看。一遍遍的"一、二、三、四"在同一音高上重复,在我看来竟然因浑朴而庄严,略有魔咒的意味。还好,所谓的"极简主义"并没有让我发疯,它终将引向寂静。

整部歌剧其实不能算真正的歌剧(但又长达四个多小时,中间没有间歇),观众可以随便进出。它没有情节,没有人物,甚至形象、表演和音乐之间也没有固定的联系——这大概就是格拉斯追求的贝克特式表达。对我来说,音乐是恒久好听的,变换的情景和刻意简单的表情好像在催眠或冥想。要说它和"爱因斯坦"的联系,恐怕只是一个白胡子的脸谱式"爱因斯坦"和持续的小提琴声,因为爱因斯坦是业余小提琴手。另外,黑夜中的火车、闪光的飞船等等情景多少概念化地暗示了"科学""因果""循环"和"检验",也许多多少少还有"永恒"。剧中的音乐有着刻意的循环结构,比如"重复",其实是用来辅助和强调调性的切换,单音的穿插和重复牵引着节奏与和声的运动。当然,几幕之间,种种手段在暗暗地呼应。在我看来,这一点其实是很古典的——我甚至感到音乐有着古典意义上的细腻,因为音乐中所用的终止式和传统有所不同,这种变形感颇具飘逸之趣。现在看来,这种荒诞剧已经不新鲜了,舞台上的种种光彩和激情也许可以超越,但音乐包裹的一切仍不失趣味。

格拉斯受塞缪尔·贝克特影响很深。说到古典戏剧和现代戏剧的区别,格拉斯的意见是:古典戏剧的高潮清晰而固定,比如《哈姆雷特》,每次观看,高潮总在同一个地方,演员和导演能做的就是把它执行得更精确、完美。而贝克特的作品,每次关注的地方都不同。"我后来发现,贝克特对我来说,只要我在什么地方有所准备,就会发生高潮。"也就是说,观众的准备和参与在现代作品中产生的效果中占有更大的份额。我想,可能有这样的原因:现代戏剧是启示性的,破碎并矛盾着,游动着,回避一以贯之的线索。作者和导演想要计算它的效果是很难,甚至不可能。但这不等于可以放任自流。所以看上去散漫、随意、把创作和想象的任务推给听众的现代艺术,其背后的劳动量并不小。自然,它们之间也有高下之分。

这个人写的东西太多,简直数不胜数。我自以为晋升为粉丝,但程度太低,哪怕对他的代表作也追不过来。仅仅以科学家为题材的就有好些大部头,比如以伽利略为题材的《伽利略·伽利莱》,还有以印度伟人甘地为题材的《真理坚固》、以埃及法老为题材的《阿赫那吞》,等等。他就像一个变形虫,对印度、中国、北非音乐都有"出神"的吸收,也写过很多交响曲、歌剧、电影音乐、协奏曲,甚至羽管键琴协奏曲!我最近才发现著名电影《时时刻刻》的配乐也是他——时时刻刻,这个名字真巧,循环、重复中的时间感不正是他的哲学吗?

(四)说不完的格拉斯

回到这部纪录片。因为做得精致有趣,更难得的是其真诚,电影获了不少奖。我觉得它就是"格拉斯"式的现代意味的艺术品,充盈着雕琢之下的自然,看上去随意得不能再随意。其间,被访谈的人起身接电话,看电视,给狗拿骨头,哄小娃娃。仔细想想,信息都在里面,不过仍然有一些我想不通的地方,比如格拉斯显得柔和与随意(其实他姐姐在访谈中说,他很倔强)。这样的人怎么抗过漫长的考验?他说:"我对别人说花了这么多年才开始靠音乐挣钱,欧洲的朋友都惊叹:'天啊,这么长。'而美国的朋友会说:'这么快,真幸运。'在美国,这确实更艰难,最容易发生的事情是放弃。"的确,我在生活中知道不少中途放弃的音乐家、艺术家,漫长的失败和等待让他们悄悄地消失。美国哪里是个对艺术友好的地方？那些看上去的"大众选择"其实是商业操纵下的媒体塞给大众的。大众能看到什么东西就决定了他们的眼界，商业价值不同的作品压根没有在一个起跑线上公平地竞争过。

格拉斯的成功本来很容易被写成典型的"美国故事"：从一个卑微的起点开始，渐渐变成了获奖无数、身份至高的高产的作曲家（注意，这个过程历经四十年）。而且，他没有当过作曲教师，也没有依赖过什么基金。从十几岁就开始打各种工来谋生，所以勤奋和实际对他来说仅仅是习惯。这个感人的神话本来可以像许多"美国故事"一样成为励志传说，但格拉斯不止于此，他说："我还有许多音乐要写，我希望活得长。"

他多年来有自己的秘密，那就是素食、练瑜伽、练气功、冥想，都认真地请教老师。他自称是"犹太—道教—印度—托尔特克—佛教徒"。这个过程完全是私人的，他不和妻子说这些事，也不告诉导演——在片子里只大概提了一下，说练气功时会进入一种奇怪的境地，可是无法描述，令人惊惧。大概是因为这样的体验和日常经验脱节，故无法依托于日常语言吧。最后，他说自己的每日"冥想"不可以谈论——你看，他连家庭秘密都公开了，却守着那么一角枯燥的自我，说是害怕强加给别人自己的生活哲学，因为那毫无用处。他是对的，一切灵修都紧密咬合于个人生命的过程，这对抽离生活经验的他人来说注定是"外语"。影片追随的是早上的一幕情景：格拉斯结束修习之后，回到妻子和孩子身边，给他们烘饼，做早饭，两个小朋友在小椅子之间跑来跑去。而格拉斯的工作室乱得什么也找不到，霍丽像典型的贤妻一样追在后面收拾。

片子里的老格拉斯已经七十多岁，朴拙得像个老工人。而我看到他早年演出影像的资料中，他还是个青年，大眼睛，一头卷发，真有点儿诗人的忧郁气质——可是这孩子到处给人修管道呢！他如今仍然坦白、朴实，注意力集中在自己所做的事情上，但并不孤独，因为写剧场音乐，他要和很多人合作。事实上多年来就是如此：他要组织别人，和伙伴把资金、表演细节操心到底，所以并不以自我为中心。他早年的印度老师申卡说："格拉斯和别的西方人不同，他少有地谦虚。"影片上，这个老家伙喜欢把各种事情描述得理所当然，好像诸事都像是"我们想做什么就去做了"。但事实上，他面对的是一个多么喧闹而险恶的世界，这个世界曾经处处和他做对。在最困难的情况下，他们的乐团被音乐厅封杀，《纽约时报》也不再登任何关于他们的评论。别的作曲家往教授的路上奔，而他往往不知道下个星期的收入在哪里。发财？想都不敢想。关于作曲的成就，他说："舒伯特那么早取得成就，让我难以想象！现代也有这样的例子，比如普罗科菲耶夫，十八岁就写出第一部交响曲。我可不行，我的进步很慢。如果不是活得久，我什么都不是！""成就和财富偶尔会同时发生，但不可指望。也许整个一生都看不到财富的回报。"

格拉斯说："我这一辈子都不让别人的意见干扰我。""我特别赞赏爱因斯坦、伽利略这样生活在'边缘'的勇士，他们一定有过许多自我怀疑，一定有过很多的自信。"也许他的坚硬内力来自日复一日的修习？当然还有音乐本身。他认为不断工作的艺术家自然是健康清醒的，比外面的那个世界更清醒。"音乐令人简单而真实(simple and real)。"

我这个观众只能这样去解释：简单和真实令他节能而高效。可这样说还是太功利了。我宁愿相信他的生命的实质沉浸在独思之中，而那样的寂静是音乐之始，也是音乐之终。

参考文献

29. 《格拉斯——十二幅肖像》(*Glass: A Portrait of Philip in Twelve Parts*)，西克斯(Scott Hicks)导演的纪录片，2009.

30. 《格拉斯：肖像》(*Glass. A Portrait*)，2002，梅科克(Robin Maycock)著，圣克托里出版社(Sanctuary)，2002.

31. 《关于格拉斯：散文、访谈、批评》(*Writings on Glass: Essays, Interviews, Criticism*)，理查德(Richard Kostelanetz)编，伯克利、洛杉矶、伦敦：加州大学出版社(University of California Press)，1997.

32. 《海滩上的歌剧：格拉斯和他的音乐新世界》(*Opera on the Beach: Philip Glass on His New World of Music*)，格拉斯著，伦敦：费伯出版社(Faber & Faber)，1988.

作曲的钢琴家：阿姆朗和八人

(一)

　　加拿大人阿姆朗❶出生于二十世纪六十年代的魁北克(法语区)，是我最喜欢的"中生代"钢琴家。几年前我在休斯敦，听他和一个电台主持人当场给大家做了个访谈，有印象的是几点：一是他暗示昨天的音乐会上自己发挥得并不理想，这样的坦率让我有点吃惊。二是他显得对早期键盘乐器并不关心，不打算追求"本真"，对羽管键琴也没兴趣。我不认同这样的看法，不过确实对这个钢琴家留了个问号。看来他真是纯粹的钢琴家，随钢琴生死，对乐器历史和制造并不在意。这样的钢琴家并不少见，他们对历史不感兴趣，只从目前的声响出发，自走一径，和偏向音乐学研究的演奏家们在此分手。三是他既自己作曲，也弹很多没人碰的非主流作品。无疑，亲自作曲的钢琴家对音乐有一种"自内而外"的角度，而非从音乐外部打击，探测。

　　后来在网上看了一些他的演奏，突然被他演奏的李斯特打动——我甚至打算说服自己相信，连李斯特本人也不如他弹得好。也许因为他是加拿大人，更让我感到亲切。这样纯净优雅的演奏让我想起冰雪和高山——典型的加拿大风景。可是，这个国家虽然出

---

❶ Marc-Andre Hamelin，英语区的人读作"阿姆林"，其实原来的发音是"阿姆朗"。

了不少大师，古典音乐却往往和平民生活无关，加上地域广阔，人口分散，疏于沟通，不容易形成文化氛围。

我立刻买了两张关于他的影碟，前前后后看了他自述练琴、成长、喜欢的作曲家和自己的音乐理念。他说起方方面面的事情显得简单而无野心，和我眼前的加国人有着清楚的联系。片中的音乐会上，他不仅弹李斯特、肖邦和布索尼，也弹海顿。那首海顿《奏鸣曲》他弹得多么好啊，灿烂而"平"，没有讨厌的渐强。有一次我连听三遍，最后忍不住找来谱子自己在钢琴上试试。还有一次看了一部讲述法国哲学家萨特的纪录片，看过这个野蛮、尖锐、终生不宁的灵魂之后，我又拿出阿姆朗的海顿来听，他此时显得如此家常，如此中产阶级，如此加拿大——海顿以平直纯净的欢乐表达另一种威严。世界和音乐就这样参差相从。

扯远了。阿姆朗长得一般，好像坐办公室的文职人员，谢顶，微胖，既不好看也不丑，表情很少，没有明星气质。他弹琴时身体不动，整个人简化到极限，音乐则可以从极静到极动，好像全部能量都蓄于身体之内，该出手时则出手，琴声既欢乐灿烂又清晰无暇。你听他弹琴，就会知道他自己也在注意听，不然声音的比例和程度不会调和得这么有音乐性。在这一点上，海顿的作品可以算是一个考验：不仅能把快的东西弹得活泼亮丽，也能把慢的音乐"黏合"得很好。在那些慢得要断裂的地方，他用气息予之连绵的生命。早年他只弹阿尔康、布索尼这类人，现在居然也开始录肖邦、舒伯特了，而且样样都有自己的说服力。李斯特则是他"生命的一部分",他说:"我的生命从来没有离开过李斯特。"

他说因为自己弹琴看上去太容易,甚至遭到一些经纪人的拒绝,还有人建议他"把音乐搞得看上去难一点"。但他拒绝了,说音乐就是供人听的,不是看的,更何况"我演奏不是为自己,是为了和听众分享音乐"。在《无界》(*No Limits*)这部影片中,有一些准备某场音乐会的"进度追踪"片段,他的练习、思考、自我批评和对某种境界的寻求——被记录。德彪西音乐中一些"惊鸿一瞥"的瞬间,他将之比喻为一头夜行野兽,突然在黑暗中一声长嘶。他还说,练习是个"自我学习的过程","练琴不一定在钢琴上",也可以发生在散步的时候,一些创意慢慢涌起,也许并不是好主意,但那是钢琴之外的另一维度下的音乐冥思。

阿姆朗的生活基本是平静、都市的,他和女友住在波士顿。

(二)

因为太喜欢阿姆朗,我找了讲述他和他爱弹的八个作曲家的这本书,《作曲的钢琴家:阿姆朗和八人》。为什么是这八人呢?按作者罗伯特·雷米(Robert Rimm)的说法,这一十九世纪的"作曲的钢琴家"传统以意大利钢琴家布索尼为圆心,划进阿尔康、索拉布吉、梅特纳、拉赫玛尼诺夫、费恩伯格、戈多夫斯基、斯克里亚宾等人,前后跨越一百多年,从肖邦的好友阿尔康到今天的阿姆朗,形成一张"布索尼网"。而二十世纪下半叶后,弹琴本身成了奥林匹克竞赛,钢琴家无暇作曲,渐渐远离了这一"钢琴作曲家"的传统。

这八人都是神童出身,少小弹琴成名,但都意在作曲,并希望把音乐引向新风格。他们年长后,道路发生变化,在世界上获得了不同的礼遇。其中声名显赫、听众覆盖各个层面的只有拉赫玛尼诺夫,籍籍无名者如阿尔康,近年不断地被阿姆朗演奏,才开始真正复活。作者的写法颇有意思,把八人分成四对,特点相近的放在一起,对比其命运。本文只择其中的阿尔康、布索尼和梅特纳重点介绍。

先说说阿尔康。这个法国人出生于一八一三年,正赶上浪漫派的鼎盛期。他是犹太人,家庭富裕,教育良好,钢琴和小提琴都很出众。二十岁前就有了广泛的名声,渐渐被视为和肖邦、李斯特、门德尔松类似的人物,早早就开始在巴黎音乐学院教书。可是到了二十五岁的时候突然从众人的视野中消失,二十年里几无声息,沉浸在研读《塔木德》和作曲中。他也教一些私人学生,但不再有稳定教职。其实他渴望被承认,但又愤世嫉俗,不愿见人。读者可能会想,既然渴望承认,难道开音乐会不是最容易的途径吗?可是他又深深厌恶公众音乐会,真正渴望的是自己最看重的东西——作曲——被人承认。一方面,他常常不见客,一方面又希望有人主动来发掘他。六十岁的时候,他复出音乐会演出,甚至举办系列音乐会。但又出于避世的本性,很少弹自己的作品。

由于被天性中的狷介所阻,他一边梦想巴黎音乐学院来主动请他出山，一边又不肯宣传自己，在机会面前却步。肖邦去世后，他感到更加孤立。五十岁左右的时候，他在日记中写下这样的话："我一天比一天更厌恶人类……没有任何事情有趣、值得做……连音乐对我都没有足够的吸引力了，因为我看不到目标。"

你看，肖邦虽然挑剔，清高，但基本还算平衡，没有到达完全谢绝关注的地步。事实上，公众的关注总是双刃剑（回避公众也是），一方面给人干扰，另一方面也给人推动力和鼓舞。完全失去激励的人，若想全凭一己之热爱而无他人反馈地坚持，往往极难。故创作者在孤寂之中待久了，都容易灰心和放弃。

据说他的作品也是良莠不齐，不过共同之处是，技巧超高，左手八度，右手七和弦，或者双手飞速三对四，都是是家常便饭，可以坚持两页之长。对于一个还不够出名的作曲家来说，这么难的东西会把钢琴家吓跑，人家何苦要把大量时间花在这种东西上而不是贝多芬和肖邦上？同样身负浮华之责的李斯特好歹能招来不少听众。

舒曼早先不喜欢他的作品，说："这样虚假、不自然的艺术简直惊人。"他有时把阿尔康称为"钢琴上的柏辽兹"，意为只重浮华。即使是支持阿尔康的人，也很遗憾于一些冗长无趣的作品和他的名字联系在一起。对比较好的《十二月》(Op.74, *Les mois*)，舒曼倒是表示了赞扬。有一些作品被认为是伟大的，比如阿姆朗常常演奏的《练习曲》(Op.35)和《大奏鸣曲》(Op.33)。在当时的作曲家中，还没有人写这样大型的奏鸣曲，李斯特的《降B小调奏鸣曲》写于六年之后。钢琴家阿劳和布索尼都演奏并试图推广他的作品。布索尼说:"这些作品足够让他和李斯特、肖邦、舒曼及勃拉姆斯比肩。"但在同时代人中,阿尔康没有获得过批评家的有力支持(恐怕舒曼已经算是当时最有眼光的批评家了)。

阿尔康的作品到底如何?我只听过、读过几首,感觉他简直是肖邦和李斯特相乘的结果——细腻与华丽交织,彼此无限扩大,令诗意不堪重负,最终只好坠入难以名状的黑暗和神秘。不过他的织体偶尔也有薄如蝉翼的时候,此时既飞快又压抑的手指运动实非一般人能承受。听了几首练习曲,我好像也开始理解他,不过盯着谱子又想,怎样的双手才能解放这样繁复的音符使之飞翔?这个厌世到疲倦的家伙原来躲在这里疯狂张扬,自说自话。而音乐中巨大的能量能否抵挡身后这个不友好的世界?其实,李斯特又何尝轻松?一边当名人,一边努力静心写东西,外加无数家事纠葛。繁华与空寂各有各的孽缘。有趣的是,阿尔康的儿子后来成为李斯特式的钢琴家,热衷于演出作秀。

(三)

在这八人中,出生于一八六六年的意大利人布索尼也许是最幸运的。他少小光环围绕,不到十岁就在维也纳演奏自己的作品,和李斯特、勃拉姆斯、阿图尔·鲁宾斯坦见过面。其志得意满的程度可能超过现在我们所知道的任何神童。大概是因为父亲天性贪婪,总在追逐财富,布索尼对此格外厌恶。他说:"从事创造的人最好能有一笔钱来支持,这样就可以安于孤独,不去追逐名声。"

因为是演奏天才,总的来说,他衣食无忧,但他对理想的坚持和严格的自我要求是处于他这个位置的人极难做到的。他只收有天才的学生,不要学费;对自己,他苦苦追求完美,不断磨练,以求获得真正的自由之境。而在追求完美这一点,他身后的意大利钢琴家米凯兰杰利和波利尼和他如出一辙。经典音乐的演奏中,激情和完美似乎总有那么一点矛盾,批评家也指责布索尼计算过度——但在我看来,对技术的追求必然会带来激情的丧失吗?古典音乐中的激情又有什么时候能离开控制和比例感呢?"我从来不放过任何可能提高的机会,不管以前的演绎看上去多么完美。我开完音乐会,到家之后,马上又开始练习刚刚演奏过的曲子,因为音乐会让我有了一些新想法。这些想法很重要,拖到以后再练习、巩固是荒唐的。"布索尼说,"真正的艺术家是永远只表现出自己最完美程度的人。"

满足于名演奏家和名教授现状很容易(他二十四岁就开始在莫斯科音乐学院任教了),探索新路并鼓励同行一同探索是难行之路。他有自己固执的趣味,发现了自己欣赏的作曲家就坚决支持,比如阿尔康和斯特拉文斯基。在斯特拉文斯基的音乐会上,包厢里只有他跳起来欢呼:"杰作啊杰作!"周围的人大笑。但布索尼认准了自己的判断就不回头,在最不能接受阿尔康的柏林听众面前演奏阿尔康。

虽然他的演奏一直受欢迎,但他的作品一直没有获得很肯定的评价，连索拉布吉（书中八位钢琴作曲家中的一位）这样的新音乐家（自己写没人懂的音乐）也说布索尼的音乐太飘忽、神秘、难以捕捉。而布索尼理直气壮地追求"神秘主义"，甚至对印第安文化着迷起来，说："印第安人是唯一有文化、不爱钱的民族，他们的日常语言才是真正美丽的。"布索尼还有一个相当极端的理念，就是除掉音乐中的"爱"，代以"真"。"真实是创造活动中绝对重要的东西。"

就这样，创造之路带来孤寂和忽视，这对演奏家来说何尝不是福气？舞台固然是他们的家，但那毕竟是秀场，水可载舟，亦可覆舟。

而现在，布索尼的作品被演奏最多的恐怕是他的改编曲，相当多的是巴赫，最有名的是那首钢琴曲《恰空》。还有许多东西仍如海平面下的冰山。

布索尼是严肃得近于完美的人吗？据说他过敏，虚荣，小心眼，害怕被强手超过，连超级的演奏水平都让他不满足，总是感到不安全（这一点，八人中的另一位，戈多夫斯基稍稍与之类似：有严重的心理负担，在众人的高期待下近于崩溃）。这种因追求完美而过度紧张的人格在大师中并不少见。

（四）

八人之中，离我们比较近的是俄国人梅特纳——拉赫玛尼诺夫的同代人。他俩年轻时有类似的起点，但拉赫玛尼诺夫后来名声越来越高，虽然抱怨繁忙的演奏让他没时间作曲，但众人的欢呼和富裕的生活无疑给了他安慰和幸福。风格与之略有共性的梅特纳却奇怪地从来没有进入过这个圈子。音乐作品的话语权确实不乏偶然性，也许我们不够内行的人还是不能置喙。

一九〇九年，他还不到三十岁，已经成为莫斯科音乐学院的钢琴教授。一年之后就感到厌倦，和妻子搬到德国魏玛。而忠实的妻子随他四处颠簸，把他用铅笔写的手稿用墨水笔誊写。在魏玛，好心的朋友介绍他和当时著名的指挥大师门格尔贝格合作协奏曲，可是他竟因为节拍不合而争执，摔了钢琴盖，拂袖而去。

渐渐地，阿尔康的人格在梅特纳身上重演：他不肯屈从和迎合，但希望这个世界主动来找他。有的幸运儿获得了这样的圆满结局，比如那些取得话语权的作曲家、演奏家（包括当代的古尔德）；有些没有，终于和世界两相抛弃。

另外，在音乐家生涯中，大家都知道，光作曲是不行的。写不出东西的话，怎么也得靠弹琴来保持经济和精神上的平衡，但梅特纳不但坚持只弹自己的作品，还极力反对一些新音乐家，比如勋伯格、理查·施特劳斯，等等。在话语上的"跟错风"也是让他不受欢迎的原因之一。一方面他有高远的理想，一方面又无法克制地嫉妒同行——在这一点上，成功的拉赫玛尼诺夫其实比他强多了。拉赫玛尼诺夫也曾是追逐虚荣的少年，但成熟之后完全摒弃了这些，近于忘我之境，赞扬梅特纳是"活着的最伟大作曲家"。梅特纳总是抱怨没钱，可是总不好好地待在一个地方，总是因对环境不满而搬家，渴望获得完美的位置。数十年间，他的人生跨越了两次世界大战，在混乱时局中，演奏活动更是陷于僵局，机会越来越少。拉赫玛尼诺夫说："谁让他不像我们这样工作？"梅特纳在背后回敬："拉赫玛尼诺夫把自己卖给了钱。"两人因为才能、水准近似，不可回避"瑜亮"之感。梅特纳不喜欢拉赫玛尼诺夫的"迎合时风"，认为美丽的东西要能持久才有价值。他说和拉赫玛尼诺夫根本无法沟通，"没有一个人像他那样，跟我完全无法讨论音乐。"是因为太相近而彼此排斥还是因为太不同而格格不入？

也许，这种自我纠结的状态是许多艺术家的本能。连从来不缺少关注的布索尼都说："这种心理现象很有趣——在最和平舒适的岁月，我反而想法最少，结果就是不断苦恼，无法安宁。"尽管不会处世，梅特纳的才能和创造力还是给了他一些机会。但他又扭过头去。他写过钢琴协奏曲，可是和乐团合作对他来说是太难的事情。二十世纪初和现在一样，协奏曲要靠大指挥家来推广才能获得承认，梅特纳一直没有获得这样的机会，直到著名指挥尼基什为之吸引，打算演出。可惜尼基什突然去世了，演出被永远搁置。

不管怎样，梅特纳的可贵之处在于坚定和不妥协，让音乐面向内心，并且不计成败地将自己投入其中。然而据某些人说，他也败在这上面。他严肃，刻苦，生活如苦行僧，性格又害羞。连拉赫玛尼诺夫都说他的生活太单调太封闭："艺术家不应该是道德家，要从外部生活寻找灵感。"可是拉赫玛尼诺夫也承认："真正的灵感还是来自内心,如果没有内心的力量,外部刺激则毫无用处。"

梅特纳和肖邦、阿尔康一样,只写钢琴作品。他有一个特别之处是写了不少奏鸣曲,有人说他简直就是天生写奏鸣曲的材料。今天听来,梅特纳的钢琴作品其实并不太难接受:抒情,有田园风,不逆耳,也没有复杂到疯狂,倒是相当亲切。因为不时使用民歌主题,和声也很传统,甚至有人说他和舒伯特有着明显的联系——比如类似的抒情,好听而冗长。他热爱俄罗斯诗歌,仰慕那种高远且不朽的美丽,所以他的音乐往往比较具象,和语言有着可见的联系,乡愁和忧伤是永恒的主题。在这一点上,他和追求现代与抽象的布索尼完全不同。因为他比较传统,斯克里亚宾和普罗科菲耶夫都不喜欢他,说,怎么现在还有人写这样过时的音乐?这样的音乐在自己家里弹弹还差不多。而多年后,音乐学家纽曼开始肯定梅特纳,另一位坚定的支持者霍尔特甚至把梅特纳视为最杰出的钢琴作曲家之一。

极端的赞和弹之间,《作曲的钢琴家:阿姆朗和八人》的作者这样评价梅特纳其人:"一个刻苦、努力的人,性格中的不完美之处却完美地为艺术服务。"

我们如今回头看历史,可以"超然"地评点一番,但历史的残酷和荒诞总是超过我们的想象。天才不能保证成就,努力也不能保证;天才和努力加在一起,仍然什么也不能保证;再加上运气?有可能,不过那同样可能造成破碎飘零的人生和家庭。成就和人生,其间的得失到底可不可以让人评点?活在"人生"中的人一边被历史嘲弄,一边嘲弄历史。

据说古典音乐已经日薄西山,这个结论我并不相信。但多少年前,艺术果然近于理想和宗教,在某些人身上抵抗了常见的诱惑,让他们毫不浪费地将能量投入艺术中。

这样的境界真是恍若隔世。

(五)

这本书中有一章是阿姆朗访谈,算是串起这张"布索尼网",比影片中的形象更多面。看上去十分家常的阿姆朗说自己喜欢暴力电影,渴望观看事情发展到了极端会成什么样。而这些极端体验据说也可丰富情感的表达。"暴力和愤怒,在音乐中往往表达得很优美。"

另外,他果然是个不太在意风头的人,说有一次在后台见到阿格里奇,发现她竟然知道自己,不由得小吃一惊;又发现自己居然在某古典乐评的"全球百名顶级器乐演奏家"榜单中,也十分惊讶。有些加拿大人就是这样,他们并未刻意追求什么,只是简单地奉行自己的原则,对外界的干扰真的"不知道"。在这个自由、广阔、文化气息淡泊的国度,人人忙着登山旅行看冰球,而不是簇拥文化明星,反倒让有志者宁静致远,最终显得横空出世。加拿大艺术家在这一点和上述身处文化中心、在音乐气氛中命运动荡的八位作曲家都很不同。当年的古尔德虽然是"多伦多男孩",可是他对加拿大之外的世界来说简直就是个乡下孩子。他虽有名师，但老师特立独行，从未嵌入错综而细致的德国或俄国传承之间。生长在魁北克省的阿姆朗，少年时代也没有加入到密密麻麻的竞争和定位中。据说他曾经拒绝弹肖邦，因为"没感觉"，更别说去参加肖邦比赛。他的时间大部分用来探索那些没人弹的曲子。他长大后到费城学习，就此定居费城，并读到硕士，缓慢而扎实地成长。

因为平静和职业化，一切都显得清晰，有求真的方向。阿姆朗说，演奏家的个人情况、轶事、魅力，等等，听众应完全无视——音乐就是听的。他说俄国钢琴大师索弗朗尼斯基晚年重病缠身，录音非常糟糕；还有一位老钢琴家，晚年状态不行了，可是音乐会还是受到热烈欢呼，这都是不专业的。不同的信仰和生活方式可以被宽容，但音乐技术和才能的不足在任何情况下都不应该原谅。我理解他，也理解演奏家的表面魅力给人的视觉感受——其实很少有人能回避这些信息。好在，古典音乐是供人重听的，真相迟早会暴露，尽管我们在"人"的层面对音乐家仍难免有体认之心。

阿姆朗说他并没打算把作曲当作最重要的事业，现实也不允许——不过我拿到的最新一期《钢琴》季刊上已经发表了他的作品。近二十五年里完成的十二首练习曲终于结集出版。他仍然是钢琴家，有正常、稳定的表演生涯，对功利不追逐也不回避。他没有像阿尔康那样厌世退隐，也没有完全扔下听众只顾理想。但他强调："我从来不寻求职业发展的建议，也不让别人的意见影响我。"这个外表柔和、内心独立的人在现实世界中游刃有余，有得无失。也许，这就是我们这个世界所能期待的最好状态——中产阶级古典艺术家。

参考文献

33.《作曲的钢琴家：阿姆朗和八人》(*The Composer-Pianists: Hamelin and the Eight*)，里姆(Robert Rimm)著，阿玛杜斯出版社，2008.

闲话伯恩斯坦

"爸爸向我发誓他永远不会得癌症,我相信了他。"女儿杰米在葬礼上致辞,"他说得对,看看这个幸运的家伙。他是这个星球上最幸运的人。看看他开车的劲头,可是他出过车祸吗?没有。看看他如何狂欢作乐,彻夜不眠。他有时生病,有时非常非常忧伤。但只要一个维也纳人的赞美就让他转忧为喜。对他来说,世上没有勃拉姆斯的小曲不能治愈的东西。你们说他这次再也不会醒来了?不可能!"

一九九〇年十月,伯恩斯坦刚过完七十二岁生日两个月。母亲、弟弟妹妹和儿女都在。警车排成队,马路上挤满人,好像他生前的音乐厅。高速公路上的工人都摘下头盔,对着车队高呼:"Goodbye, Lenny!(再见,兰尼!)"

(一)

指挥家在音乐家中是一种奇怪的动物,因为他们太"人",太"社会"。从爬上指挥的位子到和一帮演奏员、媒体打交道,多多少少都有点儿"政治"化,作秀、公关和音乐本领一样都不能少。又因为供人尽情指指点点,所以但凡有点名气的指挥家,从他们的录音和传记中挖挖,败笔、把柄,甚至丑闻,一定应有尽有。

想想看,我最佩服的指挥家,大概是富特文格勒吧。这位大人以精英姿态为本，精英了一生。他一九二五年去纽约的时候，对美国只闻了一鼻子就掉头而去。他对"没文化"的美国的反感不难理解，因为美国的好时候还远未到来。我多少也染上他的偏见。不过最近，我倒是被美国指挥家伯恩斯坦深深地感染——其实多年前，我就骄傲地拥有了他指挥的《马勒全集》。最近有感觉是因为看了他指挥讲解的《给年轻人的音乐会》系列，原来此人语言表达能力超强，把音乐拆碎了在钢琴上弹，往往直抵本质。常常，他几句话就把我穿透了。

更难得的是另一套讲解音乐的片子《七讲》❶，录制于二十世纪五十年代。那并不是大家一起死抠巴赫的年头，他自己演出巴赫极少，但他谈起巴赫竟然不亚于专家，放在巴赫渐成"显学"的今天都不逊色。

于是我变成兰尼（伯恩斯坦的昵称）的粉丝，立刻又找来他在哈佛大学的系列讲座《未回答的问题》来看。他从小习惯用音乐思考，这在音乐家身上常见；但又能用语言表达得活灵活现，甚至把乔姆斯基那一套搬来和音乐互相比照，信息高密、高清，这在音乐家中就难得了。比如斯特拉文斯基，在音乐家中算是能说会道的，但后来被邀到哈佛讲课，讲稿基本都是别人捉刀（所以兰尼的母亲格外骄傲，有几个音乐家能到哈佛讲课还自己写讲稿？）兰尼说话总是那么生动，有激情。说到天才作曲家舒曼的发疯，他说那是

---

❶ 《七讲》（*Omnibus*）1952年11月9日美国首播的文化教育类节目，哥伦比亚广播公司制播，兰尼参与了7集节目的录制。

gloriously mad（光荣的发疯）；身为犹太人的他说到有着反犹名声的瓦格纳，称"我恨他，但我跪着恨他"。

再后来，我顺藤摸瓜，又找来他的指挥录像和作品录音。原来这个家伙成功得完美，作为一个纯粹的美国人，攀到当时美国音乐界的顶点。在他之前，美国的音乐舞台本是欧洲大师的天下。而且，除了指挥，他还演奏，作曲；又是不多的给普通人写书的大音乐家之一；待人也慈悲，十分乐群。

对一个艺术家来说，这样貌似圆满的人生确实有点可疑了。幸好他是双性恋——在当时的美国，这还是忌讳，至少不能对公众宣传。所以，大师也不是样样称心，顾忌的事情、不可倾诉的阴暗面很多。我们已经习惯了这种假设：艺术家横竖有点不正常，毒气总要有地方发泄——哪怕性向。太称心了才不是好事。而同性恋这件事，至今也并不把人往乐群的方向鼓励。虽然没人反对，但除非你住在同性恋社区，不然注定孤独，难交友。于是兰尼在我眼中的形象立刻生动起来。此外，我在美国待过很久，有许多记忆碎片。虽然他的美国完全不是我的美国，但对我而言仍有些吉光片羽不时地闪烁。这里的气场如此多色，多层，在这个"罗马帝国"开始衰落的年代仍然不失吸引力。了解他的过程中，我发现自己也在重新认识美国。

"塞缪尔·约翰逊警告人们，传记作者往往抗拒不了增删传主生活的诱惑。对伯恩斯坦来说，没有'增加'资料的诱惑——他的生活本身就太丰富了，但确实有'掩盖'的危险。这个人身上有一些瓦格纳的特点,光彩夺目和黑暗难测同时存在。"兰尼的第一本完整传记《伯恩斯坦传》的作者琼·派瑟这样说。此书出版的时候,兰尼还在世,事业继续辉煌着,传记则若无其事地分析他的成长轨迹和心路历程,他的精明算计和强烈虚荣心,种种倾向性极强的描述看得我出冷汗——兰尼大人能高兴吗?至于种种细节,虽然往往有引证出处,但真相也许只有天知道了。我只知道这第一本传记出来,好评如潮,大概不少恨兰尼的人都舒了口气。美国作家、乐评人的独立性和不惧权威的勇气倒可见一斑。

今天的读者毕竟远离这样的是非地、名利场。饱满的故事总让人欢乐,热爱生活。

(二)

和很多艺术家一样,兰尼有一个不快乐的童年,主要是父母不和,父亲严重反对他搞音乐,动辄说你以后就在餐馆拉琴吧!不过,兰尼少年的不快乐让他一辈子爱成功,爱风头,但并不阴暗,甚至相当慷慨而有同情心。他也没有像同样有一个不快乐童年的贝多芬那样度过了愤世的余年。兰尼老了以后回忆起自己的青少年时代,和别的老人一样爱夸张,说自己的家庭如何贫穷,没人受教育懂音乐,等等。事实上,这个犹太商人家庭虽然烦恼多多,但父亲会做生意,他们拥有两套大房子和两辆汽车,在当时可不一般——兰尼是高中生里唯一开车上学的孩子。但世界对犹太人是不会友善的，在传统欧洲社会，多少犹太中产阶级的梦想就是让孩子成为基督教社会可以接受的绅士淑女，可以有正常的社交。这一点小小的愿望其实极为奢侈。很多犹太人转变为基督徒，或者鼓励孩子和基督徒结婚。兰尼小时候，这种气氛仍然很明显。

父亲不懂音乐不假，和兰尼互相仇恨不假，但他毕竟用钱支持着儿子。母亲则把全部的爱献给了这个身体柔弱的孩子。他从小就有哮喘病，有时脸变得青紫，母亲后来回忆起这些把人吓半死的时刻说感谢老天，他竟然活下来了。他利用一切机会学音乐。没什么好老师，练习也不正规，可是到了十五岁，居然把格里格的钢琴协奏曲都学会了。当然，对爵士乐玩得更熟，害得同时学琴的妹妹谢丽痛苦地放弃了音乐。谢丽后来回忆自己找男朋友总是要求人家像哥哥一样聪明，后果可想而知。

十七岁，他进了哈佛大学，也迅速成为学校里著名的天才男孩，时间主要用来交际，但教授们都说没什么可教他的。作曲家辟斯顿预言他不会成为好的作曲家，因为他一有机会就跑出去演出或参加活动，从来坐不住。在此期间，他遇到日后成为他指挥恩师之一的希腊指挥家米特罗普洛斯，还有他终生的好友，作曲家科普兰。也是从那时开始，兰尼因为聪明外露招来太多的嫉妒，而他自己的野心也极强。他有过一个女友，一起去听米特罗普洛斯指挥的音乐会，结束时掌声如雷，兰尼却坐在那里一动不动。"你不喜欢？"她问。兰尼说："不，我嫉妒。"

从哈佛毕业后，他去了柯蒂斯音乐学院。米特罗普洛斯一直鼓励他："你必须做指挥。"据《伯恩斯坦传》记录，兰尼和同为"同志"的他已经相爱了。也许兰尼只是想试试，不过他喜欢上了这种滋味。

在柯蒂斯，他向莱纳学指挥。这个苛刻到不近人情、被学生在背后骂的大师，据说多年里只给过一个学生"A"，就是给兰尼。讨厌权威的兰尼跟他的关系并不好，不过多年后感谢老师的严厉要求打下的基础。兰尼离开柯蒂斯的时候，曾经苦等米特罗普洛斯的信，因为他许诺过要给兰尼一个指挥的位置。可是来信却是冰冷的坏消息。后来人们在米特罗普洛斯给别人的信中找到这样的话："这些冷血的美国人懒得卷入欧洲的事情……我真希望这些人尝尝希特勒的滋味！他们如此自私，好像美国完全置身世外。"因国难而伤怀的米特罗普洛斯没什么心思搭理兰尼。

绝望中，另一位指挥家库谢维茨基给了兰尼机会，因为兰尼在波士顿交响乐团的暑期学校学习时，在其班上脱颖而出。一九四三年，兰尼当上了纽约爱乐的助理指挥。这段时间的美国音乐界还是欧洲人的天下，一位爵士钢琴家曾经说："我们宁可为'十流'的欧洲人欢呼，而忽视一流的美国人。"

纽约爱乐乐团曾经请马勒、托斯卡尼尼、门格尔贝格等人执掌，后来传到米特罗普洛斯和斯托戈夫斯基。兰尼居于他人之下，在后台或者公众面前稍微有点抛头露面的野心就会惹乐团的音乐指导、波兰指挥家罗津斯基不高兴。大家抱怨"兰尼总有办法让公众注意到他"。

像很多成功的故事一样，兰尼真正的机会是从大师生病开始的。一九四三年十一月，指挥家瓦尔特和罗津斯基同时生病，兰尼被迫上场。他紧张得几乎呼吸困难，上场之前向医生要了两片药。曲目极难，有舒曼的《曼弗雷德序曲》、瓦格纳的《纽伦堡的名歌手》序曲，等等。效果惊人，一夜成名。"第二天，父母都来看我了，尤其是父亲……父亲第一次泣不成声。"在此之前，父亲说如果他退出音乐圈来他的公司里做事，每月会给他几百块钱，外加免费住宿。父亲死活不理解他怎么不答应。兰尼最渴望的是用成功说服父亲。

现在一切都反了过来——名字和照片突然上了《纽约时报》头版。父亲无法相信这是真的，幸福地享受着这个时刻——后来他一直跟记者说自己多么支持兰尼。多年来仇敌般的父子似乎瞬间重归于好，虽然兰尼有时还是恨恨地。父亲讨厌音乐，但绝对不傻，立刻被看得见的荣誉变成了另一个人。

（三）

用讨巧而俗气的话来说："余下的就是历史了。"

琼·派瑟这本《伯恩斯坦传》中写道，作家卡莱尔写过这样的话："世上没有人不受挤压和挤压别人。他得用自己的胳臂肘为自己开路，冒犯他人也接受别人的冒犯。"是的，世人只见成功，不见成功背后的苦恼。你没经历过受挤压的苦恼、渴望机会的苦恼和找不到机会的苦恼，就没有成功的可能——当然，成功带来的是更多的苦恼：苛求和嫉妒。兰尼一夜成名，谣言纷纷传开：是他父亲贿赂瓦尔特大师装病，让兰尼登台。

二十五岁的兰尼事业蒸蒸日上，看上去将取代所有大师。罗津斯基不再感谢上帝送来这个天才孩子，后悔自己"引狼入室"。他按捺不住无名火，跑到乐团经理那里掀桌子砸东西。经理向他保证："放心，谁也不会取代大师你的位置。"可是罗津斯基和兰尼展开了"游戏"：兰尼一旦要请假，哪怕是感冒，罗津斯基也一定怀疑是捣乱和冒犯，一定在别处报复一次。经理私下请兰尼避开他。

但不管怎样，谁也挡不住兰尼了。他是工作狂、学习狂，所有人都抱怨他太爱出风头。有一次他说过这么一句话："我的天，你以为我是谁？我是一般人吗？"

一九四八年，库谢维茨基计划从波士顿乐团退休，力荐兰尼接掌，说如果乐团理事会不答应，他就当即辞职。乐团彬彬有礼地接受了他的辞呈，并宣告明希将接任。这不算不公平，这位大佬当时太强大了，而且比兰尼年长一辈，输给他不丢人。不过兰尼当时还是非常地失望。从这个段子可以想象当时对指挥职位的争夺多么白热化（富特文格勒年轻时也一样，那简直是没有硝烟的战争，万般幸运才搞到手）。总之，那时指挥巨人太多，没了谁地球都照样转。

兰尼也是享受生活的能手，这个英俊聪明的家伙被无数女孩子赞美。其中漂亮的女演员，来自智利的费丽莎吸引了他。她也来自犹太家庭，因反叛父辈而改宗天主教。两人互相吸引，而她不过是千万个想嫁给他的女人之一，哪怕知道他的毛病：仍然会被男人吸引，虽然只是极短暂的互相满足，但见到喜欢的就追，甚至不介意某人是朋友的伴侣。费丽莎左思右想，还是决定嫁给他，为此还去找专业人士参谋怎样才能嫁给他。"亲爱的，你落后时代了，在两张床上轮流睡，在艺术家中不是新鲜事。一大半成功的艺术家都是这样呢。""我不管别人，我恨这个……我支持同性恋的权利，可我还是恨……我不够新潮……我希望这个星球上没有同性恋。""你一边恨一边要嫁给我……你自己决定吧。"这是两人曾经的通信。

他们订婚了，但其间有许多波折，直到一九五一年两人才结婚。在家庭中，太太的奉献和忍耐可谓极致，大约她后来的肺癌也与此有关。太多的自我说服、退让、暗暗的愤怒和绝望让这个在公众场合无比光鲜的女人耗尽了元气。女儿尼娜长大后，看了她小时候家里拍的私人电影，说很奇怪爸爸妈妈看上去这么好，又漂亮又快乐，被人说成纽约最惹人嫉妒的夫妻。一切都如此完美，为什么我的记忆中没有这些？

"小时候，妈妈努力不让我们知道她和爸爸的任何不愉快。她常常会突然让人来照看我，说'我要跟你爸爸谈一谈'，然后就消失了，把我留给保姆。妈妈就这样掩盖着所有的情绪。"

曾经有一次，在旅行演出中，兰尼和男人调情实在让她受不了，而且是在她的祖国智利。她提前回家了。

(四)

除了音乐上的成功，兰尼还有音乐家中少见的一面，就是关心政治。不是一般性地到苏联演出或者说漂亮话，而是半生都没脱离政治主张，是活跃的"左倾"分子。在比较早的传记中，作者承认因为兰尼在世，美国联邦调查局(FBI)的资料没有解密。后来别的作者去挖了出来，这就是在《伯恩斯坦：一个美国音乐家的政治生活》中揭示的资料：二十世纪五十年代初，兰尼的事业飞黄腾达的时候，米特罗普洛斯列出约请的客座指挥名单中，令人吃惊地没有兰尼。

这个时期，联邦调查局不断地增加黑名单的人选。科普兰和兰尼的音乐都被封杀过。兰尼也许是为了躲避这些麻烦而离开纽约一年，去墨西哥（当时他已经被哥伦比亚广播公司和美国国务院列入黑名单，直到1956年）。后来，他又签下了一个羞辱的"认罪书"才拿回了护照，声明包括：他只为民主党和共和党投票；他的音乐评论都是批评苏联的；他参与的西班牙反弗朗哥活动是很有限的；他因为无知才参与了某些左翼政治组织；他发誓自己没去过这些组织的集会，所以不知道那些首领的名字；他活跃于犹太人的慈善活动，支持以色列'独立于苏联'；最后，他公开宣布脱离那些"不爱国"组织，并保证对美国忠诚。

这个"认罪书"起了作用，他拿回护照，继续去欧洲演出。可是他当然痛恨自己背叛了原则和信念。后来他又做了一些"认罪"的事情，比如写一些指定的音乐，才被从黑名单上除去。后来他的音乐剧《坎迪德》也惹来麻烦,据说是他的朋友,当时还是参议员的肯尼迪帮忙,才停止了调查。

这个时期,美国的"忠诚调查"让许多人不寒而栗,据说至少两千万美国人受到各种调查,很多人背井离乡,其间的恐怖和冰冷气氛让人记忆终生——这就是"麦卡锡主义"。兰尼被黑名单、被"非美调查委员会"❶调查,但并非唯一,许多文艺界人士互相揭发,长长的名单证明一批人"不是忠诚的美国人",社科类专业的教师必须在课堂上大骂共产主义,据说连角逐美国小姐的女孩子都要表明对马克思的立场❷。

兰尼并不是那种为政治理念牺牲自己的人,事业的成功对他来说最要紧,但政治对他来说也非常重要——更何况,他的音乐剧本来就离不开社会。二十世纪五十年代中期以后,这些政治压力慢慢过去,当局开始竭力塑造一个民主自由的美国形象,在冷战中把精英争取到自己这边。此时,教育投入、国内文化投资越来越多,兰尼事业的重新发达也得益于此。他的《七讲》音乐讲座和《给年轻人的音乐会》在电视上出现也是在这段时间。好莱坞和电视台的黑名单一去不复返,布列兹、斯托克豪森、凯奇等的"怪诞"音乐自由自在地活跃起来。也许这就是世人眼中那个美国的黄金时代的开始,虽然也可视为另一种政治操纵。我们看录像的观众哪里想象得出这些关于贝多芬、亨德尔以及爵士乐的生动讲座有多少一言难尽

---

❶ 原文为HCUA,House Committee on Un-American Activities的缩写。
❷ 参见百度百科词条"麦卡锡主义"。

的背景。

不管怎样，这个系列音乐会在当时竟然成了通俗文化的一部分，流行漫画上都是兰尼和贝多芬，看他的节目成了青少年的时尚，他们居然能放弃看电影而去听古典音乐讲座！补充一句，这些讲座虽然看上去是知识普及，但并不浅显，很多见解对专业人士或许都有启发，更何况还有那么精彩的演奏。兰尼确实颇有教课的天赋。而多数音乐家因为靠本能学习音乐，无法想象他人的语境，往往怎么也讲不明白。

一九六〇年，他在哈佛的校友兼好朋友肯尼迪当上了总统，美国开始了变化。肯尼迪和兰尼在很多地方颇有共识，比如对穷人和弱者总是表达一定的同情，虽然也总有人尖刻地指责：不管他们怎么说，他们结交的都是富人、名人和对他们有用的人。宽容地看，这也并不难理解。人以群分，一个关心穷人的知识分子未必能和穷人成为好朋友，毕竟生活经历太不同了。

曾经把兰尼列入黑名单的林肯中心主动来跟他和解。"和解"似乎成了当下世界的关键字，罗马教皇开始承认新教、穆斯林和东正教等，表示尊重差别。表面的繁荣、和解之下，谁也不知道世界会在哪里打个旋涡。一九六三年，肯尼迪总统遇刺。兰尼说那是多年里他经受的最沉重打击，整整一个星期精神恍惚。他在葬礼上指挥马勒《第二交响曲》，也把自己的作品第三交响乐《颂祷词》[1]

---

[1] 原名为 *Kaddish*，为犹太教的祷词。

题献给已逝总统。

此时，兰尼的事业已经到了不可动摇的高度，但敏锐的人总是更能捕捉危机。新一代把旧日价值踩在脚下，不要上帝，甚至不要道德，强调的是"良心和选择"。和他们相比，兰尼是"旧人"，被信仰危机折磨。他对马勒的热爱也与此有关。他谈音乐总是不忘联系到时代和政治。谈到马勒《第七交响曲》的时候，他说："如果我们能够意识到，第四乐章记录了马勒和伟大的欧洲传统的终结，记录了十九世纪安宁的布尔乔亚传统的终结，那么这部作品就神奇地显示出意义，显得既讽刺又令人兴奋，最终令人心碎。"晚年，他说得更坦率："马勒一度被遗忘，不是因为他的音乐太长，太难——那都是借口。二十世纪是死亡的世纪，马勒只是太诚实地预言了真相。"

越战开始。一九六七年，兰尼再次活跃地参与政治活动，比四五十年代的他更激进也更悲观。"现在的世界比任何时候都坏"，他说艺术家都有责任表达对"越南、黑人、人权和公民权利"的态度。他责怪当代音乐"太破碎""不再崇高""肖斯塔科维奇的《第五交响曲》和《第七交响曲》是最后的伟大音乐。"曾经在当局压力下羞辱地沉默又在当局的操纵下拍摄音乐讲座的兰尼现在说："你们要让我成为阴谋和游戏的一部分，我不会再妥协了！"

今天的读者也许会在这里苦笑。当年巴赫那样的艺术家有上帝来推诿，这个破碎的现代，理由在哪里？二十世纪以来，关于"崇高"和"丧失"的讨论已经令人疲倦，更何况巴赫、贝多芬的时代又有谁真想回去呢？笔者本人倒还算是新艺术的同情者，总感到"秩序"首先来自积习和认知，难道新艺术就不能沉淀出新秩序吗？

类似的辩白、争论永无休止。不为其所困的人并非发现了答案，他们只是闭上眼睛不去面对而已。因敏锐、执着而纠结的人，永远值得我们的尊敬。

（五）

卷入政治自然要付出不低的代价。二十世纪七十年代初，极端黑人组织"黑豹"成员被捕。同样关心政治的和平主义者，兰尼的太太费丽莎为此募捐保释，引起不小的风波，夫妇两人又落入狼狈的境地。此外，兰尼一直努力支持黑人音乐家，竟然曾被黑人演奏员起诉歧视，因为有两个人没被录取——兰尼没有采取流行的演奏员躲在幕后的做法，授人以柄。

在这些纷扰之中，奇怪的是他仍然有许多时间作曲。

音乐家都相信，真能让自己不朽的肯定不是指挥或演奏，而是作曲。多年来，兰尼最大的野心、最渴望的成功，就在于此。他写了很多东西，百老汇音乐剧《西区故事》[1]在当时算是巨大的革

---

[1] 作于1957年，这部音乐剧将罗密欧与朱丽叶的故事用音乐处理成现在发生的事情：敌对的蒙太古和凯普莱特家族成了敌对的青少年帮派，一方首领和另一方首领之妹相爱。配乐获得1961年奥斯卡奖。

新。这个家伙确实太容易被干扰，所有好玩事情都要插一脚，无法集中精力。不过他真是极其努力，有人见他在洗手间里、飞机上写。他可以在种种纷扰之下突然静下来作曲。减少演出，静心作曲，这个愿望简直贯穿了他的大半生。他一直拼命工作，学习，写作。除了各种音乐剧和舞蹈音乐，他还写过弥撒、小提琴协奏曲、钢琴曲、交响曲——他自己还是个不坏的钢琴家，曾经保持每年学会一首协奏曲。

其实，几十年后，他的作品价值趋于上升，虽然是在他身后。这个炙手可热的家伙当年没能手眼通天，换来好评。兰尼承认最大的痛苦是读《纽约时报》的乐评。人们说他虽然曾经植根爵士，但在古典音乐中沉浸太深，其实已经失去了和流行乐的真实接触—虽然他自以为迎合青少年口味。有一次他酒后失控，流泪说自己写了这么多东西，可是还没有一部真正的杰作。有个音乐家朋友后来回忆说："有一次兰尼对我说，我已经三十九岁了，可是什么也没干呢！我的天！他怎么会这样说？他出版过那么多作品，仅仅其中几件就能让一般人骄傲一辈子了——还不包括他的指挥！"兰尼的疯狂野心让他一边自责"没写出过好作品，哪怕一部，一部就让我满意了"一边过度饱满地生活，有时连夜派对，过度兴奋，无法入睡，然后开始抑郁，然后抽烟。很少人见过他嘴里没烟的时候。

现在，我看了一些他的作品，从《坎迪德》《耶利米》《美妙小镇》《西区故事》到《焦虑时代》，真的很喜欢。如果说狄更斯给我们塑造了一个生动的维多利亚伦敦，兰尼则送给人一个快乐、激情的平民美国。好吧，就算难免脸谱化，就算有些浮华，就算可以被人超过，那总归是一个芜杂、活泼、棱角分明的形象。他影响美国音乐生活整整半个世纪。

如今，他的作品录音、录像都很容易找到，不少中生代演奏家的音乐会都演奏他的作品。我手上的《美妙小镇》是拉特尔指挥柏林爱乐的版本——美国的"土产"居然移植到了欧洲。他最害怕被后人当成"那个只写了《西区故事》的人"，该瞑目了吧。

但我们也应该理解那些批评者。大师如贝多芬、瓦格纳经历的恶评更多。最无知或最恶毒的意见一定曾经从无数同行泼向他们，而他们的经典终于说服了各种各样的天才和自以为是的人。当所有对作者本人的同情在冷酷的同行面前脱落，杰作的品质才赤裸裸地露出。

当然，哪怕他的作品被遗忘，人们还是会永远记得他的指挥。经常批评他作品的乐评人勋伯格说听过上千次兰尼的指挥现场（大概是夸张）。"无论别人怎么贬低伯恩斯坦的成就，他的指挥能力是世界上极少人能及的。"勋伯格也坦白："艺术家有舞台生涯，评论家没有。《纽约时报》的恶评顶多能把一场演出往后推迟两个月，还能怎样？比如伯恩斯坦，他总是被批评，但除了刺痛他的虚荣心之外，还能怎样？"

他的指挥也受到小小非议，比如表情和动作太多。不过他在音乐中的狂喜的确是自发的——演奏者喜欢把他当成神来崇拜，说他是最能点燃演奏者的指挥。他后来得意地获得了指挥维也纳爱乐乐团的机会，用"仅次于德国人的完美德语"。他指挥的时候简直又蹦又跳，让欧洲人大跌眼镜，指挥棒则活活像在砍人。他自己说，我是唯一一个又拿钱又锻炼身体的人！在这一点上，后辈名指挥普列文跟他完全不同。普列文说自己也曾动作张扬，但后来一切都变得具体而微。不过他对兰尼的评价极高，比如说到他演绎的海顿："我从来没有听到过那么古典又干净的海顿！"

"古典又干净"，这和看似充满噱头的兰尼多么格格不入啊。天才是难以归类的，他们完全可能既肃穆如神父又放荡如赌徒；严肃起来如同孤独的哲学家，撒起欢来像街头少年，什么也挡不住他们，什么也不能让他们满足。他们的一生活了别人几辈子。

海顿作品只是兰尼的一个小小的子集。他指挥的勃拉姆斯、贝多芬、舒曼的交响曲大概都可永载史册。更何况，还有被他一手复兴的马勒。普列文说："我本来不太信服他对马勒的理解，可是我听完他的现场出来，简直被粉碎了。"他并不是最早指挥马勒的人，瓦尔特大师曾经对这个威胁其"马勒地位"的年轻后生小有不快，但兰尼在犹太人马勒这里深深地找到了自己，在所有可能的机会下宣传马勒的音乐。他谈马勒，总是传达这样的信息：马勒的所有作品都和死亡相关；二十世纪是死亡的世纪，文艺和哲学都在此主题之下。你看，乐群乐天又占尽荣华的兰尼心里有着怎样的黑暗？

犹太人的历史是说不完的。小民的悲哀、骄傲、矛盾、苦闷和辛酸曾经奇怪地盛装在"犹太血统"这么一个容器里。我们东方人也许不易理解犹太世界和基督世界的对峙。很多犹太人为了获得正常的生活，都改为信仰基督，马勒是其中之一。他要获得维也纳爱乐乐团的指挥位置——而改宗是在申请之后。傻瓜也能看出来他为什么改宗以及说谎背后的尴尬和狼狈。兰尼说，马勒内心深深的罪恶和羞耻感随处可见。为什么有羞耻感？因为是犹太人？不，更大的屈辱是掩藏犹太人身份。

掩瞒和说谎往往聚积着能量。它们是生命的旋涡，终将奔涌不息，所有的羞耻和仇恨都会找到出口。兰尼在某种程度上重复了这一经历：犹太人身份不用掩藏，但他努力掩藏了同性恋身份。虽然这在音乐家圈里并不是秘密，但他从来没有理直气壮地告诉公众。

(六)

兰尼很爱太太和孩子们，但心中有一个疯狂的魔鬼，可以说这是天生的性向，也可以说这是人格的自私。在人格方面，他和瓦格纳有一点类似，恨不得万物皆备于我，处处有得无失。中年以后，顾忌越来越少。

二十世纪七十年代，他迷恋上一个小男生汤姆(Tom Cothran，后来得艾滋病而死，和兰尼的几个男伴一样)，说："他真正理解我的音乐。"天，难道多年支持他的费丽莎不理解他的音乐？不管怎样，这次，兰尼不想再掩藏自己的感情，和汤姆一起度过六星期，把费丽莎留在地狱里煎熬。她昼夜抽烟，不眠不休。夫妻分居的新闻登上了《纽约时报》，女儿尼娜坐车时看见别人手里的报纸时才知道。

两个男人搬到一起，日子过得像灾难，他渐渐发现还是太太能满足他的所有需求：生活中的关照、依赖、崇拜、无微不至的体贴，等等。而和小男伴的新生活方式，他已经无法适应了。连作息时间的不同，他们都无法协调和忍耐，更甭说各自的事业发展。慢慢地，他开始和太太和解。她恨恨地诅咒："你会活得很很长，度过孤独的晚年。"不久，她被诊断出肺癌。她挣扎着，仍然陪他出席社交场合，并要求不再回到旧房子——大概因为有太多痛苦的记忆。他们立刻买了新房子。在最后的日子里，他确实全心全意地照料她。她去世之后，他沉浸在深深的自责中，不断地在公众面前说没有一天不想起她。可是，他没有像公众预期的那样在妻子去世后取消某个庆典。他说自己忧伤到失控——这倒是真的，他的女儿开始担起太太的责任，随时保护和约束这个老顽童，可他有时又无顾忌地和男人纵欲。他仍然参加各种政治活动，包括种种募捐。一九八九年，柏林墙推倒，他在东、西柏林两地指挥"贝九"，是当年盛事之一。

普列文说："兰尼的童年比别人长得多。他没有中年，童年之后直接进入了老年。"而老伯恩斯坦在公众的掌声和崇拜中同时是那个忧伤而放纵的兰尼。多年来，他每天抽三包烟，上镜的时候往往都在抽烟。他从小柔弱，被医生预言活不过二十五岁，可是他一生抽烟喝酒，透支身体和欲望，过着"超人"生活。一九九〇年，他在探戈坞(Tanglewood)开了告别音乐会。半个世纪前，他的第一场音乐会也是在这里。去世前不久，他忏悔说，太太的死曾经让他松了口气，因为获得了自由，可是他又深感羞耻。此外，"我是个骗子，不然我早写出了我的'大屠杀'歌剧"。

盖棺定论？传记作者们似乎已经替我们做好了一切，但传主和写传者彼此是对方的牢笼。琼·派瑟的合作者就包括兰尼的同行，作曲家戴维，两人既曾是爱人，又是怨偶和对手，争吵到晚年。难怪这本传记显得那么刻薄，只抱怨他如何嫉妒作曲家对手，对他提携关照年轻人则轻描淡写。另外，巨人在世的时候，众人被压得喘不过气，自然要找机会反弹。人走远了，与这个世界的彼此给予和亏欠加加减减更算不清，但人和世界之间的张力会渐渐软化，后来的几本传记就温和得多。

今晚，我低头清理自己的唱片，卡拉扬、伯姆和伯恩斯坦的唱片一张张翻过。当年我不了解这些人，他们的名字仅仅是名字，他们的录音仅仅是音乐，陪我度过多年。此刻我知道了太多的故事，太多的恩仇，可是面对唱片又恍然大悟——那才是他们的永生：在音乐中逃脱口舌，重获自由。

参考文献

34. 《伯恩斯坦传》(*Bernstein: A Biography*)，派瑟(Joan Peyser)著，公告牌书店(Billboard Books)，1987。

35. 《伯恩斯坦》(*Leonard Bernstein*)，弗里德兰(Michael Freedland)著，哈拉普出版有限公司(Harrap Ltd)，1987。

36. 《伯恩斯坦：一个美国音乐家的政治生活》(*Leonard Bernstein: The Political Life of an American Musician*)，塞尔兹(Barry Seldes)著，加州大学出版社，2009。

37. 《伯恩斯坦》(*Leonard Bernstein*)，伯顿(Humphrey Burton)著，船锚出版社(Anchor)，1995。

闲话纳迪娅·布朗热

竟然最近才知道纳迪娅·布朗热这位音乐世界中的奇女人，真是惭愧。这位"音乐老师"生于一八八七年的法国蒙马特，除了战争时期，几乎一直在巴黎高等师范音乐学院(Ecole Normale de Musique)、巴黎音乐学院、枫丹白露美国音乐学院(Conservatoire Américain)教书，教到九十二岁，总共近七十年。她不仅是音乐精英，也是文化精英，对待音乐的态度也是生活的哲学。除了教书，她的生命中还有一件重要的事情：她的妹妹就是史上最著名的女作曲家之一的莉莉·布朗热，她的天才几乎让姐姐决定放弃作曲，事实上她后来基本放弃了作曲，直到晚年还在说："我唯一能肯定的就是我的作品毫无价值。"这样斩钉截铁地直面、苛求自己的女人是不是太少见？

纳迪娅自己，奇在一手教出了几代音乐家(梅纽因说，不管你是十岁还是三十五岁，在她面前都是孩子和学生)，其中有很多美国作曲家，比如科普兰、格拉斯、卡特、汤姆森；还有许多著名演奏家来跟她学和声，比如神童小提琴家内弗、谢林，钢琴家巴伦博依姆、比芮特、里帕蒂，等等。科普兰是最早知道她的美国人，上第一次课之前，"我很犹豫。从来没听说作曲家请女人当老师。我担心的不是她，是我的声誉。"上完第一次课，科普兰就完全折服了。多年后，他回忆道："当年我发现了她。四十年后，她还在那所房子里教书，现在美国学作曲的学生没有人不知道她。"

这些貌似与传统决裂的新音乐家背地里都有拼命学传统手艺的经历，这也是纳迪娅反复强调的。纳迪娅也正是传统音乐体系的"卫道士"之一，是他们保持了这些高度形式化的东西，不走样地传承，没有散掉、流失掉。

(一)罗马大奖

对音乐，纳迪娅简直从学会呼吸时就开始学习了。家里到处是音乐，她的意识中也充满了音乐。

父亲是作曲家，年轻时曾获罗马大奖(Prix de Rome)[1]。母亲是俄国贵族后代，结婚的时候才十九岁，比丈夫小三十多岁——他在俄国指挥演出的时候认识了她，然后她随之来到巴黎。母亲的兴趣和才能极为广博，聪明过人，不太有钱，但生活讲究，行止有教养，是那种骄傲的"精神贵族"。十九世纪末的蒙马特还十分保守，女人不能独自出行，社会生活规矩多多，丑闻是生活中的大敌。纳迪娅就在这种气氛中长大。此外，她和母亲一样，终生是严格的天主教徒，相信"永恒"，相信艺术的绝对价值值得用一生来追求和捍卫。

纳迪娅早早开始学钢琴和管风琴，九岁正式进入巴黎音乐学院。母亲对她要求极高，动辄发脾气，不许她有自己的意愿，让她

---

[1] 自1803年始，法兰西学院每年颁发一个面向巴黎音乐学院作曲系学生的大奖，获得第一名的人可以到罗马的梅蒂奇别墅居住四年，外加三万法郎奖金生活费。

永远有做不完的事——永远不够好，永远可以更好。纳迪娅也习惯了苛求自己，和比自己大的孩子同班学音乐也要争第一。因为母亲的影响，她有天然的优越感，不和小朋友们玩乐，平常穿衣体面，说话严肃，是那种让人敬而远之的好学生。父亲身体不佳（这一点遗传给了妹妹莉莉），纳迪娅十二岁的时候，父女正在争论什么音乐问题，他一句话说到半截，突然撒手人寰。

纳迪娅渐渐挑起生活的担子，十几岁就开始教学生。母亲在各个方面一如既往地苛刻，又因丧夫之痛，常常歇斯底里。她们最后把父亲的房间锁起来，不再打开。纳迪娅一边应付这些，一边把音乐学院里关于和声、赋格、钢琴伴奏的奖都拿到手。后来她成为著名管风琴家、作曲家弗雷的助手。弗雷此人的一生也是艺术大师在这个世界百般隐忍低回的缩影。他早年就写出了有影响力的作品，但没有像样的位置，在教堂做收入低微的管风琴师，教学生，在无名、寒酸的境遇中度过了二十五年。五十多岁，他终于拿到巴黎音乐学院的作曲教职，可惜因受到感染，听力出了问题；又因为繁忙，反而更没时间作曲。

看，在任何环境中，但凡创新者都得不到善待。

年轻的纳迪娅渴望被承认，而通往"承认"之路的第一关，就是获得罗马大奖。在她之前的获奖者全是男人。

罗马大奖真是"引无数英雄竞折腰"，也许比现在的肖邦国际钢琴比赛有过之无不及——过去是作曲的年代，现在是演奏的年代。古诺和德彪西都尝试了两次，第一次得了二等奖，第二次如愿以偿；圣桑两次失败，然后放弃；柏辽兹冲击四次，终于获奖——这位既狂热又脆弱的天才不知为此烦恼几何。拉威尔试了五次，最后仍没获奖，但扯出评委会的巨大丑闻和派系斗争的秘密。虽然和这些音乐家的不朽地位相比，获奖是历史学家才有兴趣追究的细节，高人们的失败恰恰可视为叛逆风格的浪漫传说，但偏偏高人们当年为此所困，苦不堪言，可见作曲世界之竞争苛刻，机会稀少，"作曲家"简直是杀人的头衔。同时，普法战争之后的法国社会并不安宁，民众文盲率不低，但从罗马大奖的影响力来看，文化精英的社会地位很高，文化体制十分严密。所以后来纳迪娅教美国学生总是感慨美国的音乐教育和法国差得太远，说"欧洲是雅典，美国是罗马"。当然，这是二战前的事情。几十年过去，美国已经不是过去那个美国，此为后话。

一九〇六年，纳迪娅在罗马大奖第一轮就被刷掉了。第二年，她未满二十岁，又开始为比赛做准备，这时她住在多年老师和朋友，著名钢琴家普尼奥的别墅中。普尼奥一向绯闻多，年轻的纳迪娅和他走得太近，于是人们开始怀疑两人有染。她突然开始发胖，大家又传她怀孕了。风言风语中，纳迪娅冷冷自持，毫不理睬，我行我素。

春天到来，纳迪娅进入比赛最后一轮，可是仍未获奖。她继续全力地工作，学习，听音乐会，继续冲击下一次比赛，以"学生作曲家"的身份。未得大奖，她就和其他学生一样。而在此时的法国，女人和男人做同样的工作，却只能拿一半报酬。女人要出头实在是太难了。一九〇八年的比赛有个更坏的消息：评委中最有影响的人物圣桑格外厌恶女性选手。

预赛要用五天写两部作品，一部是指定主题并有歌词的合唱，一部是声乐赋格。纳迪娅却觉得声乐赋格中给出的主题更适合由器乐来奏，竟然自作主张地写成了器乐赋格。几天后消息在报上登出来，纳迪娅要被淘汰了。一时间媒体哗然，分成几派，吵得厉害。这轮比赛的结局还颇为幸运：她靠着作品本身的质量进入了下一轮。但圣桑感到面子大丢，更加恨恨地。法国女权主义者一直紧盯着这场比赛，"荣耀之门终将向女人敞开。"纳迪娅仍然保持沉默。母亲教她不要理睬任何评判，至少不要流露出任何情绪。

此时，这个十九岁的健壮姑娘处处不离母亲的陪伴。不管别人怎样笑话，母女俩坚定如初。

决赛开始了，参赛者再次被"软禁"一个月，写自己的作品，身心面临挑战。唯一的女性选手纳迪娅也是最年轻的参赛者。而圣桑曾经私下写信嘲弄她，建议她找个老师重学赋格。

尘埃落定，纳迪娅获得罗马大奖第二名——尽管很多人后来都认为她的作品比冠军更好。不管怎样，这是当时罗马大奖史上女人获得的最高荣誉。女人们都欢呼起来，而纳迪娅还是不满意，深恨自己未得第一。这一通漫长的体力与精神折磨，非普通人能承受。也正因为她自己如此坚忍，后来也对学生如此要求。

她从此再也没有参赛。

有意思的是，妹妹莉莉随纳迪娅学习作曲后进步神速。一九一三年，十九岁的她一不小心就得了大奖。传记作者说，当年纳迪娅姿态强硬，没有女人味；而莉莉娇弱多病，对人没有"威胁"，甚至让人怜爱。她轻易地博得了同情和喜欢，外加无懈可击的天才，终于成为第一个获得罗马大奖的女人。莉莉因病不出门，不通世事，但姐姐格外看重她对各种事情的意见，认为她的话是"天使的声音"。

多年来，纳迪娅在歧视女性的环境中不屈苦斗，寻找一切机会演出，学习，教学生。往往，支持她的只有母亲和因病足不出户的妹妹。孤独作战令她的性格格外倔强，一生如此。尤其在她年轻时，对一切权威都坚决反击，包括本想帮她的人。许多人本来支持她，可是被误会，于是渐渐保持了沉默。二十多岁的女孩子毕竟很难那么成熟圆通。

著名女羽管键琴演奏家兰多芙斯卡和她略有相似之处。兰多芙斯卡也有钢铁般的意志和我行我素的勇气。其实，如果她们对人对己不那么苛刻，也许一切都会更有成效。的确，未必总要摆出过于强大的姿势才能成功，但谁能把分寸拿捏得总么好？圆融可爱的女人往往容易软化，让自我消失。如果用勇气装备自己，又难免过度防卫。这一点，在很多女权主义者身上都可以看到。但若不是她们的巨大努力和牺牲，哪有后人之受益？

(二)

纳迪娅在很长一段时间里全心照料妹妹，甚至放弃了自己的事业。她后来照料母亲也付出了类似的牺牲。妹妹二十四岁病逝后，她开始演出妹妹的作品，终生纪念她，宣传她的作品。事实上，莉莉的获奖和成功对她来说曾经是比环境歧视更沉重的打击，让她开始否定自己。她这样一路辛苦抵达之处，妹妹天生就在那里了！姐妹俩做同样的事，不可能没有竞争感。但纳迪娅的爱心战胜了嫉妒。她一边严厉地面对自己，一边更加努力。她的天主教信仰让她相信社会的"等级"观念，不过看重的不是权势而是才能。她坚信人和人是不同的，天才应该拥有特权。妹妹死后的年头里，死亡主题一直悬挂在她的生活里。她年年纪念妹妹，也清楚地记得朋友们的祭日，年年给丧偶的朋友寄纪念卡，以至于有些再婚的朋友实在受不了了！每每旅行，学生们都以给她拎箱子为荣，但她有一个精致的小箱子，里面有妹妹的遗物，她永远自己拎，不许任何人碰。

多年后，纳迪娅在访谈中回忆，当年，她和刚得了罗马大奖的莉莉在罗马行走。因为太年轻，根本想不到衰老，尤其是莉莉，正得意地享受着青春和成功。她们看见一位拔草的老妇，脸上都是皱纹，但能让人想象出她曾经的美丽。老太太微笑地问候了姐妹。就是这样一个并不出奇的情景、一句普通的寒暄，居然让她在漫长生命里不停地对自己说："我的生活是被祝福的。"我想也许可以这样解释：她太敏感了，而一幕启示死亡和岁月的画面被她用生命来融化，吸收入骨。也许你我也经历过这样的时刻：某时的神启正好遇见合适的天线。老年时接受采访时她还说过："我不是五岁、十岁或者六十岁、八十岁，我是'所有的年纪'。今天的事，也许再现着我五六岁时下意识经历的一切。"

个人生活呢？她成年后据说不漂亮，再加上多年照料妹妹和母亲，错过了结婚的机会不说，她的性格对男人来说也太坚强了。后来她决定放弃结婚的打算。有意思的是，有一个前女学生安耐特（Annette Dieudonne）来投靠，自愿帮她照顾母亲。安耐特也是出色的音乐学生，从十三岁开始，跟纳迪娅学了十四年，她的人生从此牢牢地被坚强的纳迪娅吸引，索性彻底依附，成了她终生的助手，自己也终身未婚。她对挑剔的纳迪娅言听计从，而能让纳迪娅满意任何事情，从家务到音乐都难得吓人。她如此死忠，以至于有人怀疑她们是同性恋伙伴。其实，很多女学生都把她当作女王来崇拜，因为在这样艰难的环境中，她做了这么多女人无力或者不敢做的事情。

一九一〇年，纳迪娅二十三岁，开始申请巴黎音乐学院的教授职位——因为种种原因，二十多年后才拿到。其间因为"二战"，职位有了空缺，而她正在美国避难未归。最后这个职位给了刚从集中营里出来的梅西安。

自一九二〇年起，她在巴黎高等师范音乐学院教书，后来同时也在美国音乐学院教美国学生。"一战"后，很多美国年轻人饥渴地来到欧洲学习。这个时期对他们和纳迪娅来说都非同寻常。纳迪娅喜欢美国的生气，鼓励学生寻找自己的声音。这个教学的过程对她来说也如同探险，越来越自信，敢在报纸上发表音乐见解以及对作品的批评。而这些年轻人后来带着难忘的回忆和令他们自豪的技艺回到美国。后来，美国出现了一个由她的学生及朋友组成的"布朗热党"，本来是纳迪娅的对手布列兹对之的蔑称，可见影响之大。欧洲音乐界一向派系不少，巴黎圈更是如此，大家都互相认识。纳迪娅也和人有私怨，也会意气用事：比如她推重很多当代作曲家，偏偏故意绕过勋伯格，讲课的时候不得不提到时也尽量少说，但她是斯特拉文斯基的死党。而布列兹一直站在勋伯格这边，讨厌斯特拉文斯基，甚至和人去"嘘"后者的演出。布列兹还说："以后音乐史都会记得勋伯格，谁会记得布朗热！"这当然不公平，因为她从来没把自己当作曲家。她姿态强硬（在很多人眼里是保守）不假，但凡有品位的人，都难免如此。

　　因为照顾母亲，她基本已经放弃了成为演奏家和作曲家的指望。但几年后，从美国来了机会，请她演出并讲课。她十分兴奋，为此竭力准备，认为这是自己"音乐生涯的新生"。有意思的是，她完美的管风琴演奏获得的评价总是"智慧、有教养"这类表扬，也就意味着缺少呼风唤雨、让人发疯的魅力。倒是她用磕磕绊绊的英语开的讲座、演示都大获成功，这使她受到鼓励，发现自己的天才在讲课和评论上。很多年里，她在音乐圈里被称为"先知"。

(三)

余下五十载,可叙的传奇不多——除了教学和指挥。

顺便说一下,她从一九二〇年就和女权主义者分道扬镳,说不感兴趣,"因为没必要"。她指挥的时候一再强调:"指挥这件事情和性别毫无关系。"乐团可不这么认为,一开始不断难为她,但她惊人的听力和控制力让大家服服帖帖,果真证明"指挥和性别无关"。难道这不是更有效的女权主义?她指挥了波士顿爱乐乐团、纽约爱乐乐团、费城交响乐团、伦敦皇家爱乐乐团。这些事情都成了当地的新闻。有人说她对音乐的诠释并没有惊人的新鲜处,但充满智慧、谦卑和忠诚。

她教课没有什么现场资料,所以可凭借的都是学生的回忆。她说:"音乐是没有理论的。"对她来说,所有理论都是实践,都紧紧联系着视唱练耳,学生必须先能听清,才有演奏和创作的自由。

也正是因为热爱秩序到了不可通融的地步,她才有不息的动力,从来不厌倦,为了教课,能献出最后一盎司力气。每天教八个小时,精疲力竭之后,有一次别人介绍一位年轻钢琴家来,她突然来了精神,又给他上了两个小时的课。没有任何力气的时候,她回家的第一件事仍然是听音乐。她一直接受世界各地的音乐家寄来的新作品,平均每周收到五件。她对音乐真有着无穷的兴趣。

但她也有不小的占有欲,总要留住学生,不许其独立,离开——虽然她同时也鼓励学生寻求自己的想法,而不是照搬任何当代作曲家。她有时会责怪那些为取悦她而写作的学生——总之,想让纳迪娅满意基本是不可能的事情,无论顺从还是违拗。如果真能得到她的夸奖的话,就要开晚会庆祝了。如果她偶尔有半句肯定的意思,那个可怜的同学简直要乐得疯跑出教室,高兴劲儿能持续到下次上课时她又开始发威为止。不少学生受不了她的占有欲——她甚至在一个男学生离婚之后非要把一个女学生塞给他,他忍无可忍,写信道别,说自己从她这里受益太多,但自己也要成长和独立。里帕蒂也曾警告她的学生:"你必须非常非常小心,她特别爱控制学生。"对学生的抱怨,纳迪娅曾经在一封回信中说:"我的工作是理解学生,不是让学生理解我。"

她把学生分成两类,有钱无天才的和有天才没钱的,她说:"我几乎没见过两者都有的人!"她对前者很宽容,不难为他们。对有才华的人,她认为必须坚强到能承受一切打击才可以从事音乐,学费倒可从缓。她的学生,美国作曲家格拉斯,跟她学习的一段时间里就没钱付她——直到她去世,格拉斯都没能靠作曲挣到钱。

格拉斯有这么一则轶事:他的歌剧《沙滩上的爱因斯坦》首演,他自己弹键盘,往台下偷看纳迪娅来没来——"我真害怕她在台下!如果她在,我连演出都进行不下去了。"

当时,她的对手布列兹已经出名,是令人尊敬的欧洲作曲家。而格拉斯受纳迪娅影响太深(事实上他终生站在她这一边),看不上布列兹。他说:"如果布列兹说我的作品一钱不值,我不在乎。如果纳迪娅那样说，我会受不了。她是我心中唯一的权威。"他太害怕受打击，一直不敢把自己真正的作品给纳迪娅看。当时纳迪娅的很多学生都有类似的态度——他们对她或爱或恨，但都相信她的判断是"唯一的权威"。

著名钢琴家卡琴开了一场后来获得无数好评的肖邦音乐会，当时纳迪娅跑到后台去祝贺。刚寒暄两句，她就忍不住说："你的肖邦太糟糕，明早七点来我这里，咱们来上肖邦的课。"据说她经常在听完学生的作品或音乐会之后不顾一切地劈头盖脸。难得的是，虚心的卡琴将之视为幸运。

还有一次，一个年轻人拿着自己的习作去给她看，她看完说："我亲爱的，你实在没有任何才能！"这个可怜的孩子倒是获得了她的建议：去做音乐经纪人——这家伙就是后来霍洛维茨、海菲兹的经纪人夏宾。

她的故事，我边读边收获很多惊奇。她总是跟读者预测的不同，我所知的任何人格模式都套不住她。她会狭隘、会记恨，但书中从来没说过她会嫉妒比她有才能的人。她把学生清楚地分成几档，对各种档次的才能区别对待，让很多人感到压抑。"区别对待"体现在各个方面。有的学生排在周一上课，说明还比较初级；越靠近周末的水平越高；排到周五的同学会被邀请去周末沙龙，交往到别的艺术家，让大家嫉妒。对有天才的学生，她一边严厉对待，一边暗地里无条件相助，动用一切人脉，为之联系赞助人和演出机会。

但也有许多学生无法和她相处。有个学生急于学序列主义，可是纳迪娅坚持他必须先学会所有的传统技术："真正的作曲家如巴赫，每周都能写出一首康塔塔。"这个学生本来期待跟纳迪娅学习将助他达到职业生涯的巅峰，结果收到一盆接一盆冷水，最后怨怒而去。纳迪娅的确一直不喜欢序列主义和无调性，跟她有过激烈冲突的人不在少数。

纳迪娅和斯特拉文斯基是终生的死党，提到当代音乐必提到他。斯特拉文斯基极自私，太太病得厉害，哀求他回家，他也不管，忙着跟情人厮混。纳迪娅竟然应斯特拉文斯基的要求，帮忙关照他的情人。一位多年好友去世后，纳迪娅请特拉文斯基来指挥一场纪念音乐会，并许诺一万美元报酬。特拉文斯基拒绝，电报上说："很抱歉我不能去，因为最近有人请我指挥音乐会，报酬是一万五千美元。"纳迪娅一直无条件地关照、包容他，找机会让他挣钱。纳迪娅说，斯特拉文斯基是天才，不应受一般人的道德约束——而她对自己的约束是很严格的，因为她说自己"不是天才"！

她这么说自己："我的生活和艺术创造无关。我只是一名老师。""为自己所爱的东西而活，做自己喜欢的事，并不让一个人显得更有趣和可爱。"所以她一向拒绝谈自己，因为自己"是个毫无意思的人"。说这话时，她其实已经相当出名，成了公众眼中的"音乐女祭司"，引来很多人的好奇，尤其是她开始指挥之后。不过，她绝对不淡泊，一直拼命追求巴黎音乐学院作曲系教授的职位。但她对于在公众面前的虚荣确实压到极低,不屑一谈。

我渐渐理解了她。她在任何场合都不断地谈音乐和她欣赏的音乐家。爱到这样的程度,哪有空谈自己?有一次她说到著名法国钢琴家普兰特,他经常请一起工作的年轻人来别墅做客(那时他已经八十岁),这些二十出头的孩子跟他一起都被累惨了:

"每次六点起床,打猎。然后工作,吃午饭,喝咖啡,弹琴,打牌,视奏一些音乐。从早到晚没有一分钟休息。"普兰特这个疯狂生活和工作的人一辈子生气勃勃。用纳迪娅的话说,他八十岁的时候仍然如玫瑰般新鲜!

纳迪娅大约也是如此。有一次,一个学生早上七点的时候路过她的住所,听见她正在练习她留给一名初级钢琴学生的作业,不由得吃了一惊。她果真正地以身作则,那么学生做的练习也能成为她保持技艺的东西,从不苟且。

她自己的和声技艺实在太精湛,眼睛也太敏锐,随便看看谱子就明明白白。并且,简直能从谱子把学生的灵魂看透,有时指着某个小节说:"你写这个的时候是不是很郁闷?"学生大惊,简直神了。技术上任何不确定的地方都甭想逃过她的眼睛。一个颇有才能的女学生给她看一个自己刚写的五重奏,纳迪娅翻完说:"你是在学斯克里亚宾吧?"那个女学生惊讶极了,那时斯克里亚宾还不出名,知道的人不多,但纳迪娅对一切都了如指掌,不停收集新人作曲家的作品。她还有惊人的记忆力,把主流作品记得清清楚楚不说,竟然常常把学生的习作也背下来。讲课的时候,所有讲稿和例子都是背诵的。

前面说了,纳迪娅不是对所有人都凶。对一些有钱人的孩子,她还挺温和友好——反正他们也不当音乐家,当然也因为她需要钱。有个摩洛哥公主的孩子们跟她学习,她一点也不凶,以至于孩子们长大了都不知道纳迪娅是魔鬼教师。这位公主因为热爱音乐而赞助作曲比赛,纳迪娅是评委,匿名评判作品。有一次得冠军的居然是哈里斯,一个曾经"背叛"她、对她忍无可忍而离去的家伙。纳迪娅此刻原谅了他,他也很得意终于向老师证明了自己。她邀请他和太太来做客,居然跟他怀孕的太太说:"你为什么要生孩子?"太太吓坏了。纳迪娅平生最讨厌女人生孩子,她的女学生结婚都不敢告诉她,而她常常抱怨:"我为女学生花了那么多时间,可是她们一结婚就什么都不做了!"女学生们结婚往往都得百般隐瞒,因为纳迪娅知道后总是大为伤心恼火。

(四)

我买了一张影碟,《纳迪娅·布朗热女士》(Nadia Boulanger Mademoiselle, a Film by Bruno Monsaingeon)。照传记作者的说法,这一时期的纳迪娅(九十岁左右)一切都在不可挽回地衰退,健康、听力、美国音乐学院的生源、声誉、影响力,等等,用别人的话说,纳迪娅没有给死神留下多少东西。可是影片中眼睛已经看不见的她仍然那么专注于音乐,似乎上课是世上唯一有意义的事情。那种气氛感染得我眼泪都快掉下来。格拉斯回忆的时候说:"她教我的时候,还是一个充满活力的七十六岁的年轻女人。"天,那时候的她是什么样?

片子里,她在教一生中最后一名神童学生,保加利亚小男孩埃米尔。她仍然穿灰套装(据说她一生都穿黑或灰色),整洁体面,头发一丝不乱。她凭记忆就足够了,因为这些主流作品早就牢牢地嵌入她的生命。小朋友弹得真好,天使般可爱,时常顽皮地偷笑。纳迪娅不时地提醒他:"注意,每个和弦都打开新的发展可能。这是什么调?是不是主音又出现了?转调的时候要想,下面可能发生什么?"传记中写道,纳迪娅晚年说真希望自己活得长一点,能看到这孩子成功的那一天。而在采访中,埃米尔说自己已经在写交响曲了。

纳迪娅的大房子如同音乐图书馆,有几台钢琴管风琴和无数作曲家手稿,还能魔术般地塞进五十来名学生上课。纳迪娅经常让学生弹一段旋律,让别人记住,并唱和声,然后往往是一通批评:"让上帝原谅你们吧!"

伯恩斯坦说:"我带来自己写的一首歌,她坚持要我弹给她听,听到某个音符B的时候,她说:'这个音不行,要换掉。'为什么?'因为这个音前面已经出现过了,如果你要重复,就必须以新鲜的方式带出来。'你看,我已经五十八岁了,可在她面前就像个孩子。这个女人太不可思议。"

在访谈中,她谈到当代音乐在公众视野中被忽视。她承认这是观众的问题，但也是音乐家的问题。"如果你给听众不错和很好的东西去听，大家会选择很好的东西。但如果你给人不错的东西和坏东西听，大家会选择坏的。"

说得太对了。话说口味的培养本来就有一种"路向依赖"，不能指望观众自己产生关于"好"的标准。"好"的标高只能来自作品。好作品占的比例越高，观众的趣味就越高，越能分辨出"更好"的东西；而如果好坏参半、鱼龙混杂的话，听众不知道什么是好的，结果就是毫无品位。这一点在许许多多的事物中都得到验证。

在音乐教育中，纳迪娅最强调的就是"认真"和"注意力"。"伟大的宗教都是教人认真的。"

她还有一句话，大意是："许多人不愿意调动他们的注意力，宁可一辈子都沉睡着，这是他们的自由。他们都是很好的人，但不愿醒来。"

纳迪娅常被引用的话还有：

> 我的母亲很爱我，她最不能忍受的就是我不集中精神。所以我从小就养成了集中精神的习惯，而这是自我意识中最有力的成分，也是性格之所在。很多人不知道自己要什么，花二十年、四十年、五十年也找不到，因为他们不会集中精神去探寻和发现。真正的个性来自集中精神。

不会集中精神的人不可能进步。他们今天取得的进步明天就会全部消失。个性是最重要的东西，但不努力发掘的人不会拥有个性。

多少年来，我每天都会想到贝多芬，有时心情不好的时候会恨他。我会处在反贝多芬的状态中。但我对他从来不冷漠，他每一天都存在。

我老了，腰也弯了，不再弹钢琴。但我不孤独，因为我已经记住了那么多东西。

你必须在记忆中积累很多东西。记忆是一种伴侣，一种独处时的伴侣。

我们记住的所有东西都会丰富我们，并让我们找到自己。如果记忆阻碍你发现自我，那是因为我们没有个性，真正的个性会被他人的个性填充。

所有把我们引向伟大心灵的东西都将我们从无趣的生活中提升。如果我们多记住一些东西就会有更好的伴侣，这是穿越几个世纪的高贵伴侣。

如果你不是离开音乐就无法活，就不要当音乐家。

爱一个孩子不意味着他要什么你就给他什么；爱他，就要把他身上最好的东西发挥出来，教会他热爱困难的东西。

伟大的作品都是纪律和自由的混合物。

（五）

《布朗热：音乐中的一生》可能是最全面的一本布朗热传记。作者开头讲到她年轻时的遭遇，充满了同情和温情；写到后来的成功，态度变化很大，近于恶毒、近于夸张地描述纳迪娅如何挑剔（被邀去美国讲学，只肯给名校讲课）、爱钱、爱权、不拘小节，把她丑化成漫画人物。说到她在梅纽因家住的时候，梅的太太要上街购物，总问她要什么，她总是说："不，什么也不要。"然后补充一大堆这个那个，最后做成一顿丰盛的晚饭，而她"总是怀着巨大的热情吃下去"（在此，传记作者还模仿纳迪娅的口音）。七十大寿将至，大家为她筹备生日晚会，为礼物争吵不休，最后实在无法，只好问她：她要什么？某作曲家手稿？一件皮大衣？传记中这样写道："她的回答？'一枚钻戒也很好。'"晚会结束的时候，她戴着一枚五千美元的钻戒离开。近九十岁的时候，传记中这样写道："她仍然生活在独掌大权的梦里不愿醒来。"作者还详细描绘她九十岁之后的样子，把她说成一个蜷缩在轮椅中的怪物，似乎总是沉睡着，只有听到错误才醒来。此时已经是"民主"的天下，她过去无往不胜的威严已经不那么震慑学生,竟然有人逃她的课。

到底哪一面才是真实的纳迪娅?是尊敬她的音乐家总是为尊者讳还是传记作者太夸张?或者说,任何一个漫长的人生都不容细读?也许还是格拉斯对她的印象最有力,虽然短。他只在她身边待了不到三年,一说到个人经历却都会提到这个"我的生命中最伟大的老师"。而另一个看上去和她的生活道路相似的女音乐家,让娜·莱勒,一九二三年获罗马大奖,一九四七年成为巴黎音乐学院的教授。但她和纳迪娅相比,对同时代和后代的影响几乎可以忽略不计。

我看了不少关于她的传记,最后发现,真正让我理解和了解她的还是她自己的话。其实,要了解一个人,固然可以从周围的人那里打听,但所谓"仆人眼中无伟人"并不表明仆人知道的东西才是真相。正相反,那些琐事也许真的发生过,却歪曲了一个人——如果你以为那就是某人的全部。

每一个谈起她的音乐家都说:"纳迪娅是令人无法相信的存在。"而对我而言,这个太生硬执拗的女人竟然颇像贝多芬。她不向世界出售"可爱"去换来女人需要的一切。当年罗西尼感慨:"贝多芬是不可能的存在。"我看了关于纳迪娅的一切,也只能学舌:纳迪娅是"不可能"。

她写的东西很少,留下的访谈极少,但对我来说皆是启发和触动。她不会写文章,所以对音乐和生活并未区分清楚(其实两者对她一直是一回事),这让她的文字自有奇崛之处,是惯于作文的人所缺少的。比如她说过这样的话,且让我用来结束本文:"那些照亮永恒之路的人在人群中是孤独的,他们因被爱而孤独,因看得太高、太远而孤独,因孤立而孤独。因为他们所面对的与未知世界之间的问题,我们根本看不到。即使如此,也只有通过他们,我们平庸的生活才获得无穷的生命,这样的生命充满不可言说的美丽、不可探测的悲哀和真正的伟大。""孤独总是伴随着新的希望:自怜让我们沉溺,更有理解力。而必然的'重新发现'令音乐永生。"

参考文献

38. 《温柔的暴君:布朗热,献给音乐的一生》(*The Tender Tyrant: Nadia Boulanger, a Life Devoted to Music*),肯多尔(Alan Kendall)著,麦克与简斯出版社(MacDonald and Janes),1976.

39. 《布朗热:音乐中的一生》(*Boulanger: a life in Music*)罗森斯蒂尔(Leonie Rosenstiel)著,诺顿出版社(W. W Norton&Company),1982.

40. 《伟大的教师:布朗热》(*Master Teacher: Nadia Boulanger*),堪培尔(Don Campbell)著,田园出版社,1984.

41. 《与纳迪娅·布朗热女士对话》(*Mademoiselle, Conversations with Nadia Boulanger*),蒙桑容(Bruno Monsaingeon)著,卡卡奈特出版社(Carcanet Press Limited),1985.

42. 《纳迪娅·布朗热》(*Nadia Boulanger*),斯百科特(Jerome Spycket)著,潘德拉贡出版社(Pendragon Press),1992.

闲话瓜内里四重奏

(一)忠诚

最近打动我的音乐纪录片,《高保真》(*High Fidelity——Adventures of the Guarneri String Quartet*,拍摄于1989年),说的是美国瓜内里弦乐四重奏——曾被乐评家勋伯格称为"最好的四重奏"。弦乐四重奏的难度,用片中一位音乐家的话来说:"自己不做这个职业,就完全想象不出来。"所以我只敢大概猜猜:搞好一把弦乐器的音准本就不容易,四个凑一起,简直像悬空木板搭上木板,哪个稍微歪一点,就乱套了。

而我对"人和音乐"的主题向来颇有兴趣,观后感太多,比如:据说四重奏这东西,海顿之前就有,确实是海顿老爸最先搞成型的,也提供了巨大的曲目。他一定没想到这个"聪明人对话"的宫廷雅兴让人类中的多少组"四个人"捆在一起,恩怨交织,彼此的人生撕扯不开。不仅如此,当年的"对话"已经职业化,成了正经的演出形式,有各自的经纪人和市场竞争,有录音有音乐节,演奏者四处奔波。当这四位演奏员坐在一起接受电视访谈的时候,有人问"到底是什么让你们在一起合作",一个演奏员说:"钱。"大家哄笑,另一位说:"除了钱,当然还有别的。但不断的演出机会让我们好比上了油的机器。"还有一位说:"有意思的是,我们这么多年都没变过。""哦,难道你现在要宣布退出吗?"

四重奏之间的"人际关系"不像一般办公室同事，甚至也不像乐队。虽然同样是合作，但四重奏太难，尤其是因为太近了。若说能与之比较的，也就是夫妻。但夫妻只有两个人，一般情况下好歹阴阳平衡，而四个自我巨大、孩子气十足的大男人凑在一起比跟自己的太太孩子在一起的时候还多，既气哼哼又要"心灵相通"，真是太难为他们了。四个大男人被"包办婚姻"捆住手脚，还不能离婚——连他们自己都说："其余三个人的荣誉和生计都在你身上。"

瓜内里中的三名成员在柯蒂斯音乐学院上学的时候就彼此认识（另一位是后来在音乐节上相遇的），一起拉琴只为兴趣，没什么野心，而且几人性格各异。化学反应？缘分？没有的事。不过他们"碰巧"成了点儿气候，一九六五年在纽约首演，获得《纽约时报》乐评的赞扬。那时他们中的三个只有二十多岁。这么多年，彼此的私心、顽皮、坏水儿都已经了解，最后是"多年夫妻熬成柴"。他们年轻的时候在一起不停地吵——"那时为了一个音符气得要互相撕扯头发！"某人说。现在好多了，在成长的过程中也在摸索相处之道，这期间饱经"成长的烦恼"。"好的关系不是自然形成的，是靠努力收获的。"

小提琴家施耐德是他们的老师和朋友，曾经建议他们："对四重奏来说，最重要的就是排练之后不要在一起。你们在一起的时间已经够多了。四人相处是很难的，尤其是因为各自有妻子。我叮嘱你们，妻子一定不要参与音乐的事情。不过同样重要的是，妻子必须有相当的音乐教养,有自己的个性。"这四个家伙看上去都有不错的家庭生活,有支持他们的妻子,而他们在旅行演出之后,"很高兴有家可归"。片子中闪现出他们各自妻子的样子,都显得平静而满足。

为了避免"不必要地在一起",也为了排解"个性被压抑"的苦闷,他们旅行演出时连买东西也要彼此躲开。人家开派对招待,必须四人一同出席,实在没办法,他们就避免凑在一起聊天,总是各自找别人说话。成立不到十年的时候是危险的磨合期(好比蜜月期的吵架),有人传言他们要解散,因为"他们在派对上谁也不和谁讲话"。他们旅行到某地,旅馆接待员说给你们分在相邻的房间?其中一个赶紧说:"不不,一定要不同的楼层。"另一位说:"不不,不同的楼。"找钱的时候,一位说:"请分别找给我们零钱。""受够了'我们',现在'我'开始了。"在可以独处的时候,小提琴手这样说。他们彼此尊重隐私,比如比较内向的一位从来不参加音乐会之后的招待会,神秘地消失;另外三个问都不问,只要在需要的时候能找到他,大家就不好奇,不打听。每年的夏季都留给各人的家庭和私人活动,在此期间连电话都不打。

那么,重奏组如果有矛盾,到底会吵些什么?笔者虽然没跟人合奏过,但也能理解:多数时候是争论音乐。四个一流演奏家一直在保持个性和遵守纪律之间走钢丝,好比说句什么话都立刻有人反对,然后得调整,寻求大家更能接受的做法。然后还是有人反对,然后建议什么,又不被待见——这是每个家庭里都会出现的情况——如果人人都是杠精。音乐上的头疼本来就如此。第一提琴手说，我最喜欢克莱斯勒的四重奏，多年来我一直提议演奏，可他们就是不答应，害得我到现在都没机会拉！我决定还是每年都坚持，直到他们同意。他们定下一个规矩：如果三人都喜欢某作品，另一位痛恨，就不演奏；但如果一位喜欢，三位不喜欢，就不能迁就那位的口味。片中还有两个人在飞机上吵起来的场景，拉中提琴的那位说："我想跟你换换。我要拉小提琴，换了才能逼自己好好练习。"对方感到这位大人过于神经病，这么多年了，怎么突然要换？两人叽叽喳喳之际，大提琴手企图调解，最后感到还是让他们自己吵清楚为妙。

这样说来，重奏这个东西是不是太麻烦了？又是民主又是政治的，光是相处就已经消耗了太多能量。

可是，我这个观众兼读者又被另一种感受笼罩：不管是两个人还是四个人，以音乐为介质联系着生命，彼此神思相会，"妙处不与君说"，是何等的生命经历？拍这个片子是庆祝成组二十五周年。片子放出来，获了奖，他们的生活延续着，仍在世界各地巡演。后来我见到晚一些的录像，人都老了，鬓发如雪。二〇〇一年，其中最年长的大提琴手退休推荐由学生继任。全组于二〇〇七年退休，解散，历经四十三年。

想想看，上千场演出，四十三年"白头偕老"，在音乐中，在旅途中，在四把摆在一起的椅子上。

而我看完这部影片，才发现自己还没记清他们的名字，谁又演奏哪种乐器。弦乐四重奏可不就是这样吗？独奏家、指挥家总是扑面而来，是观众第一关注的事实，而四重奏里是四张模糊的面孔。

(二)你的名字

"爸爸，你到底多有名呀？"第一提琴手斯坦因哈特六岁的女儿问。她想了想说："我要把我的汽车取名阿诺德！"斯坦因哈特说："嗯，这确实是个不好回答的问题，因为我的名字总是跟在重奏组的名字之后！据说连甲壳虫乐队都是如此。"

记住他们的名字确实不容易。第二提琴叫达里，中提琴手叫 Michael Tree（读者诸君，我叫他'树'如何？）大提琴手叫索耶（"索耶"与"黄豆"音近，为了便于区分，这里我暂时给他起个绰号，就叫豆子吧）。他十一岁才学琴，算是相当晚（其余几个都是三四岁），一度辛苦地找机会在好莱坞混，搞商业音乐，挣了不少钱。但自从加入这个重奏组，"我简直没有收入了。"豆子说。二十世纪六十年代，重奏不吃香，收费很低。后来他们努力联合同行提高演出费，不然几乎不够谋生。当然，后来越来越火，谋生是没问题了。豆子感谢和他一样不在乎钱的妻子，在重奏刚开始的困难时期，"她一次也没抱怨过。"顺便说一下，此君已于二〇一〇年仙逝，享年八十七岁。

在成长过程中，他们受阿玛德乌斯组的不小影响。这个组，也是说话哇啦哇啦，最难听的话都敢说。豆子说了个故事：有一次请来小提琴家塞西尔·阿隆诺维茨跟他们搞五重奏，当时演出季快结束，大家精疲力竭，大提琴手马丁对塞西尔说："你拉得跟猪一样。"这位大人气晕了，当时就说："好啊，就到这儿吧，以后我再也不会跟你们合作了。"当时大家都听见了，竟然都觉得这只是正常拌嘴。不过塞西尔倒是坚持演完。后来，阿玛德乌斯组打电话再请塞西尔，塞西尔怒气冲冲地说："马丁说我拉得像猪，我不会再跟你们演奏了。"这位接电话的成员吃了一惊，说你怎么就为这个不跟我们合作了呢？后来另一位又去给塞西尔打电话，得到同样的答复。这个可恶的阿玛德乌斯组里人人都打了一遍，对那位大提琴家因为"被说成猪"就不肯合作深表不可思议。

豆子还说，有一次和维米尔重奏组合作门德尔松的八重奏，见维米尔的成员之间说话客气得不得了，"令我们极不习惯"。"我们互相吼，互相取笑，也取笑他们。他们肯定感到我们是一帮土匪。"他哈哈大笑说，"我们把他们压得发不出来声音。"他在另一个访谈中说，"我们希望给人以平民的印象，打破古典音乐的精英感和压抑气氛。"

片子里的他们似乎是一副彼此不高兴的样子，并不是他们非常不高兴，只是因为太熟。老夫老妻不就是这样吗？其中一位说："我们有一千个理由分手，也有一千个理由在一起。"而且，他们彼此"完全不需要恭维和表扬"，这真是比常常需要互相表扬的夫妻还直接——据他们说，不彼此表扬其实是为了减少彼此的竞争感。水平类似、个性强烈的人凑到一起，没有竞争感是不可能的，当然有一点竞争感也不坏,但还是尽量降低为妙,以免生出不必要的摩擦,发热而不做功。我觉得他们的想法太正确了。

斯坦因哈特说:"如果约翰说我拉得很美,我就怀疑一定出什么大问题了——他到底是什么意思?"豆子说:"我们之间不像别的组那么客气,他们会这么说话:'我不想这样说,但是,哦,你拉得很好,只除了一点……''你是否介意改正那么一点点……'"斯坦因哈特又说:"我们互相批评,有时吵得厉害,别人都奇怪我们就不能友好点说话吗?可我们从来都不记仇。""我们不是那种望着彼此的眼睛深情地倾诉灵魂的人。"

不管怎样,合作的代价是不低的:一旦身陷其中,就很难再换人,换组,不像乐团。四人休戚与共的决心如果敌不过"自我",对四人的音乐生涯都是不小的打击。在这一点上,四重奏尤其明显。一般来说,钢琴三重奏比弦乐四重奏还要容易一些,可以换人,可以短期合作,因为钢琴和弦乐毕竟分得清清楚楚,不像弦乐器那么细细地粘合在一起,性相近而习相远。据他们说,四重奏组因为吵架而分裂的情况非常多——尽管他们在音乐上都是好伙伴。为什么乐团不那么容易分裂?因为乐团有指挥来独裁,团员管好自己的事情即可,但四重奏是"四"龙无首,如果对音乐处理有不同意见,那么该听谁的?如果发现同伴的音不准,或者认为他拉错了,该怎么说?还有,别人批评你的时候,你能不能接受?虽然所有人都口口声声"四把乐器一样重要",但凡事只要多于"一",就有"第二",四重奏里最要命的是有两把小提琴。海顿不知道音乐家最忌讳的就是当第二！幸好，达里是那种"不介意拉第二提琴"的怪人，组里也已经约好，某作品如果只用一把小提琴，优先权就归他。瓜内里在这一点上确实颇有美国人的民主之风。据他们说，不少欧洲组是要分出谁当队长的。可是，四重奏中的第二提琴次要吗？一点也不，它需求的个性也不小，只是集中在复杂的中声部，要有"织布"般的耐心和技术才能应付。

(三) 侧影

我还有一本书，《分不开的四人：四重奏的和谐之旅》，是斯坦因哈特的回忆录，题献给其余三人。不过结尾说，这三个家伙看了我的书肯定一起大叫：你记错了，事情不是这样的！

斯坦因哈特太高，一米九左右，这给他持琴造成了一些障碍。他还曾经因打网球伤了右手腕，还有过脖颈、后背等处疼痛。伤痛缠身的时候，他感到自己的舞台生涯已经结束了。不仅如此，别的音乐家都躲着他，"他们深深恐惧这种事情会发生在他们身上，所以躲着我，避免谈起我。"现在他拉琴看上去却比别人更放松。因为伤痛，他不断地调整演奏姿势，寻求最有效率、最小幅度的方式。

他的成长之路也基本是美国音乐青少年的典型道路：因为热爱，能够在别的十五岁男孩成天踢球的时候把自己关在屋里，发誓练好小提琴上的颤音和揉弦。后来跟了很好的老师，经过两年的努力雕琢而获奖,有了越来越多的机会。他曾经在大提琴家和指挥家卡萨尔斯手下拉琴,在其音乐节上坐在最后一把椅子(当时已经是令人骄傲的荣誉)上。后来去别的乐团,总觉得有人在嘀嘀咕咕:这就是曾经坐在最后一把椅子上的那个家伙吗?

音乐界的"势利"阶梯是很鲜明的,根源还是音乐这东西太难了,年轻人对成名演奏家和指挥家确实敬畏如神。他曾在名指挥乔治·塞尔手下学习、演奏过。这位塞尔是那种对莫扎特音乐熟悉如自己的脚趾头、随便翻翻海顿谱子就指出声部错了两小节的大神,拿着斯坦因哈特的谱子说,你这个版本连该有的颤音没有,去国会图书馆看看莫扎特手稿吧。在塞尔手下拉琴虽好,但那确实是毫无个性的生活。大指挥家说一不二,乐队演奏员只有亦步亦趋的份。

而他求学时接触的名师没有人提到过四重奏,大家默认只有独奏竞争的失败者才去搞这种东西。

(四)个性?

话说这种亲密而敏感的弦乐合作,不时地需要一些"音乐之外"的手段。有一本叫作《四重奏的演奏艺术》的书,除了瓜内里的访谈录,还有清晰的谱例,讲解他们在此处是怎么努力、强调什么东西、达成合作的效果。树谈到贝多芬的Op.18时说:"有时一个乐章的起始比较抒情,那么起拍就要有一种持续感,而不是'突然开始'。有时则相反。我记得指挥家库谢维茨基指挥柴可夫斯基《第四交响曲》，开头突然甩开胳膊，让人毫无准备——效果简直如闪电。"他还提到一些小技巧，比如交换眼神、手势，某些段落由谁带领一下，另一位怎么融进去，两人是互相模仿还是突出差别……都颇费苦心，并在演出过程中调整着。

只有自己操作过乐器的人才会因这种"准备和不准备"的感知、区分和记录而激动。音乐的微妙和多种感官功能之敲骨吸髓让人长叹，它不仅来自作品的要求，还包括演奏者和音乐之间心理与身体的互动。而重奏的有趣不仅仅在于能够合作，还在于四个人要有各自的个性。对这种水准的音乐家来说，音乐个性简直就跟命一样，不许他人抢走。不然，他们的结合就容易令人厌倦。采访者问他们，你们在一起演奏这么多年，是不是越来越相似？斯坦因哈特说："不，我们其实越来越不同，因为每个人的音乐个性都在各自的路上不断发展。"他还说："我并不高兴有人说'你们拉得像一把乐器'，那简直是在破坏音乐。我们当然也不是无政府主义者，我们边拉边听别人，随时作出自己的反应。"

另一本以他们为题材的书《瓜内里四重奏肖象》说到一些业余爱好者的野心、水平及其与专业人士的竞争——当然，"竞争"这个词有点严重，他们不是争名夺利，只是抓紧机会学习，并且努力给专业人士挑错——这不是坏事，认真的业余爱好者知道专业人士好在哪里。瓜内里就遇到过这样热情的小提琴手，说多年来一直在努力挑他们的错，却承认他们是最棒的。

作者说，这些业余爱好者多么快乐呀！他们不吵架，多数时候是在享受，宁可不吃饭也要练习。在某些时候，人人都表现得不错，或是在音乐中发现了新东西，而这样的乐趣足以让他们在美梦中入睡了。即使他们的技术有不足，他们的想象也在弥补着缺陷。当然，作者也暗含一点揶揄——毕竟业余选手和专业还是差得太远了，因为弦乐器毕竟太难，哪怕对水平不俗的准专业、前专业人士而言。想想看，专业四重奏组简直是把命用来死死地雕琢，磨合，常年如此。其中甘苦，非业余人士能想象。

(五)谈谈音乐

瓜内里每年在一定的时间各自拿来自己喜欢的四重奏，由四人投票决定——这是他们争吵不休的时刻，彼此认为对方固执荒唐得不可救药，并决定把自己喜欢的作品年复一年地拿来，直到说服别人为止。好在他们都不介意演奏海顿、莫扎特、贝多芬、勃拉姆斯、舒伯特、德沃夏克、巴托克。钢琴家施纳贝尔被人问到"怎么弹了一辈子莫扎特、贝多芬和舒伯特"，他回答："我只弹比我的作品好的音乐。"瓜内里也这样说："这些大师的作品足以让我们快乐地变老。"

而我读他们谈论这些大师也是巨大的快乐。正是他们把我这个读者和听众引向了四重奏文献这个质地紧实的世界。

"我在此得说清我的想法，看看你们要不要改变一下。这听上去太犹豫，太不专业了。这里应该有质感和力量。"豆子说。而树说："我已经把小调的感觉表达清楚了，可是没人听！"这时他们正在排练勃拉姆斯晚期的一首四重奏。"这不是勃拉姆斯最好的作品，你看这些句子之间有明显的裂缝。"有人咕哝说。

勃拉姆斯写室内乐不怎么打草稿，所以他的四重奏声部总是犬牙交错，声音太厚，黏得简直走不动。也正因为如此，因为他自己也不确知完稿后大体如何，有的写到一半不满意，索性不要了。据说他毁掉自己近二十首四重奏。他还有一个特点，就是偏爱中提琴，总给中提琴弄点噱头。有一次，第一提琴斯坦因哈特拉到一半停下来，对树说："迈克，你扭一次屁股可以，但请不要扭三次！"

我读过一本和四重奏有关的小说，主人公说："海顿令我们四人更友好，而勃拉姆斯总让我们关系紧张。"

关于莫扎特，"我发现莫扎特的四重奏是最难的。织体如此透明，分句要求如此完美……我有时觉得连我的坐姿不好都会令观众感到别扭！可是另一方面，又不能显得冷漠。读过莫扎特书信的人都知道，演奏他的音乐，情绪上不能拘谨。事实上，什么作品能比他的G小调四重奏更浪漫？"树说。

达里说："莫扎特的音乐往往处于器乐和声乐之间，比如《A大调第十八弦乐四重奏》（K464）的终曲，主题有些哀伤，好像来自他的歌剧。但因为四重奏的亲密感，又让它展现了作曲技艺的辉煌。莫扎特的想法常常有一种遥远的感觉，好像来自另一个世界。

比如K593,《D大调五重奏》,像舞蹈又不是舞蹈,有自己微妙的性格。这些'模棱两可'之处是最难捕捉的。在某些情况下,如果稍稍夸张一下海顿的音乐,他不会受什么损害。但莫扎特更脆弱,他的音乐语言天然地限制着演奏的可能性。海顿的音乐更新鲜,直接,自然,但他并不'简单。'"

树回答道:"我完全同意。但我不愿因此对莫扎特有任何贬低……我只想指出莫扎特早期的十三首四重奏是非常美丽的音乐,可惜没有被足够多地演奏。"

对贝多芬,达里说:"几年前有过一次少有的经历:虽然我们的演奏并非无瑕,但那首贝多芬的Op.132突然呈现出了它的本质:那是面对高远的力量的时候如赞美诗般的顺服之意。我发现我们每个人都感觉到了这种特殊的东西,在那一刻。"

豆子说:"是的,不仅仅是我们努力抵达那样的境界,而是声音自动地整合……这一切并不完全是我们的功劳,我们仅仅是音乐的容器。我们要承认有一种比我们更强大的力量。"

对于贝多芬伟大的晚期四重奏(Op.131),本书用了七十页的篇幅来谈,从他们处理音乐的安排到理解音乐的方式。

豆子说到第一乐章的赋格主题的末尾句子(第67小节左右):"瓦格纳写《帕西法尔》的时候恐怕脑子里有这些句子。他的'信仰'动机与之非常相似,甚至连处理动机的方式也很相似。他一直很尊敬贝多芬的四重奏,还诗意地谈论过它们。在此处,我的音区比中提琴高,所以我寻找一种轻盈透明的声音,有表现力但不盖过中提琴。"

达里说到第99至第107小节:"我们可以在这里把音量调整到和大提琴相配的程度。大提琴在这里用低音区和其他三人对峙。这个主题的增值也加强了[1]能量。从这里开始,一切都不可避免地引向结论。"

对终曲,斯坦因哈特说:"我们试过各种处理方式,比如拉伸倒数第二小节,但最后几个和弦仍按拍子拉,或者在前面加速,来凸显后面的放慢。但好像都不太对。"豆子说:"最后我们决定把前几小节放在拍子里,最后几个和弦稍微慢一点,但保持粗野的特点。"

某次演出结束后,他们还没有放下琴,就有人记录了这样的对话——豆子:"野蛮啊野蛮!这个曲子太野了。"达里:"奇形怪状的音乐!发疯的音乐!"树:"魔鬼的舞蹈。可还是有两个那么温柔的乐章,感情的幅度多么大!"斯坦因哈特:"他对命运握拳,很恐怖——可是突然之间,所有的东西都软下来,充满了快乐和狂喜。"

达里:"此时你简直要像狗一样大叫。"

这本厚书名为四人访谈,其实俨然一部四重奏文献导读。其实,四重奏文献至今对我仍是一个深不见底的世界,我仍然在努力地接近海顿、莫扎特和贝多芬。当然,我知道很多著名的重奏组,

[1] 指赋格主题放慢一倍。

比如美国的爱默生(比瓜内里年青一代)、朱莉娅、曼哈顿，等等，而瓜内里是我知道的唯一发表了许多文字的英语地区的重奏组。无他，一部影片深深吸引了我，让我顺藤摸瓜而已。而我现在听四重奏总是禁不住地想象某提琴向另一把提琴点点头，另一把则同时压低自己，让大提琴"深深地"绽放；而在贝多芬的Op.131第六乐章里，四把琴弓就像四把利剑，寒光成辉。因人之故，音乐呈现其"态"。说是贝多芬的骨相也可，只是他当年何等孤独，已经听不见了。而曾经那么鲜活如今已老去的瓜内里啊，有多少生命的秘密在音乐中随风逝去。

参考文献

43. 《瓜内里四重奏肖像》(*Quartet: a profile of the Guarneri Quartet*)，路坦卡特(Helen Ruttencutter)著，纽约：利平科特与克伦威尔出版社(Lippincott &Crowell)，1980.

44. 《分不开的四人：四重奏的和谐之旅》(*Indivisible By Four: A String Quartet in Pursuit of Harmony*)，斯坦哈特(Arnold Steinhardt)著，纽约：法拉、斯特劳斯与吉鲁出版社(Farrar, straus and Giroux)，1998.

45. 《四重奏的演奏艺术：瓜内里四重奏与布鲁姆的对话》(*The Art of Quartet Playing: The Guarneri Quartet in Conversation with David Blum*)，纽约：阿尔弗雷德·克诺夫出版社(Alfred A. Knopf)，1980.

什么是古典音乐?

(一)从"无一字无来处"说起

一九七〇年国际肖邦比赛冠军、美国著名钢琴家奥尔松在一场肖邦音乐讲座《为什么是肖邦及其他问题》[1]中提到一个细节：夜曲Op.27第二乐章，开头左手的D音和声的泛音恰是几秒钟后右手的旋律音。也就是说，旋律还没出来，和弦就有预言。当然只有非常细心的人才能听出来。

可见肖邦的音乐是极为小心地构建的，是精致容器内的人工艺术作品。在这一点上，勃拉姆斯和他是同类，处处"算"得小心，看得出来改了又改。总的来说，古典音乐大师都经历类似的过程，只是程度和方向不同。比如舒曼走的是另一途：心思主要用在实验上，不管听众是否摸到头脑。舒曼常常很失败，因为他的音乐虽然也煞费苦心，但比较孤立，那种猛然打断调性的做法没有足够的传统来支撑观众的想象，也无法被继承和吸收到公众习惯的语言中（比如他的"字谜"式作曲，恐怕只对德语听众有效）。所以听众的理解往往偏离他的原意太远，即使偶有重合，也难以累积发展。换句话说，舒曼的音乐往往没有观众习惯性的支持，故永远被误读。肖邦虽有尖新之处，好在离大家的习惯不太远，不逆耳。

而在结构上用心的作品在经典中实在俯拾皆是。美国著名指

---

[1] 原名为 *Why Chopin? and Other Questions*.

挥伯恩斯坦在系列哈佛讲座《未回答的问题》中，有一讲的题目为《"模棱两可"的愉悦和危险》❶，谈及德彪西的《牧神午后前奏曲》，从第一小节开始，处处都是增四度。按一般传统的做法，四度和五度才能生出稳定感，增四度是最不稳的。那么，一个曲子里充满了"最不稳定因素"以至于让听众记住，形成了一种自洽的"稳定"，也许这正是德彪西想要的效果。但核心之处还不仅仅在于"自我的稳定"，而是"相对于传统的稳定有了固定距离的自我稳定"。也就是说，听上去调性飘移得好像没有调性，但又不时提醒着是在围绕大调飘移的。他在强调不稳的时候，和弦用的是降B和弦，恰好和E音形成增四度。而他是怎么刻意强调"不稳"的呢？增四度之后，是满满一小节的休止，无情地将已经悬起的期待挂得更高。伯恩斯坦说："这首曲子并不是昏昏欲睡地即兴而成，而是精心设计的，瞄准'模棱两可'的效果而作的。这和传统好莱坞式的兴之所至完全不同。"而在通向E大调之路上，调性有时又被打断，D大调也可能插进来。和传统调性音乐强调主音和五度不同，德彪西强调的是"离主音和五度最远的音"。我听到这里不由得想到，所谓"印象派"，从字面上来说，其实是这些作曲家和听众关于传统的印象的交锋。在记忆和遗忘之间，在期待和迷失之间，音乐的多棱体悄悄生成，折射出别样的光线，而它又有着自己的坚固。这一切，当然建立在听众对传统有着深厚感知的基础上。

❶ 原题为 *The Delights and Dangers of Ambiguity*，是该系列讲座中的第四讲。

肖邦和德彪西是钢琴作曲家里极为刻意地在美感中"自由"盘旋的人，让人想到中国传统诗词中的"用典"。西方人写文章引用别人，主要是功能上的，用别人的意思加强自己的意思。但中国古人作文之用典，完全成了规模和体系，成为美感的一部分，不用不可。甚至文章的内涵要靠用典的方式和水准来传达，要无一字无来处，处处和传统相搭，处处启人思索来形成阅读快感。我们所谓的微言大义也是如此，"一沙一天国"也是比较高的境界。在小说艺术中，一景一物也同样不能浪费，一把手枪一旦现身，最终一定会被人打响。而据伯恩斯坦说，引出德彪西"牧神午后"的马拉美原诗同样充满暗示和双关，同时又遵守传统诗歌的六步格。伯恩斯坦说，传统的结构是伟大创意的"篱笆"。当然，音乐和文学是不好作比的，因为涉及不同的感官，"知"与"感"的比例不同。肖邦和德彪西也没有真正地"无一字无来处"，总归要靠难以量化的听觉判断调匀。不过文明(或者说成熟的文明)都有这样的特点：前后呼应，生熟相配，功夫总和"比例"相关。但另一方面，艺术中的"自然"又是艺术家追求的目标，从演奏、表演到文学、建筑和装饰，无不如此。你看，这种pull & push(拉和推)是不是很有意思：经典艺术就在自然流动、假装什么也没想过和私下的反复雕琢中获得生命。

(二)什么是古典音乐？

伯恩斯坦是音乐家中少有的"能讲"之人，也就是说，不仅能在音乐上细抠，也能从"义理"上认认真真地追问，并有效地传达给听众。我读他的几本书，叹息这样的音乐家太少了。

在《给年轻人的音乐会》系列中，他梳理了一些概念，比如："什么叫旋律？""什么叫配器？""什么叫印象主义？"，等等，都很有趣。其中一个最有意思的问题是："什么叫古典音乐？"在这个问题上，我们都得面对古典音乐和非古典音乐的区分，然后难免绕到历史和技术的枝节中。不过伯恩斯坦给出的结论是我能想象出来的最好的一种。他这么区分"古典音乐和爵士流行乐"：古典音乐是写在谱纸上，严格地要求演奏者遵守的；而爵士乐可能连记都不记，主要靠即兴。古典音乐中有完美的形式，追求完美是天职；爵士求的是当下的感觉和变化。

这个看似简单的说法在我看来实在内涵丰富，所以忍不住谈一谈自己的感想。古典音乐的演奏是为了求完美？确实如此，一代代演奏家的事业轨迹千变万化，但一定程度的完美和遵守作曲家的原意是无需争论的责任。听上去，这个空间太小了，怎么几百年内都在规则中挣扎？然而这样的总结其实已经包括了我们印象中的古典音乐的"优点"：技艺丰富且高超，训练专门化，形式严密——但这只是静态的总结，若从演变和追求的角度来看呢？

先排除商业和运作体系的差别，只看其艺术本身的特征。第一，从演奏来看，相对严格且确定的记谱法让古典音乐有了国际化和跨代传承的基础。贝多芬的作品不用说，从富特文格勒到伯姆，各有各的精彩。你可以说别人不如富特文格勒，但不能不说别人的指挥和演奏也是相当有效呈现的贝多芬。连涉及文本和表演时具有更大变数的瓦格纳,都可以跨国家、跨时代地被保存。而这一点在流行乐中是没有的:歌曲的走红往往和某一位歌星关联,换了别人,完全不是味道,因为歌星的现场感和个人信息都无法记录、复制、再生,所以流行文化不容易穿越民族和文化的隔阂。那么,如果民间艺术、流行音乐能进入学院体系,似乎也会获得更久的生命?听上去好像有可能,不过类似的尝试,比如将民间艺术学院化,难得有好的结果。因为抽象、分析的认知与记录方式和民间、流行艺术本身的直观与现场感不太相容。或者说,以直观印象为主的东西还是太难文献化了。

第二,从作曲来看,"创新"固然是所有音乐样式必有的因素,但古典音乐因为被记录、分析,所以永远离不开一定程度上的"形式的完美",也就是说,离不开与传统样式的沟通与吻合。很多古典音乐家的伟大不仅体现于他们的个体,更体现于他们对后代的影响。巴赫、贝多芬都是文化遗产中的有机成分,而这个体系被他们"滚动更新",任何大师都曾花费相当的精力学习前人。此外,如今我们听到的杰作不一定是最新鲜的(无论是以当时还是现在的标准),往往是创新和完美的平衡结果。古典音乐形式的延续反而让几百年的光阴能够用来筛选、记录杰作,并保持一定的标准。你看,那个"求完美"的小小间隙逼出了那么多东西。"记录"的结果,不仅造成"滚动更新"的创作现象,连评论也有类似的特质。

不过从另一个方面来说，古典音乐形式的传统对后人的"自我"是沉重的负担。你要先压抑自己多年，让古人在自己身体里寄居多年，才能慢慢听到自己的声音——如果足够幸运的话。而流行音乐没有这样沉重的负担，"自我"很快就活灵活现地脱颖而出了。

最后，既然说到"记录"，那么录音可以算是更严密的记录了。它对音乐做了什么？我知道录音常常轻易地被责怪剥夺了音乐的生气，但在我看来，录音虽然扼杀了一定的即兴因素，但加强了古典音乐的"可记录性"。

音乐是时间的艺术，也是不断消亡、重生的艺术。对见不到乐谱的人来说，只有录音才能抵抗遗忘，才能以渐进熟悉、学习的方式感知古典音乐的形式和结构。当然，流行音乐一样可以录音，可以相对地固定，但流行音乐中的结构和形式并不是其最重要的东西；而假如没有录音，古典音乐可能更容易向流行乐的方向倾斜：易损耗，易变，标准模糊。结果是容易在原地平面地伸展，而非纵深地代代积累。而只有牢牢记录一切，尤其是容易在记忆中流失的结构，音乐才凸显出其"建筑"的一面。录音使音乐成为真正的"重听艺术"，这是复杂音乐的必然产物。

当然，读者一定会问：莫扎特、巴赫的时代哪里有录音？难道那不是更伟大的音乐时代吗？不错，我对此也深感惶惑。但前人的时代里，普通人远离艺术音乐，少量现场演奏的艺术音乐面对少量听众，艺术的生发和传播方式及其影响的人群都迥异于今天。是社会变革和科技进步改变了艺术，还是艺术在社会挤压中百般寻求土坏？我无法回答这样的问题，但我相信风潮变幻之下仍有轮回，而这个世界已经牢牢地为我们保存了伟大作品的种种现场。

（三）音乐和语言

指挥家伯恩斯坦花了相当多的精力来"谈论"音乐。他带领纽约爱乐乐团策划《给年轻人的音乐》系列音乐会，在电视台、电台讲贝多芬、莫扎特，后来索性去哈佛做系列讲座——这可是典型的精英讲座。他一直爱教课，爱交流，"讲课也是学习"。他在电视上讲贝多芬的时候，地上印着贝多芬的谱子，他在上面踩来踩去，说到哪个小节就站在其上。还有的时候，他让乐团演奏员站在音符上，音符们摇身变成了贝多芬的军队。他让大家排成贝多芬几种初稿的样子，最后给大家看"定稿"，然后讲"定稿"好在哪里——有时是配器上的，有时是旋律或和声上的。在有的音乐会上，他还让人先用"错误"的方式演奏，比如用很多泛音以华丽浪漫的风格来诠释海顿，然后告诉大家为什么海顿不是这样的。

无论看他或读他讲什么，我都被深深地吸引住。本来讲解和分析音乐就极易让人误会，学任何乐器的人都有这样的经历——老师说："这里要强一点。"你必须弹给老师听，他才能反馈给你，是"太强了"还是"不够强"。也就是说，语言如果离开音乐的现场沟通，任何论点都无所依托，而"程度"往往正是音乐处理的本质。伯恩斯坦这样在琴上边弹边讲，把复杂的旋律拆碎了组装，看得我击节叫好。

之所以能这样讲音乐,是因为他有一般音乐家少有的天赋,那就是超凡的语言能力,外加文史修养——他的知识实在不比一位音乐史学家少,自身就打破了"理论和实践相矛盾"的神话。比如他边弹柴可夫斯基为边给大家解释,一个个重复但不断加强的句子被他说成"我想……""不!""我仍想……""不!""我想……"最后急得哭起来(就是音乐的高潮和结局)。还有一次,他解释歌剧的表达方式,比如用意大利歌剧表达"鸡蛋涨价三分钱",而瓦格纳如果哭诉"鸡蛋涨价"又会是什么样?非常有趣。

音乐不能被语言描述似乎是所有人的共识。但以我较真的毛病,就是喜欢追究一下:如果音乐不能被描述,那么什么东西可以被描述?或者到底什么叫描述?音乐如果不能被描述,那么它是怎样被传播、传授的?对多数人来说,音乐如果不是一听就学会了的,那么我们到底应该怎样学习音乐?

其实,我们一直在描述音乐,用谱纸和记谱法。

音乐是听觉的艺术,但有灵敏听觉的人未必一定能成为音乐家,因为音乐是"音符的关系",而元素之间的"关系"总是各种智力活动的总和。所以音乐在许多方面和语言、科学及其他有组织有体系的知识颇有些镜像之处,学习者对"音乐模式"的记忆和吸收(就像吸收其他知识和技能一样)更是音乐演奏和创作的起点。

伯恩斯坦着迷于语言学,他在《未回答的问题》讲座中甚至用乔姆斯基的理论来讨论音乐。我的感受是,不管承认与否,我们一直在用语言来思考音乐：无论曲式、和声还是旋律，背后都有一种文本和叙述式逻辑，有高潮，有强调，有孕育矛盾并解决的过程，有终结……就好像我们用语言陈述任何事件一样。音乐经验总和情绪相关，所以说到底也跟生活经验相关——哪有剥离情绪的绝对"纯"音乐？

伯恩斯坦讲了舒曼、柏辽兹、肖邦和瓦格纳的一些音乐，说到他们各种各样的ambiguity（模棱两可），比如说到舒曼在节奏上的反传统：《狂欢节》的结尾故意把四分之三拍奏成三分之二拍，《交响练习曲》用了一连串切分音，强弱拍完全错位；肖邦那些充满棱角的马祖卡舞曲有时既不在小调上也不在大调上，好像应用了古希腊的调式，摇摇摆摆，最终才坠向调性；莫扎特的《G小调第四十交响曲》的某个段落，在G小调上偏偏没有G音；说到柏辽兹，他给大家画图，看调性的迁移路径，还有瓦格纳是怎么把柏辽兹的主题抻成自己的主题，而拉抻本身就体现了构建的能力。他还画出《G小调莫扎特第四十交响曲》，给大家看乐句的"对称"。在我看来，对称又是音乐的一种"文本性"。不过，乐句的对称是不够的，莫扎特要的是内在的平衡，一个更"大"的词，或者说是一个能塞进许多形状各异的软材料的框架。情绪、音色等主观而模糊的分类乘虚而入了，语言也开始手足无措。但这不正是音乐和语言脱节的开始吗？不正是神采奕奕的音乐甩开规则的蛛丝开始起飞的瞬间吗？语言继续追逐音乐也是可以的，只要潜入任何指挥家排练莫扎特交响曲的现场或任何音乐系学生和老师的课堂，都可以捕捉到许多和音乐轮换进行的语词碎片。音乐其实也在追逐着语言，因为意识往往是由语言带领的。音乐和语言共舞，交欢，有时粘合，有时剥落。

对学音乐的人来说，音乐这东西原本难在理性(头脑)逻辑要和感官逻辑(听觉)互激，互相说服，妥协，共同形成感受。思维引导听觉，听觉在思维边缘发散，好像擦边的乒乓球一样不可预测。这在力图创新的浪漫派及更晚的音乐中体现得更多，因为他们在追求一些"不好听"的东西，愉悦感要靠头脑来补充形成——也就是说，逻辑样式让意识(而不是听觉)吸收，听觉被强迫学习接受——能否学会呢？自然有成有败，所以既有那么多被接受和仿效的作品，也有后继无人的风格。总之，不少初听起来并不好听的东西终于形成了自己的世界。不仅仅是文本，另一些和文本亲缘较近的感官感受，比如视觉，也严重地介入着音乐。浪漫时期，听觉和视觉曾经唇齿相依，并生成历史主潮，被吸收进音乐研究和欣赏积习。我们都是这个时期的孩子，许许多多的舞蹈和电影配乐都将曾经被孤立的严肃音乐手法吸收。在这个过程中，尖锐细腻的东西可能被钝化或者稀释，但谁又能宣告完全剔除它们的影响？

其实，从激发想象和不可预测这一点来看，音乐和语言中的诗歌最接近，两者又都有自己的形式传统。但诗歌是在纸上一览无余，而音乐是在时间中凸显的，无法在时间之轴上摁平；此外，音乐本身包含很多文本信息，但其传达信息却相当不灵光——因为一旦涉及"时间"，就成了记忆的艺术。理想结果自然是听众能听且记住音乐的全部信息，哪怕只是大概的线条。而事实上，虽然作曲家用重复加变化的方式来巩固记忆，启发想象，但听众仍然不容易在一次、几次的倾听之后吸收。因此复杂音乐的传播，向来十分艰难。

所以，在音乐终止之际，语言可以站出来伸出援手。

音乐和语言虽有不少机理上的共性，但音乐不可能被等价换算成语言或者任何音乐之外的东西。因为感官各有其"绝对性"，不可互相取代，其秘密是上帝替我们设计大脑时制造的密码，至今仍不可破。伯恩斯坦说，硬要在"美"中追寻意义，往往会把美好的东西变得平庸而丑陋。然而许许多多的美好之处是靠语言的指引而打开的。水可载舟，亦可覆舟？这倒是我的发挥了。请允许我作一个不可能贴切但差可达意的比喻：音乐是听觉和语言的"向量运算"——两种方向的力量叠加后的结果。无论从哪个方向来投影，总能获得部分的真相。

音乐学的用处

(一)音乐学的用处

今天看美国音乐学家罗森的文章《解释那些显而易见的事》[1]，文中说他跟大提琴家富尼埃合作贝多芬《大提琴奏鸣曲》(Op.69)的时候，指着第二主题对富尼埃说："这是由第一主题变化出来的。"富老恍然大悟："我拉这首曲子五十年，以前真没发现！"罗森这么说："他意识到这一点后会拉得更好吗？未必。"

美国画家纽曼说，音乐学之于音乐，犹如鸟类研究之于鸟儿。

如果真是这样的话，那可糟了——音乐学对演奏家有用吗？情况往往是这样：学者研究学者的，顶多给同行看看，而演奏家一没时间看，二觉得学者说得不对，没用，根本不听。罗森说，大家以为演奏家懂得，越多演奏得越深刻，但事实往往正相反，有时并不多想的演奏家还挺好，知识一多，反而坏事。

不过罗森并不是在否定音乐学的用处(他本人就是最好的研究者之一)。当然，学富五车的罗森老师弹起李斯特，还真未必比那些胸无点墨的老师们弹得更好。但我想：知识和操作的关系在任何一行里都有间接性。计算机理论学得多的人编程一定好吗？未必。

---

[1] Explaining the Obvious，选自《富尼埃的意义：关于音乐的三场非正式演讲》(The Frontiers of Meaning: Three Informal Lecutres on Music)，罗森著，希尔与王(Hill and Wang)出版社，1994。

历史学家一定能鉴定古董吗？未必。历史对今天的政治操作总有直接作用吗？未必（不然历史悠久的中国应该是最完美的国家）。在音乐上，你多知道十个八个知识点，未必能反映到演奏上。但是，如果你多知道一百个知识点，很可能结果就不一样了——虽然演奏家们往往没有时间去透彻地研究历史。

音乐研究的正面例子，在诸如对乐谱版本的鉴别中有最好的体现——但同样会让某些演奏家误入歧途，因为他们机械地遵循某些原则，结果在泥淖中越陷越深（这还不一定是关于早期音乐）。而在早期音乐中就更明显了，虽然这类演奏家中也有很多人认为学者的成果没什么用，因为研究成果告诉音乐家要去做的事情太不符合现代音乐家的习惯，而学者提出的合理建议其实音乐家们早就知道了。这其实是吵不完的话题。有学者苦口婆心劝演奏家某类音乐要处理得"断"一些，连并不喜欢早期音乐的巴伦博依姆都告诫大家"莫扎特的演奏方式有多种，但千万别采用瓦格纳的方式。"总之，你的演奏稍离正统不要紧，但别让人想起来瓦格纳的乐队排场，那就串味了。可是，也有些并不正确的演奏因为在音乐上取得了圆满的效果，反而更有说服力，影响更深远，渐渐让人接受了，弄假成真。

这样的事实体现了音乐的特殊性——在听觉效果上形成自洽。从知识上来说，无论听众还是演奏者，分辨出转调和主题变化无疑是有益的也是必要的。但某类知识如到底是贝多芬独创了某种形式还是他沿用了海顿的习惯，对演奏就没什么用了。也就是说，文本性知识和音乐结构及形式这类知识不同,后者跟听觉印象的把握有关,前者属于"文献知识",对音乐的作用太间接,已经不是通往音响效果的有效因素。

不过,音乐文明成熟到今天的境地已经不完全是听觉艺术,好比小说、戏剧已经不仅仅是故事。偏于情感的、偏于弄技的、偏于计算的、偏于画面的音乐杰作都有了不少,迫使我们随之拓展空间。至少在我看来,认为音乐只供"倾听"未免自欺欺人了,因为复杂事物总会涉及各个感官,任何有历史的艺术都会引发通感。音乐在千百年的发展中吸收了知识、历史和其他艺术,其中的历史文本可以剥离出来,自成一家,也可以理直气壮地作为音乐文明的一部分存在。

(二)肖邦音乐的版本

今年是肖邦纪念年,关于肖邦的生活、八卦之类其实已经没什么好谈,因为这些事情毕竟不是发生在昨天,对懂音乐的人来说,入门的时候大概就关注过了。现在我有兴趣了解的倒是关于肖邦谱子的一些印刷之误。罗森在《浪漫时代》[1]中的"肖邦"部分里重点谈了几个例子。

其中最著名的一个例子,罗森在好几本书里都提到过,这就是肖邦的《降B小调奏鸣曲》(Op.35)第二乐章开头从第五小节开始

---

[1] *The Romantic Generation*,哈佛大学出版社,1998。

的反复记号——这是错的。这个反复的黑点是蚀刻乐谱时留下的装饰。据说藏于华沙的一份手稿照片可以证明这一点。更重要的是，罗森说，即使没有照片和文献的证据，仅仅从音乐上来看，这个反复记号也不应该，本来好好的降D大调终止式突然被打断，突然跳回到开头的降B小调上的伴奏音型，这个故意的打断看上去并没有什么意义，只显得草率。肖邦怎么会干这么业余的事呢？而这个反复记号本应从第一小节开始——注意，开头四个小节不是引子，而是呈示部的一部分。有些钢琴家大概觉察出不对劲，索性不反复。这样的话，这个乐章就显得有些短了，但总比唐突地打断终止式、搞乱和声好。

这个"反复"从早期版本开始谬种流传，持续了一百五十年。勃拉姆斯当年改正了它，可惜没多少人知道。好奇之下，我找了几个人的录音来听，确实，从霍洛维茨、波里尼到普雷特涅夫，数位大师都按错的弹——可以说，我找到的录音没有一个正确。

讨论版本的人都会落入这么一个本质问题：有些地方是搞错了还是故意？比如这个著名的肖邦例子，我想多数人听到它，心头都会掠过一丝别扭之感，但似乎并不出格——在我们听来，肖邦、李斯特和舒曼的狂野、突然中断、不和谐之处本来就很多，而这首风格本来就很奇异的奏鸣曲中冒出一个楞头楞脑的地方，并不奇怪。尤其是这首曲子，虽然一直是主流曲目之一，但批评家(始作俑者是舒曼)往往都说，这四个乐章被捏合在一起太唐突。的确，第三乐章(《葬礼进行曲》)是最早写的，当初也许并没打算写成一部完整的奏鸣曲。这四个乐章按奏鸣曲惯例来要求，气质各异不说，长度也不合比例。直到如今，评论家们还在重复这样的话。而罗森认为，对肖邦而言，明显的"语法错误"是不太可能的，他一直精于计算，至少在二十岁后的作品中基本没有草率的地方，哪怕在充满新意的作品中也没有低级错误。相比之下，门德尔松和舒曼却有许许多多这样的错误。

罗森还说，这首曲子在和声色彩和"语气"上体现的统一是卓越的，尽管他没有机械地在各个乐章之间温习旋律来形成结构。这一点，他比舒曼和门德尔松都高明得多。肖邦的技艺是完美且全面的，他甚至研习过意大利歌剧的形式。在他所有的作品中，他唯一没有认真对待的技术是管弦乐的配器。

这样说来，肖邦在第二乐章中这个由反复记号造成的终止式中断显得草率，无意义，不像是肖邦的有意强调。一般来说，凡是异常的东西，总有作曲家刻意强调的意图。

这样说来，已经水落石出？其实，浪漫派作曲家的作品在今天看来还算有迹可寻——毕竟还有旋律和终止式，更根本的是，还有调性。罗森的陈述给我们作出了一个不错的典范，也就是说从背景、习惯上来判断版本，事实上这也是研究的必经之途。至于那些更没规矩的现代派，谱子印错了怎么办？谁能给这些毫无模式的音乐来纠偏？它们未必没有内在逻辑，但往往缺少那种被吸收到传统和常识中的逻辑。事实上，这也正是我一直关心的问题：现代作品，无论美术还是音乐，似乎都是多点儿少点儿、对点儿错点儿也无所谓，一切都不那么非此不可。从艺术的角度来说，"对错"之辩貌似细枝末节，但我常常想，没有一个相对稳定的模式，听者怎么才能形成有机生长的品位呢？早期音乐竟然也有相似情况，因为巴洛克时期风格太多样，模式化程度比较低，让听众无所适从。就算听众并不以裁决为目的，但一旦深入，又怎能躲开鉴赏，也就是带有尺度的区分呢？

也许，"有模式"和"无模式"从艺术本身来说并不适合比较高下，但前者容易文献化、方向化，利于传承和批评。然而艺术是活的，总是在模式中左奔右突，和边缘角力。这样说来，版本之辨，其实是模式在削尖棱角，严守边界。也许我们能做的就是为模式和个体都留出空间，可以有自己的结论，但不介意因为加深了认知而更新结论。

(三)音乐中的关系

钢琴家巴伦博依姆在一节公开的大师课上回答观众问题时，有个家伙问，据说霍洛维茨弹某个单音都能让人感到渐强或变化，你认为这是可能的吗？

巴伦博依姆的话中有这么一段，大意是："我十四岁时弹给他听，他的一句话让我终生难忘，You must have the will to play."什么意思呢？字面上看，就是"你要有弹某个音的意愿"。但我私自诠释一下，这个"意愿"暗示了热情和对音乐的表达欲望。但具体到操作上，又是一个"音乐中的关系"的问题。

才华颇高的俄国女孩瓦伦蒂娜·利茜莎录了不少演奏放在网上，技术超级棒，而且看上去全不费力，但听上去不太顺。也许是因为在她这里音符之间是没有关系的。尽管有时非常耀眼，但那些闪光点听上去完全孤立，扔在那里就算完——其实这就是所谓"没有音乐"。音乐，就是音和音之间的关系，或者句子之间的组织。

关于霍洛维茨制造的幻觉——没错，我相信他在触键的角度和压力上有特别的修炼，令音色频繁变换组合，所以能激发听众的幻觉。但从根本上说，我认为这种幻觉不仅来自音色的变化，更主要的还是由音乐前后文的暗示造成，比如动态变化、气息组织、层次剖分等。只有能够直觉到音符之间的关系并能用"关系"去包裹声音的人才能紧握音乐中的上下文，并在单音中也演奏出变化。所以声音这东西说神秘也神秘：识别并化入直觉的"关系感"并不能全靠教，或者说，有一个"可教"的限度，其边界依赖演奏者的听觉辨别力和想象力；但也可以说不神秘，它仍然是人造的、可以追求的。

对于关系寻求，我自己弹管风琴有这样的体会：当眼睛离开乐谱，仅仅靠耳朵和手脚去摸索，这时声音呈现出它自己的逻辑和色彩，从紧张到放松，从晦暗到纯净。因为练习的时候弹得慢，这个从暗到明的过程好像慢镜头一般，本身就呈现出幻境。声音进行的节奏和快慢并非机械的不同，而能带来不同的心理投射。太慢的声音让人在遗忘中回忆，没完全放出的声音则让和弦们互相晕染。这些效果是听别人弹时想象不出的,因为演奏速度毕竟不肯等人。而音乐的肌理要在慢慢撕裂产生的纹路中才能凸显。

对音乐内外的关系,我总有一些矛盾的想法。A面是,音乐有内在的细密逻辑,但往往囿限于自己的国土之内。罗森曾经写道:"有人把音乐当作交流手段。其实,音乐在交流方面是低效而糟糕的。"我想,这当然是指音乐的不确定性(好比不能用诗歌来写便条),这注定了音乐家的生活层面和音乐世界彼此相忘。B面则是,抽象、理性、严谨的古典音乐往往引发巨大的能量和火热的情感,让人终生不弃——无数作曲家和演奏家的人生都告诉了我们这一点。被压抑、约束到极致之后,音乐终于点燃了"无关"的生命。悖论乎?

音乐和心理

(一)音乐和心理

有一次看关于小说名著的电视讲座,有一讲说到普鲁斯特的《追忆逝水年华》。老师说到书中一个说谎的细节说,这个说谎表达了一种"创造性的能量"。这其实跟我一贯的观察相符:看人表达事物的方式,就能推测出他在其中注入的能量。人不会在不在乎的事情上说谎、掩饰,所以说谎、情绪发作之类的事情往往如同旋涡的中心,是人的"自我"和"存在"的表达。看人怒斥什么,倾诉什么,反对什么,都能明白那件事此刻是他生命中的焦点,令他深深卷进去,不能自拔。

其实,去掉道德色彩,谎言和艺术有不小的关系——两者都有小心的构建,都是能量的聚积,都是生命的旋涡,都有刻意的取舍。就拿音乐来说,我们揣摩作曲家原意的时候,追随的"匠心"往往正是作曲家凝神之处,往往稍稍违反本能和套路。古钢琴家比尔森在讲座《怎样读谱》中提出理解作曲家原意的几点准则,比如突出高音,突出不和谐音,等等。总之,音乐的河流突然改道的时候是应该被强调的。这一点,对早期音乐和当代音乐都一样适用。因为对"本真演奏"一直有点好奇,我看了这个片子,就很留意这个话题:我们到底怎样追求本真?我猜,在音乐和任何历史、考古研究甚至翻译中都有类似的规律:面对一位当事人,要留心他的习惯，还要留心他"打破习惯"之处。除此之外，还要留心什么是"他的习惯"，什么是"大家的习惯"。艺术创造中，那些表达心血之处往往是打破习惯的点睛之笔。当然，对整体作品而言，不可能处处打破习惯，而要在主体范围内依靠大家的习惯建构可期待的铺垫和背景。那些闪亮之处也许以喧哗的姿态，也许以悄寂的方式，成就艺术。

比如，读多了巴赫的管风琴作品，我就感到和同类的作品相比，巴赫的作品对演奏者而言的难处不仅仅是复杂，还包括许许多多的陷阱。那些深藏于普通形式之下的起伏随时出人意料，逼人出错，比如几条声部的对抗、微微扭曲和升降变化等，绊脚石般埋在音阶之中——永远在你的意料之外。所以，这些听上去雄健开阔的作品，在细节处同样充盈着生命，好比奔涌的血流营养着毛发，不肯苟且。这些作品是演奏者的噩梦，也是作曲家不朽的依托。音乐的能量，就释放于听者的习惯被"拉抻"的瞬间。

还有一个更有趣的例子。有一天我去听音乐会，由著名指挥家格拉夫（Hans Graf）客座指挥本地乐团。他在音乐会之前的讲话是我迄今为止听到的最有启发性的音乐介绍。他说你们觉得舒伯特最痛苦的是什么地方？别的听众大概跟我一样，当时想到的就是贫困、疾病、没被承认、作品没法演出，等等。但格拉夫说，舒伯特心头的长久重压是天主教的威势。舒伯特在天主教教堂长大，极有宗教感，同时又深恨教堂的权威，自少年时代就有叛逆之心，所以内心终生挣扎不宁。他虽然自青少年时代就写弥撒，但从来没有过海顿、贝多芬那样深挚的、发自内心的宗教感。格拉夫还说,很多作曲家,比如莫扎特和贝多芬,都不是为自己写作的,作品中的情绪和本人生活没有直接关系。这一点,笔者极其同意。将莫扎特的个人生活和音乐来对应是困难的,你不知道生活和音乐是互答、互补还是相忘于江湖。而贝多芬的音乐和生活并不完全分离,但他的音乐有着普世的诉求,并非私人心理记录。

不过,生活和作品的联系并不能一概否定。有时这样的联系好比铺在地下的轨道,偶尔露出一段、一角,但积累到一定程度,终于显得有迹可寻。格拉夫继续说,舒伯特在很多歌曲、交响曲中记录个人感受,这种心理现象可以从音乐中清楚地感觉到。这不是新鲜观点,但格拉夫讲了一些理由来自圆其说。他说舒伯特写弥撒,总是跳过 "I believe in one Catholic and Apostolic Church"[1]这句大家都用的祷词,有时还跳过一整段《信经》。舒伯特一共写过六首弥撒和一些零散的《慈悲经》等宗教作品,其中《C大调弥撒》(D. 452)中的《信经》,在澎湃的乐队和人声之后,是舒伯特"最痛苦"的瞬间——音乐突然转向、变空,甚至坍塌了,有数秒的静默。指挥说这很明显是一种心理体验,在"正常"的弥撒音乐中很少见。我觉得他说得非常有说服力,也激起了我巨大的好奇心。舒伯特的强弱跌宕,在今天的耳朵听来,其实并没有那么剧烈,所以诠释者要注意进入历史情境,才能获得有效的比较。我后来又找了

---

[1] 大意为:"我相信天主教与基督教的教堂"。

些与舒伯特相关的弥撒乐谱看了看，还找到舒伯特的这句话："人好比一个球，被命运和机会捉弄。"可是他也说过："信仰是人进入世界时所持之物。信仰远早于知识和理解，因为理解总是来自相信。"毕竟，我们在舒伯特这里寻求的不是对"信仰"的高明见解，而是通向信仰的足迹。这样的足迹也许和一个普通信徒并无大异，只因其心理纠结，成为音乐的养料，才引起后人的兴趣。

《信经》和《圣哉经》在弥撒中往往是比较抒情的段落，能容纳跌宕的表现手法，舒伯特的浪漫本性不可遏制地渗透其间。在我翻到的几部舒伯特弥撒中，《信经》中似乎都有从强到突弱的瞬间。因为对舒伯特的宗教音乐还不够熟悉，我不敢肯定地表态同意还是不同意格拉夫的说法，但他的思路让我印象十分深刻——有时候，缺失和躲闪就是一种表达方式，而对"某个作曲家"和"当时的一群作曲家"的区分和比较、对"某个作曲家的某个时刻"以及"他在这个时刻最想要什么"的关注，往往正是本真之本。

(二)布伦德尔比较舒伯特和贝多芬

在各种音乐论文中，我偏爱演奏家、指挥家的作品，原因不用多说，有实践经验的人和纸上谈兵的人当然不同。此外还有一个重要原因：不断求进步的演奏家总会不断思考音乐，去寻找新关系、新理论，会在自己的失误和失败中发现音乐，比较自己和作曲家的差别。这一点和纯粹的理论家是不同的。

可惜的是，音乐家大多不擅写作，他们往往因为过于感性，只关注自己的操作经验，不能推想别的视角和一般的情况。毕竟，写作、抽象思考和音乐思维使用的是不同的器官，所以不能因为音乐家的音乐观点令人不敢恭维就否定他们的音乐成就，也不该因其演奏名声高就盲信其音乐观念。演奏和理论皆擅长者少之又少，奥地利钢琴家布伦德尔就是其中之一。

不论谈莫扎特、舒伯特、李斯特还是贝多芬，他的文章总能给我无尽的启示，也逼我一再倾听自以为熟悉的音乐，重读乐谱。他大概也像我们一样，耳朵里塞满各种陈词滥调，比如"没有坏钢琴，只有坏钢琴家""没有坏乐团，只有坏指挥家"之类，而我严重地同意他对这些意见的不屑。在我看来，任何"坏"的因素都有可能造就坏音乐，而好的诠释是无数好细节累积的幸运结果，所以好的演出和录音从来都难得。

但为什么我们的观念中有那么多不经思考就接受的观念？没办法，生而为人，我们都是"观念"的累积成品，想推翻一切常识和古人的话是不可能的。那我们能做的就是在可能的情况下去思考他人的新见解，以一种拼贴马赛克的方式，一点点地逼近真理。对我这个音乐爱好者来说，布伦德尔的见解可能就是这样的马赛克。

他在《舒伯特的钢琴奏鸣曲：1822—1828》一文中提到大家对舒伯特的一些成见，其中一条是"舒伯特总是模仿贝多芬，但总是失败"。舒伯特受贝多芬的影响极大，从旋律的轮廓到音乐的结构，这的确是不争的事实。那么，在相当多的情况下，他是画虎不成还是另辟蹊径？布伦德尔举例舒伯特的《C小调奏鸣曲》(D958)来比较贝多芬的《C小调变奏曲》。这两首的开头气氛的确略有类似，左手都是七和弦进行，但贝多芬的和弦逐步打开、变化着，直到转调完成，看上去毫无废话，每一个和弦都有功能和结构上的作用。而舒伯特的D598，右手似乎模仿在贝多芬，但和弦紧紧贴在C调上，虽不断变化，但并未进入新调性，好像在原地踏步。从这个个例来看，算不算"模仿而未成功"的证明？算不算舒伯特"不够精练"的证明？

布伦德尔认为，舒伯特虽然一直学贝多芬，但也一直有意追求自己的表达，比如，在学习贝多芬的结构性的同时，他注意让自己的"结构的比例"有别于贝多芬。也就是说，贝多芬在表达彷徨、焦灼的时候，仍然处处有秩序感，和声仍有所指引——在我们听来，读来，就是精炼。而舒伯特让焦虑感扩大一些，弥漫得更远，没有那么清晰的方向。但若顾及全曲，才会发现这样的情绪往往被控制得很好，有不断的呼应感。这首D598开头的无序、散漫感贯穿了整个乐章，那种挣脱、逃离而未果的意思在后面的乐句中一再强调。可见这不是舒伯特的"失败"，而是他的意图和设计。的确，贝多芬在转调或者转换情绪的时候总有着严密的准备和推进，一般不会一下子从小调跳到同名大调。而舒伯特往往像梦游一样，好像随随便便就舍身投入深渊。在笔者看来，如果说在贝多芬这里的"形式"更像是外加的界限,那么舒伯特的形式感主要是靠情绪带动和勾勒的,动力不是形式,而是情绪和想象。贝多芬和舒伯特的出发点和心理定势本来就不同,各自走出活灵活现的道路。所以,我们衡量技术的"高低""成败",总是要以"手段是否达到目的"为本,悲喜、大小、明暗这些度量都不能作为衡量好坏的尺度。同样,躁动或均衡、焦虑或宁静,一样不能作为标准,这些感受都是创作者的本色,而高超的艺术总能将创作者的心灵病灶化为珍珠。

布伦德尔说,舒伯特的《A大调奏鸣曲》(D959)的最后一个乐章和贝多芬的Op.31之一(《暴风雨奏鸣曲》)的末乐章也是惊人地相似。不过,D959又往往被当作最"舒伯特"的作品。一八二八年是舒伯特生命的最后一个年头。虽然只有三十一岁,他却已经成熟得"不害怕模仿贝多芬"了,所以更大胆地拿贝多芬的一些结构和模式来翻新,灵魂自发地选择食物,像怒放的花朵。只有对两者都熟悉到一定程度的听众,才能猜破其中的秘密。

舒伯特的钢琴奏鸣曲,尤其是晚期的三首,一直是笔者的心爱。即便读了布伦德尔和罗森的分析,它们仍然如同普鲁斯特一般,容量巨大却不稀疏,处处激发能量的旋涡,非因分析而平静——正相反,细致的追寻指向了更多的发现。舒伯特这些巨大的奏鸣曲让我想起谁?居然是貌似古板的海顿。海顿古典吗?他的钢琴奏鸣曲中也处处埋伏着细而亮的光辉,在"古典"的外表下,他像舒伯特一样小心地呵护着"自己",不时地剑拔出鞘。不如这样说，大师总是难以归类，杰作总是自在、自圆其说的，无论长成什么形状，都有其饱满的理由，牢牢扎根于世界。我们无法定义"杰作如何成为杰作"，只能把杰作当作镜子，观察自我的代谢。

参考文献

46.《布伦德尔谈音乐》(*Alfred Brendel On Music: Collected Essays*)，布伦德尔著，芝加哥评论出版社(Chicago Review Press)，2000.

演奏与倾听

(一)

美国著名音乐学家罗森一向爱谈勋伯格,我在他的各种著作和访谈中接触了他对勋伯格方方面面的见解。在一张相当难得的影碟,《斯特拉文斯基的"最后的合唱"和勋伯格的"五首管弦乐"》[1]中,他说勋伯格的情感其实是很多、很强烈的,以至于很多人认为他没有情感!

这倒是个有意思的说法。为什么人们的看法这样不同?我并不认为"情感过于强烈"就会导致"无情感"的误会,但勋伯格的表达方式在多数人那里引不起呼应,因为他们没有类似的听觉历程。总的来说,现代音乐虽然已经存在了近百年,但因为种种原因,尚未消化到生活中,没有为多数听众建立起一种内在的逻辑和习惯。而经典音乐和世界共同成长,彼此的"密码"已经在时间长河中破解、消化、渗透,其情景联想、文本跟随都已经不罕见。对当代作曲家来说,情感和逻辑对他们而言十分分明,但听众没有对等的路子去感知。而这就是我们往往容易陷入的对当代音乐的轻易指责:你脱离生活,脱离大众!这或许是事实,但"过错"一定是作曲家的吗?我们有没有可能慢慢地倾听、消化这些音乐,和它们生成新

---

[1] STRAVINSKY, Igor: *Final Chorale (The) / SCHOENBERG, Arnold: 5 Orchestral Pieces*,诺克思唱片公司(Naxos),2005。

的关系？这件事情的难度不小，因为听众的经验和作曲家的经验差别太大了。勋伯格坚信音乐的"进化"，他也果真勇敢地变化着，好像瞄准方向全速前进的快艇。而我们的音乐体验往往是松散、无方向的，并被世界充分地干扰着。我们追不上作曲家。

说到"对等"，我以为粗糙地讲，演奏和聆听有一点像翻译文学作品（如同作曲家和演奏家的关系，作者和译者往往非同一人）。成功的结果，是在译文读者那里重现了原文在原语言读者那里激发的体验。或者干脆这样说，哪怕作者写给同语言作者，要点也在于读者能够从某种程度上重现作者想要传达的体验，所以有一部分力气是读者付出的。其实我们每时每刻的生活都在准备着艺术的到来。

记得看过一部关于加拿大钢琴家阿姆朗的一张纪录片，《关于音乐的一切》[1]，印象深刻的是这么一个细节：他的录音工程师说，阿姆朗每弹完一段，我们各自分析录音，把不满意的圈出来。他用红笔，我用蓝笔，然后我们对照补充——这对我来说是极有意思的过程，能从他那里学到很多东西。

我想，不一定是阿姆朗，任何一个不错的钢琴家，如果让别人参与了这个过程——假设我是那个录音师，细细追随一遍这个过程，都会有所收获：音乐和演奏家、作曲家的意图都看得清清楚楚，这时你想没有判断力都不成了。当然，录音本身已经是个让人

---

[1] *It's all about the music*，亥伯龙唱片公司〔Hyperion Records〕，2005。

感激的东西，你起码可以重复并试图吸收演奏者拼命获得的完美。但糟糕的是，我们买唱片的人没有相对"不完美"的比较(尤其是缺少"我们认为的不完美"与"演奏家认为的不完美"的对照)，不知道人家为何舍彼逐此。所以听众还是太被动，除非自己也弹一下这个作品——演奏者苦苦追求并好心赠送的"完美"，其实窒息了我们的探索和思考。

说到探索或探险，其实本该是音乐经历中的有机成分，可惜我们总是不够主动，不够勇敢。我想起美国著名早期音乐家列文（Robert Levin），他早年向著名音乐教育家布朗热学习过，受过非常严格的作曲、和声和即兴演奏的训练。他在《追寻早期音乐》[1]一书的访谈中讲到，和早期音乐相关的即兴演奏并不真是兴之所至，而是经过比经典演奏更严格的训练。我绝对相信他的话，但问题是，即兴演奏者受过相当的训练，然而对这类演奏的吸收和评判则远远不够，至少远逊于对经典演奏的判断。古典音乐家并没有这样一个很好的平台，他们很少有机会即兴。列文就常常抱怨如今大家宁可听重复的经典演奏也不敢冒险创新——他自己就受害于保守的古典音乐经营方式，多年的演奏生涯没有得到足够好的发展。

在此，我再次感到"对等经验"的缺失，如果听众不能经常接触即兴演奏，那么演奏者的努力在听众面前就成为一种自说自话。

所以，演奏者和听众的交流往往止步于各自的经验的差别。

---

[1] *Inside Early Music: Conversations with Performers*，牛津出版社（Oxford），2003。

（二）

记得我有一次听早期音乐会，中间休息的时候，演奏家慷慨地邀请我们上台看看琴。我凑过去看谱子，上面密密麻麻的记号让我十分吃惊，看来他用的谱子也许是手稿影印件，保留了不少的即兴性，有不少数字低音。演奏家对我们说，为了这场音乐会，光调琴就不知准备了多久。我很爱听他的介绍，但可惜的是，这些最有用的信息，比如调律的大概准则和现代乐器的区别，他所追求的东西，等等，却没有和听众分享。听众在底下只能听个热闹，其实是浪费了他们的苦心。

那么，经验到底可不可以或者应不应该有指向、有目的？

话说《追寻早期音乐》这本书在我身边好几年了，算是通读过，但最近翻翻，才发现过去不可能都看懂。理解总是渐进的、滚动的，有时，思考和想象能比经验走远一步，但不大可能走远十步。

书中访谈的羽管键琴家、歌剧指挥家克里斯蒂（William Christie）大概是现在最有影响的法国巴洛克音乐演奏家。他本是美国人，因为喜欢法国音乐、在法国文化中泡熟了，索性去做了法国人，定居下来。在这篇访谈《熟悉风格》(*At home with the Idiom*)中，采访者谢尔曼（Sherman）提到，钢琴家希夫抱怨道，如今早期音乐家暴得大名，眼见这星期维瓦尔第，下星期莫扎特的，然后从伯德到斯托克豪森全包括了，有谁（从观众到演奏者）能吸收这些音乐啊？谢尔曼的下文是，至少克里斯蒂是学有专长，兴趣固定在法国历史上一段时期的音乐上，并坚持专门化是通向自由之途。我很同意。

另外，对于早期音乐，我也一直有这类疑问：重演率太低，完全有可能一个晚上充斥着库泊兰、普赛尔、卡里西米、吕利等对多数人来说半生不熟的名字，然而一晚过后，你再也听不到这些音乐了。没错，他们留给你的印象不错，问题是：到底留下了什么？听众没有相应的批评标准，也抓不住音乐的实质，弄得早期音乐和爵士似的，随风而逝。这样干的演奏者可真不少，貌似给大家看"全貌"，但天知道你选的曲子是代表了一个作曲家、一类风格还只是代表曲子自己？有什么东西可以被听众吸收成为自身的营养和知识？当水滴尚未汇成水流，你怎么能看清它的清浊呢？我怀疑很多演奏者并不知道自己在干什么，他们对那些音乐背景的了解并不超过那类印刷品上面的几行字。当然，绝大多数巴洛克作曲家确实不像巴赫那样有着可辩识的灵魂，让活灵活现的巴赫风格贯注到海量的作品中。可我怀疑巴赫的价值也是在不断重演中凸显的。他的某些作品"可听性"相当糟，但总有研究者把理解和经验慢慢扩散到公众教育中。这样的机会，我们又给予过几个其他的巴洛克作曲家呢？

古典音乐的另一个问题是，核心曲目太固定——当然现在已经有了改善，而几十年前，基本上总是那几位大师的作品来回演——总的来说，扩大曲目是好事，哪怕有很多昙花一现的演奏，如上面说的拼凑式演出。但是最好不要大家都这么干。一定数量的专家是牢牢握住水土的大树。

当年，从莫扎特、巴赫到莎士比亚，可能没想到自己一定会成为"文化传承"的一部分，他们的作品演出了一次之后就没期待第二次。即使他们把自己的作品当鼻涕纸，并不意味我们也应该这样看。历史的语境已经改变，历史文献哪怕当年是下里巴人、流行歌曲，放到今天却需要专门的学习和研究才能进入。历史音乐是"泡"出来的，而人的一生能吸收的东西其实很有限。

（三）

以上说的是听者受限的一面。但音乐是开放的，并给予演奏者和听者各自的自由——注意，是"各自的"！

我们过去总听到一些行家，包括演奏家说，对肖邦的音乐不用考虑和声知识，只要放松地倾听就可以了。而最近在《爱乐》杂志上读到钢琴家傅聪的一段访谈，他说："很反感演奏者处理音乐时总是'我觉得应该怎样'的态度，这是不负责任的说法。真正的音乐感是可以说的。有感触的地方，在和声逻辑上一定是可以分析的。"他还说，"我近年来越来越注意动脑和分析。"（大意）

说得极好。我自作主张地稍微引申一下，对肖邦这类主流音乐，绝大多数时候是可以分析解说的，因为前人的尝试和分析已经积累得太多，如果说这样成熟的曲目还无法讨论，无异于自欺欺人。不过如果对比较偏门的音乐尚无对应的表达和理解方式，倒是可以原谅的。评论话语的产生是一个过程。

　　要知道，对主流曲目，一般音乐爱好者往往听熟了旋律就厌倦了，而对旋律之外的东西根本没怎么注意过。我也曾是如此，但现在试图重新发现旧音乐，发现处处都有惊喜，尤其是以虚心的态度阅读专家，但也允许自己的意识在叙述的边缘反射，游荡，颇有妙处。罗森在《浪漫时代》中讲肖邦的马祖卡，基本顺着肖邦的年代观察他的变化，从早期的循规蹈矩到充满了细致的赋格，再到后来的简化。罗森有句话很有意思，我不得不简译一下：民间舞蹈释放了肖邦内心的浪漫派之怪诞（grotesque）。说得太对了，怪不得不少音乐家都喜欢民间音乐，他们不一定意在发扬民族文化，而是借用这些主流之外的形式来获得新灵感。大家都知道肖邦是所谓"民族作曲家"，其实他所用的民间音乐不只是波兰音乐，别的作曲家也是如此。用民歌，但不一定用母国的民歌，这在李斯特、勃拉姆斯等身上都有体现。

　　而我们听者也会在这样的音乐中发现并释放自己心中的魔鬼，肖邦为此提供了丰富的契机。在这些马祖卡中，调性往往切得很碎，有时，摆动只在一两小节之间，所以听上去斑斓而诡异，温度不定，树欲静而风不止。只要调性有那么一点点飘荡，和声有那么一点点变形，终止式有那么一点点不稳，我们当下的生活就变成了多棱镜，童年、爱情、回忆、思念——哪一种心理图景近在咫尺，就会被音乐呼之而出。

那么，肖邦的作品应该以思考为出发点还是以感受为出发点？问题是，无论你偏向哪方，都会发现自己严重地遗漏了很多信息，对演奏者来说更是如此。有趣的是，在某些时候，研究者、演奏家拼命要发现的正是作曲家拼命要掩盖的东西，这不仅仅体现在肖邦也体现在任何入流的艺术品上：一切技巧都显得严丝合缝，让人察觉不到其存在，但演奏家不能不察觉，否则就无法从底层入手，和作者一条心——罗森就是这样一个可恶的"卧底"。当然，他的观察和分析也只是他的想法，未必总能和作曲家贴合，但他确实凶狠地劈开了看上去浑圆而无处下口的东西，试图发现作曲家到底在哪里捏合什么，凸显什么。原来音乐并不像它听上去的那么圆融不可分，似乎也可以被砸碎，然后整合，而那正是演奏者背着我们在琴房里日复一日所做的事情。

好的分析并非意在发现音乐的缺口和谜底，而是将其打磨、照耀得更光亮——矛盾吧？可我确实是在读了罗森的肖邦分析之后才对音乐更能集中精神，因为其中小小的坑坑洼洼焕发了更多的色彩，也创造出更多的谜语。正如伯恩斯坦讲瓦格纳，指出他和前辈作曲家的相通之处，然后申明自己的目的是揭示融合之妙而非"揭露瓦格纳抄袭"！

所以，音乐—演奏—倾听，这个过程注定是"意译"，尽管也需要有"直译"的功底。

好音乐和坏音乐

(一)好音乐和坏音乐

多年前在一本音乐杂志上读到这么一句话:"对我来说,音乐只有好音乐和坏音乐之分。"似乎是伯恩斯坦说的,可惜手头实在找不到出处,很可能是我记错了。不过,类似的说法似乎还颇有生命力。我的爱较真的毛病又犯起来,忍不住理论几句。

首先,什么是好音乐,什么是坏音乐?但凡有历史、有积累的东西,堆积的个体一多,乱七八糟的方向就出来了,得考虑前提、个体和历史条件。谢天谢地,咱们有了听上去无比吵闹无聊的现代艺术,终于教我们学会价值观的多元化。结果就是,要想判断,别根据第一感官印象说话,尤其是面对复杂的作品。要想判断,得进入它自己的体系和语汇,弄明白出发点再判断——而这样一个过程能避开对音乐类别的考量吗?能在不知道音乐类别、没有基础知识的情况下判断中世纪音乐中的好音乐和坏音乐吗?能用古典音乐的标准去衡量无调性音乐吗?好,如果同意"不能",那么这个"音乐只有好坏之别"的命题就成了伪命题,因为仅仅判断"好坏"就不那么"只"了,就已经涵盖了音乐形式、结构、历史条件等所有内容。

其次,好和坏之说是相对于怎样的听者而言?历史上有无数这样的例子:被某某著名音乐家否定的音乐后来成了经典。某某著名音乐家怎么可能不懂音乐呢？但问题是，他的审美观和时风还没能接受或习惯某类风格，怎么办？同样，让只听爵士的人来听巴洛克，甚至试图让他们区分莫扎特和波切里尼、李斯特和泰尔伯格，都往往是徒劳。当然，也有些作品看上去有一定的"绝对性"——尽管不是所有人都喜欢莫扎特，但经验不多而直接喜欢上莫扎特的听众还是很多的，覆盖从外行到内行之间的众多层次。莫扎特的音乐本身就是一种奇迹，沉浸在清浅均衡的古典风格和表达中，同时也指向永恒的价值，似乎我们只听第一遍就能迅速被征服。但这样的音乐是比较个别的例子，属于特定的风格和特别的作曲家。古典曲库中的多数作品有自己的形式和结构密码，拒绝局外人的解读。甚至，面对莫扎特这样绝美的作品，若要区分出他和某些风格类似的作曲家，也往往需要潜心解读，而非非第一印象。英国钢琴家斯蒂芬·哈夫说："如果人们明白莫扎特的音乐里到底有什么，就不会将之视为愉快的娱乐了。"看，音乐的秘密往往锁在形式之中。

最后，认为"音乐只有好音乐和坏音乐之分"大概是在某种上下文中暗暗试图给予流行乐和古典乐同样的地位吧，在我看来，这个提倡多元价值观的结果恰恰需要承认分类的前提——要了解流行，再判断流行；要了解古典，再判断古典。流行和古典，非要横向比的话，怎么比？我能看到的只是一些客观指标：相比流行乐，古典乐有更多的历史和技巧负担，更不直观，更难判断和学习，门槛更高，学习曲线更长……所以它才往往有一顶"高雅"的帽子，被塞到贵族的话语那端——这并不意味它比流行更好（上面已经说了原因，好和坏是有前提的），但它确实比流行乐更难。又因为在历史中的沉淀和淘汰，"好作品"的比例会比较高——虽然我并不相信历史是绝对公平的。

最后，不仅仅在音乐中，我想，任何在领域内的个体积累到一定的数量，总会向各个方向分裂而各走一径。如果你打算用语言来描述和总结，总需要一些分类和前提才能避免混乱；如果你打算透彻理解，只能用学习的途径融化形式之锁。

(二)音乐在历史中的诠释

我一直对希尔德嘉德(Hildegard von Bingen)这位中世纪女作曲家感兴趣，因为她太"中世纪"，太不同于文艺复兴以降的"艺术家"。可惜，中世纪的资料有限不说，评价起艺术家来，真不知道应该放进哪个尺度。如果不比较，那么还评价、理解个什么劲儿呢？所谓评价，本来就是寻求尺度内的相对位置。研究希尔德嘉德多年的中世纪音乐专家巴格比非常推崇她，说这个女人是真正意义上的伟大作曲家。我相信他言出有因，可惜我对背景懂得少，无法判断。所以，我对很多早期音乐的演出也非常糊涂：跟谁比较，怎么比？

回到希尔德嘉德和后人对她的评论，这个话题可不小——有没有一个普世的伟大艺术家的标准？我想，艺术中的形式圆满和创新这两者的平衡算是一个客观指标，但塞入中世纪来看，又感到很难剥离上下文，因为神学理念对之影响甚深，今人对之不易估计或区分。比如：贝多芬和希尔德嘉德谁更伟大？随便猜猜，我觉得好像贝多芬更伟大——至于原因，我不知道，因为我无法挣脱当下的尺度。我相信专门研究这些东西的人会有相对可靠的评价标准，但我怀疑那仍然是现代人眼中的尺度，顶多叠加了历史因素而求平衡。

同理，如今随便抽出一首教堂众赞歌给现代人听，相当多的情况下，效果非常感人。但如果你于是称这样感人的音乐为杰作，并不妥当，因为这样的众赞歌在当时的时代背景下实在车载斗量，其个体价值淹没其间，无迹可寻。西人听见一首中国曲子而感动，也未必是因为那首中国曲子一定（在中国人的尺度内）好得超群，而只是对西人的趣味来说新鲜有趣而已，它游离于西人习惯的尺度之外，对他们而言不好衡量，对之的评价就会有偶然性。

这样说来，在我们的话语体系中有多少结论立足于"空中楼阁"？

以上说的是衡量尺度，与之相关的自然有时代的审美流变。美国音乐学家罗森最近出版了新书《音乐和心情》(*Music and Sentiment*)，第一章名为*Fixing the Meaning of Complex Signs*，讨论的正是"各种音乐记号的正确含义"。有一段大意是："一七五〇年前，从主音向属音转调被认为比从主音往下属转更不和谐（因为主音是下属的属，转两次当然不如第一次尖锐），所以这时段的赋格都是先由主到属，而把下属留到发展部。一七五〇年后，奏鸣曲大兴，出于类似的原因，也就是属音比较尖锐，所有呈示部总是先转到属音,而不是先转到下属;下属要留给发展部或再现部,甚至终曲。贝多芬去世后,这一切都不再起作用,因为属和下属的区别被模糊了,听上去没什么区别。""所以古典时期的和声学比十九世纪之后更复杂,因为规矩和限制更多,听者能细致区分细微的不和谐。"

这个有趣的总结在我看来,意义主要不在于"什么时期怎么转",而在于它体现的审美观念之变。莫扎特时代,写个C小调的东西听上去就相当尖锐,不稳。而这样的音乐今天听来,明明很甜美嘛——因为咱们早被十九世纪后的音乐闹得见怪不怪了。结果十八世纪的耳朵能区分的感情色彩,今天对咱们已经无效了。事物的变化幅度加大之后,细小差别等于无差别,而以细小差别作为手段而形成的效果,在"大差别"中已经被磨损掉了。所以十九世纪之后,音乐语言貌似丰富了,但也丢掉了一些东西。人的习惯总是有限的,感官更是有惰性的,耳朵被什么东西喂饱了,自然不会去主动地想象它不知道的东西。

此外,和文学经典相比,音乐经典的诠释有自己的特性。比如文学经典有翻译的误差、语义的磨损,更有社会和政治风潮的干扰。而音乐呢?至少就器乐而言,手艺会在时代中流失,但并不容易被"成体系地"扭曲。为什么?文学是用语言来创作的,也是用语言来评论的,两者相得益彰,"狼狈为奸",实在太得劲儿,所以意义的沟通和流变得更"有序",可以达到某种目的。但音乐呢?要交流,研究,同样要用语言,要命的是,音乐本身却不是用语言创作的。把音乐总结成"忧伤",往往是一种低效传达,听到别人的耳朵里,再被别人总结一下,翻译了好几次,早已面目皆非。

因为音乐和评论之间的沟通十分缓慢而低效,音乐的诠释显得无序。虽然同样的音乐可以被不同的人诠释得相去甚远,但诠释毕竟要经人记录、讨论才可以被继承和扩散。而一旦记录,又呈现出低效性,阻止了有序变化。

(三)从巴赫的管风琴作品说起

格雷斯的《巴赫的管风琴作品》这本书讲得清楚,种种结论都有细节支持。不过其中的很多结论在今天看来,无论是我还是比较主流的看法,恐怕都难以苟同了。

管风琴家格雷斯对巴赫的很多管风琴作品的评价都比较低,比如《四十五首小曲》等。这不难理解,因为其中很多首太别扭、繁杂,要不是因为是巴赫的作品,估计没人看。但我个人对它的评价还是很高的,因为其中的精巧构建实在有太多内涵。他对《六首舒伯勒众赞歌》的评价也很低,对此我没有意见,因为它们虽然确实非常好听和有名,但相对巴赫别的作品而言,还算是比较轻松愉快的娱乐。有意思的是,格雷斯说最失败的是第六首,理由是右手在笨拙地模仿弦乐的弓法。

这倒是个有趣的出发点,引起我的一点思考。不只对于这首曲子，格雷斯在很多地方对巴赫的作品的批评焦点都是巴赫在用管风琴的缺点来模仿别的乐器。也就是说，以己之短学人之长，或者干脆，削足适履。没错，对许多作曲家而言，给大提琴写飞快的段落估计得被人骂死，但巴赫给大提琴写了那么难的"大无伴奏"，最后成了杰作，并且参与"定义"了大提琴。巴赫的秘密，在我看来，有时就是在乐器的缺陷边缘跳舞，说别扭也可，说创新也对，要害在于音乐在边缘上生成"具体而微"的境界，终于说服了演奏者去克服技术障碍，甚至强迫听众习惯了乐器的笨拙，让那种勉强之意也成为美感。在我看来，它的意义并不仅仅是音乐上的。杰作抵达乐器的局限，却揭示了更多的自由。大提琴"别扭"的险境开启了新的天空。这背后的驱动力是乐器和身体运动的对话。有时，我们暂时告别对音乐风格和传统的辨析，回到音乐的原初，让身体运动和乐器发声成为音乐的主角，总有几丝新鲜的东西裸露出来。电脑模拟技术发达至今，乐器演奏的"人力"仍未被取代，因为大脑、身体和耳朵之间丝丝入扣的复杂配合简直像生命一样不可言说。

还有一个秘密，就是巴赫传世的作品毕竟足够多，当"缺陷"和"勉强"不显得偶然，而是成体系、有目的、有组织的时候，才对演奏者和演奏方法产生质的影响，最后索性形成新的标杆。

(四)听音乐如何才算懂

关于什么叫听懂音乐，也许很多人都有自己的意见，有人在其中寻找意境和想象,有人认为"懂"就是"喜欢",也有人在音乐中寻求自我的影子。对我个人来说,以上接近音乐之途都有合理性,因为这都是"审美"的自然反应,在音乐体验中并不陌生。不过在此请允许我来谈一谈个人对"理解"的理解和一些"可操作标准"。

不记得我是否纠结过"音乐表现(描绘)了什么"这类问题。对我来说,是否听懂某首曲子(这里主要指器乐,而不包含有一定语言障碍的声乐)主要看是否满足这么几个指标:一、识别出旋律;二、识别出重复;三、感知到调性的变化。

这三条是我自己对"听懂"的初步要求。第一条不用说了,第二条其实并不简单。听出重复,也就意味着你听出大致的结构,因为结构就是由重复来呈现的(不一定是完全相同的重复,可以是环绕某主题的回顾)。第三条的确要求有点高,凭倾听识别出调性,绝大多数人,哪怕专业人士也做不到。但如果能捕捉到那么一点气氛、色彩的变化,往往也就是调性的变化,其实很重要,因为这往往是作曲家非常想传达的东西,他围绕这么一点调性的游移或跳跃,小心地作了很多铺垫;如果我们能够把注意力调整到"准备呼应"的状态,才算对得起他的苦心。事实上,据我观察,多数用心的听众,不论专业还是业余,是可以感知调性变化的,只是不少人并不知道。音乐的进行中,情绪被释放到一个新空间,背后就是调性的暗渡陈仓。

这样说来,海顿、莫扎特和早期贝多芬是比较好懂的,因为结构比较清晰,容易记忆。而再早些的巴洛克音乐,虽然有相对固定的重复，但动机很短，往往迅速淹没在对位中，不容易被记住，这在巴赫的音乐中非常明显。另外，这个时期的音乐没有明显的主题和情绪切换，乐器也缺乏现代人习惯的大高潮和强对比，所以令音乐格外难记。到了浪漫派，虽然有了调性转换的巨大自由，重复也不算太多，但旋律清晰完整，比较好辨识，并和激情互相带动，故而相当多的音乐都比较好懂，比如肖邦、舒伯特等。再往后，自由形式越来越多，重复越来越少，旋律越来越破碎（20世纪音乐达到极致），所以越来越不好懂，其中的情绪变化也更难捕捉——但并非不存在。所以，用是否容易听懂来区分作曲家的高下显得不公平，因为其本质区别显然是背后的技术手段选择。在容易懂和难懂的作品中，都各有大量的好作品和坏作品。

当然，我自己并不完全满意以上三条。对于复杂音乐来说，音乐要看过谱子才能算初步懂，因为我的音乐记忆力确实不够好，容易忘记前后的呼应。我感到方便的状态是，身边有重要作品的谱子，读书或者听音乐时突然想看看，随手就能拿到。这一点对多数人来说确实不太好操作。总之我的观点是，基本的"懂"来自"细读"的态度，因为接近任何复杂事物并无捷径可言。音乐虽然难以言传，但它一样是人工、技术下的文明产物，和别的文明成果一样有结构，有内容，尤其是有漫长的历史带来的技术多样性，故需要用技术途径来沟通。

有必要澄清一点：我所谓的懂并不一定是喜欢。相当多的流行音乐并不难懂，因为旋律好辨识，思路好跟随。但我很可能并不喜欢某些作品。我对尚未听懂的音乐倒有可能是有一点喜欢的（虽然不确知），所以要在有可能的情况下尽量重复地听，主动吸收信息。这一点好比阅读文章，理解了文意并不意味着一定同意作者的观点；同样，被一首诗歌中的几行打动而未注意到整体的文意，并不能算基本地读懂。将"懂"和"喜欢"作一个比较明确的区分，有时确实有点难度，因为人在审美中是必然用想象来牵引思考的，而想象包容的因素很多，如通感和情景联想——它们的确有可能覆盖了和作者原意有关的东西。我不否认这是审美中常见的现象，但审美总归是多面的，而我所理解的"理解"，目前是指向和作者原意相关的那部分。

冒着过度简化的危险总结一下：所谓初步地听懂就是听熟，以多次的重复来接收和记忆作曲家试图传递的信息。比初步的要求更高的当然就无上限了，比如音乐学研究、和声分析等，在此不表。但我的态度向来是贴近"细读"。罗兰·巴特先生有句名言："作者已死。"也就是说读者爱怎么解释都可。但我认为这是针对有细读基础的读者而言，否则它只能是反智的借口。

参考文献

47. 《巴赫的管风琴作品》(*The Organ Works Of Bach*)，格雷斯(Harvey Grace)著，伦敦诺维罗与康帕尼出版社(Novello And Company)，1920.

新音乐和旧音乐

(一) 新音乐 旧音乐

作曲家勋伯格写的文章我一向爱读。创作者写文章，往往不无偏见，不像专搞理论的那么全面、公正。不过，一些关于大师、主流作品的评价已经有了定论，那么我们读读偏见又何妨呢？尤其是，既然已经从理论书籍中获得了一点免疫力。

更何况，常识中所谓的"公正"无非是一种积累了历史认识的当下话语权，我们都处在历史的横剖面上，不一定比前人更"正确"（艺术中的正确往往只能代表一种说服专家中多数人的声音），但我们只能做我们能做的。海顿和莫扎特如今的地位貌似无可争议，然而海顿其实在大半个十九世纪几乎被遗忘。而莫扎特呢？仅仅半个世纪前，不少评论家仍把他当作洛可可作曲家。所以艺术评论的结论并不太要紧，其辩驳和发现的过程倒可能更有启发性。

手里这本《风格和思想》[1]是勋伯格的一部评论集，也就是记录了一些零碎的感想，有系统的，也有生鲜破碎而激烈的。在《新音乐、过时的音乐、风格和思想》一篇中，他这样提问："什么是新音乐？""很明显，前人没写过的音乐，才算新音乐。"可是他又说："伟大的艺术品没有不向人类传达新信息的，这是所有伟大

[1] *Style and Idea: Selected Writings of Arnold Schoenberg.* Edited by Leonard Stein, with translations by Leo Black, 1975

艺术的荣誉。我们总是在伟大艺术家的伟大作品里发现那些从未消失的东西，无论是若斯坎·德·普雷、巴赫还是海顿，或任何伟大的作曲家。"

"因为，"勋伯格强调，"艺术就是新艺术。"

他接着解释：巴赫在世的时候，一种新的音乐风格就已经悄然诞生，这就是成为后来所谓维也纳古典主义的音乐，也就是发展—变奏模式(Developing Variation)。然后，他比较了巴赫和亨德尔。当然，这是"刺多扎手"的话题，当代人更能信服的说法是巴赫与亨德尔各走一径，并不易于作横向比较。但勋伯格是这样说的：

"有意思的是，在这个风格变化的开端，巴赫的音乐被称为'过时'的。"

"可是，请大家原谅，我必须说，我们对巴赫了解得越多，就越被巴赫的无数作品所展现的原创性所惊讶。他不仅在发展旧风格，也在创造新音乐。巴赫之新，要在将他和荷兰学派及亨德尔的作品作比较之后才能觉察。""荷兰学派的秘密是通过对位给予全音阶内七个全音平等的位置，而巴赫将之扩展到十二个音。"

"亨德尔作为剧院作曲家，总能为音乐写出有个性的音乐，主题也很出色，但是之后除了重复主题，音乐就开始衰竭了。用格罗夫《音乐辞典》中的话说：'垃圾。'空洞、无意义、练习曲般的重复。亨德尔的中低声部是简单粗糙的，而巴赫连在过渡和次要的段落也充满个性、发明、想象和表现力。固然，他的辅助性声部并不粗糙，也能写出流畅、平衡、丰富、美丽的旋律，甚至超过泰莱曼、CPE巴赫❶。这些人称巴赫'过时',因为他们看不到巴赫的创新之处,因为是巴赫的'发展变化'风格引发了后来的维也纳古典乐派。"

"而巴赫被忽视的原因正是他的风格之新让同代人无法理解。"

在勋伯格看来,巴赫的创新有哪些?他指出和荷兰学派的对比,也是我深有同感的:巴赫在某种意义上是第一位"十二音作曲家",给了各个音平等的位置,这得益于复调本身给予的自由和他对复调的自如操作。勋伯格还指出一条,就是巴赫的"发展式变奏"。以我的理解举个例子,《哥德堡变奏曲》肯定算其中之一,而巴赫许许多多的赋格都有着自己活灵活现的呈现和再现。从历史的"真相"来说,我不知道巴赫对其后几十年的作曲家有多少直接的影响(也许他的影响不如CPE巴赫那样引领了海顿和莫扎特),但巴赫为赋格赋予了生命,这本身大概就是一种创新了,哪怕没有人追随他开拓的新风,哪怕古典乐派和他的相似只是一种巧合。

在这里,我的看法稍稍偏离了勋伯格,虽然也许并不完全相悖。从巴洛克作曲家到海顿、莫扎特、贝多芬、肖邦、李斯特、瓦格纳等这一条长线,我们有时看到的是形式的创新,比如贝多芬和瓦格纳;有时看到的是在旧形式里自觉的顺服和依托,但以小范围内的细腻和灵动获得个人化的、崭新的生命——有时,只要足够"好",就开始显出新鲜之处了——也许莫扎特、肖邦都可以部分

---

❶ CPE巴赫为巴赫的儿子,全名Carl Philipp Emanuel Bach。

地归入此类。此外，我们如今谈作曲家，往往是"现代（二十世纪后）之眼"中的作曲家，是一个"历史化"的形象。而作曲家的历史作用并不是他们自己能够决定的，那些在后世中听到回声的手法往往写进历史成为"创新"，而那些无人继承的手法，往往留下了"个人化"的标签——肖邦和德彪西也许都是如此，由于尺度较小，难以复制，他们的作品都属于个人，不好算作开风气之先。

但我也相信勋伯格的话："艺术就是新艺术。"这里他指的当然是好的、大师的艺术。只要是创作，总要鲜活而与众不同。巴赫是沿用古老赋格还是融入洛可可风格并不要紧——虽然对他个人而言，赋格是最称手的工具；他的心血和灵性能够永不疲软地灌注到各个角落，才成就了他的伟大。

不过，那些看上去没有巨大创新的作品怎样成就了永恒？或者，用最简单的话来说，怎样让人百听不厌？勋伯格自己也暗示了这样的意思，他说："新音乐往往过时，伟大音乐虽然看上去不新，倒可能是永恒的。"从整体来看，形式上的创新终将被模仿，甚至连优美的旋律也会被遗弃，但那些构成杰作的细细颗粒则无法被复制和仿造，因为将其拔离其根，往往失水而死。再凑近看，那些"没有巨大创新的作品"可能暗藏自己的不规则和奇崛之处，只是将之掩盖在温和恬静的外表之下而已。莫扎特也许算是一个典型。勋伯格说，好的演奏者一定要特别强调莫扎特作品中无处不在的"不规则""不对称"之处，因为莫扎特充满了戏剧性，他首先是个戏剧作曲家。他还说："分析我的音乐的人，会发现我是莫扎特的学生——虽然这不会帮助他们理解我的音乐，但会帮助他们更加理解莫扎特。"

我不是创作者，是听众，所以只能从自己的角度来猜猜：当听者的自我和作曲家对峙，总难免有交互、对话和搏击。我们捕捉线索，寻找自己熟悉的东西，期待听清和吸收，但我们往往被不能吸收的部分吸引并一再寻求。那些经年的杰作往往既能和我们的"已知"形成一定的沟通，又能逃脱我们的认知之网，让我们的意识吃惊并迷路，即便背熟或者能演奏一部作品，它仍然存在着不能被消化的部分，激发好奇。从巴赫复杂的赋格到莫扎特看似传统但暗藏波澜的奏鸣曲，再到海顿显得过于"正确"的交响曲和四重奏，演奏家常这样说："每次我演奏这部作品，总有新发现。"而我总是被这样的话打动，就像本文开头所说，我不敢肯定今天我们眼里的杰作将是永远的杰作，但被我们遗忘的东西一定不值得被记住。我只是惊叹人类心灵的丰富和艺术的多种可能：那些重复多年的杰作仍然能吸纳听者的心灵。这不是征服，而是激发：杰作永传，正说明听者的心智不死。

(二)关于勋伯格

说几句关于勋伯格的闲话吧。大家都知道勋伯格在当年是倔强的创新者，他曾经说自己疯狂追求的不过是"这个时代的声音"，可惜没人听他。别说他，莫扎特、贝多芬、肖邦、舒曼都自以为在为自己的时代作曲，问题是他们那个时代有多少人需要他们？遗憾的是，所谓代表时代，往往是精英代表精英。

勋伯格赶上"一战"，四十二岁入伍。他试图不让人知道自己是"那个写了很多难听声音的作曲家"，但狐狸尾巴还是露了出来，一个军官问他是不是那个"臭名昭著的勋伯格"。面对目光雪亮的群众，他说："我只好承认我是那个作曲家。既然世界上没有人愿意当那个家伙，我就来当吧。"勋伯格本人个子瘦小，不起眼，但这人竟然有那么坚强的灵魂。据说他差点被关进疯人院，也许是夸张，但被人乱戳脊梁大概是真的。人得有怎样的狂气才能坚持如此孤独的探索？马勒和施特劳斯都曾经赞赏他，但后来无法理解他了，而他热烈地渴望来自马勒的肯定。施特劳斯说他"与其作曲，不如去扫雪"。很多很多年里，勋伯格只写过非常少的音乐，甚至可以说是多年悄寂，哪像如今"出名要趁早"的小朋友，有点反骨便得意地聒噪不停。勋伯格认为音乐是一种比生命更高的形式，人类将趋之而"进化"。可是他自己的"进化"极其痛苦，除了被打击之外，他发表无调性作品的时候正值妻子弃他而去跟一个画家私奔，这对勋伯格来说是更可怕的危机：被妻子抛弃，对马勒失望，他剩下的只有音乐了。

故事发展到后来，竟有喜剧的意思。妻子与之私奔的那个画家上吊自杀，妻子回到他身边。他接受了，还把乐谱献给妻子。这通折腾背后不知有多少故事。勋伯格到底是狂纵强健之徒还是像马勒那样骄傲而伤痕累累？也许，他连这些都顾不上了。《第二弦乐四重奏》演出的时候被嘘,完全被搅乱,他说:"这是我生命中最糟糕的时刻之一。"三十分钟的歌剧《期望》(*Erwartung*)次年出版,可是十五年后才演出。

在我心中,勋伯格真丈夫也。

有意思的是,勋伯格自己又说:"我必须坦白,我是那种不怎么在乎创新的人。我过去常常说,我总是打算写传统的东西,总是不成功,所以我的作品被迫成了'奇特'的东西!"作为他人眼中"传统的叛逆",勋伯格其实很爱谈传统:"你们如果知道这些事实,也许会惊讶:在巴赫的对位终结之后,海顿、莫扎特、贝多芬、舒伯特、门德尔松、舒曼等,甚至瓦格纳都在某些段落插入了一些严格的对位。当然,他们的写法和巴赫不太一样,更类似动机变奏中的细致发展。无法想象这两类作曲方式居然能混在一起,它们明明是互相矛盾的。但对这些大师而言,'应该'与否,根本不在考虑之列。""在古典大师中,无论是帕特斯特里纳还是巴赫,都有这样的时刻,他们回归了前人的模式。这正是无畏地写作的人所具备的谦虚,他们能够理解别人的成就,虽然他们从不缺少自信。只有那些配得上被尊重的人才懂得尊重别的作曲家,只有懂得什么是优点的人才能理解他人的优点。"

"在我写过《室内交响曲》(*Kammersymphonie*, Op.9)之后,我对人说,现在我有了自己的风格,我知道该怎么作曲了。可是,我的下一部作品完全偏离了那个风格,而那是迈向我现在的风格的第一步。命运把我带到了现在的道路上。""一种回归古老风格的冲动不时在我心中涌起,所以我不时写一些调性音乐。我不知道我的哪些作品更好。我喜欢每一部,因为在我写作的时候,总是爱着它们。"

传统与自我,风格与思想,是勋伯格笔下永无休止的话题,好像他的"自我"边界要在辨析中廓清。我在前文说过,勋伯格有不少(我们眼中的)偏见,也不乏戾气,比如他一直攻击斯特拉文斯基和新古典主义,又比如他极为肯定地认准"为艺术而艺术""任何考虑观众的作曲家都不是真正的作曲家"。他批评别人的时候,态度和姿势很像他所反击的别人对他的批评——但他的见解和视角是多么有趣啊。笔者读勋伯格文章的感受是:越读,越理解音乐。注意,我在这里不说我更理解勋伯格或更理解莫扎特,我只说更理解他所谈论和未谈论的音乐。

(三)

罗森的《勋伯格》一书中有一篇重要文章说到"一战"时期音乐生活近于停滞。勋伯格自己的写作也面临难产,但他做了一件独特而重要的事情,就是于一九一八年成立了一个"私人演出协会"(Society for the Private Performance of Music),旨在认真排演当代作品,目标听众是对这类作品有兴趣的人,每周开一场音乐会。这个协会中,很多重要成员是勋伯格的学生,比如伯格,曲目包括斯特拉文斯基、拉威尔、伯格、巴托克等,演奏者也都是青年学生。这个协会是勋伯格教学活动的一部分。他们尽全力排演那些非常困难的现代作品，对格外难理解的东西重复演出多次，有时排练还会向观众公开，以利于大家"听清"这些作品——听过上述一些作品的朋友，大概会理解"听清"是一件多么不容易的事情。

听上去并没什么出奇之处。有意思的地方是，音乐会的作品和听众并不限于勋伯格的学生或朋友圈子，但观众必须是这个协会的成员，所以基本上都是音乐家。并且，要参加系列音乐会，就必须同意一个条件：不许写音乐会报道，不许公开发表评论，大门口竟然还有牌子，写着"批评家勿入"。音乐会结束之后，连掌声都不允许。

听上去有点奇怪，既然是好事情，为什么不多宣传，为这类资金短缺、公众关注也短缺的艺术活动多吸引一些支持呢？如今我们做类似的事情都唯恐没有足够的宣传和媒体支持吧？

而勋伯格在各种场合中表达过这样的意思：真正的作曲家不为别人写作。他要求避免媒体渲染，也就是避免时尚期待——说白了，就是避免干扰，避免艺术目的之外的力量来左右艺术（好像回避通货膨胀），哪怕一点点的舆论，即使是鼓励，甚至是那么一点小小的暗示。

顺便说一句，勋伯格和他的作品因为难以被传统接受，多年来处在极度的孤立和同行的敌意中，他比任何人都了解外界的干涉和公众的谈论是怎么回事。罗森在本书的序言中说，一九四五年，勋伯格七十岁时,在音乐界的声誉已经相当高,但申请著名的古根海姆艺术基金还被拒绝。多数大师在这个年纪,生活已经不成问题,勋伯格也得到了承认,但音乐界对他的敌意还是很明显。他每月从加州大学洛杉矶分校(UCLA)领取三十八美元津贴,有太太和三个小孩子要养。为了谋生,他只好把时间都用在教学上。后来,他写文章"感谢对手","是他们成就了我"。但想想看,一个时时要自我捍卫、长角长刺之人,在生活和艺术理念的方方面面有可能柔顺圆通吗?还有一个事实,他是犹太人,后来改宗天主教,但这是真心的,而不是像马勒那样出于生计而被迫改宗。事实上,希特勒掌权之后,勋伯格反而改回犹太教。

言归正传。在这个协会开始的一年半时间里,勋伯格都坚持不演出自己的作品,以防这个意愿纯净的组织成为私器(当然后来也演奏了)。这个协会也避免演奏主流作品——显然主流作品也不需要他们来演,除了极少次的例外。在这里,音乐成为音乐家的私有之物,清晰地和社会生活分开:不讨论,不推广,不"教育"公众。

协会坚持了三年。后来由于奥地利通货膨胀引发的财政困难而结束,总共演出一百多场——这个场次放在今天,也相当密集了——而且是发生在"一战"刚结束之际,而且他们演出的都是新作!

大家都知道勋伯格一辈子有着强硬的个性和清晰的追求,因为最糟糕的回报和最毁灭性的轻视他都经历过了,艰辛难以尽述。

而关于勋伯格的"为音乐而音乐",如今许多人都会立刻举手反对——让音乐和社会分开而和非音乐家分开,成为音乐家自我完善的东西,这和时代风习太格格不入了。再说,评论家和公众的意见一定全无用处吗?它们不会引入新灵感、不会给作曲家带来启发吗?还有,艺术家总归需要资金,一旦进入操作层面,怎么能完全不向公众妥协?但我认为,当艺术处在一定的封闭状态的时候,它成长、变化、成型得更快——当然,这也是一个注定会引起争议的命题。大众口味往往多跟风,无方向,易于半途而废,参与者众多,虽然可以引入芜杂的灵感,但干扰的成本还是太高了。

协会在一九二一年举办"告别音乐会",宣布解散。但一九二二到一九二四年——奥地利作曲家杰姆林斯基(Alexander von Zemlinsky)延续了它,成员稍稍扩大一些,并吸收了一些业余爱好者来听,不仅仅是音乐家。

看起来,勋伯格执拗到野蛮,有着"精神贵族"的决绝,但近于洁癖的态度和他自己那种高度个人化、规则过多的作曲体系一样,注定难以保持(他在作曲上就不断打破自己立的规矩)。但这个音乐协会作为一种独特的试验是很值得纪念的。我总是相信社会中人应各有分工,有一群小众躲起来往尖锐的方向走,尽管脱离人群。但是请放心,这样的人从来不会多,世上99.9%的人根本不会选这条路,而有勇气选择这条路的人,旁人应多多给予鼓励支持。其余的人各有自己的轨道,所以不用担心,自会有多数人去奔向健康、实用、可推广、受欢迎的路。前者在现世的影响甚小,但往往有独特的创造性，有可能在后代历史上留下可积累的财富；后者则可能享受现世安稳，一分耕耘，一分收获。

大家在世上的各种格子里各就各位，很好。

参考文献

48.《风格和思想：勋伯格文集》(*Style and Idea: Selected Writings of Arnold Schoenberg*)，勋伯格著，布莱克(Leo Black)译，选自期刊《新音乐》(*Perspectives of New Music*)，1975.

钢琴家剪影

(一)

　　二〇一一年九月号《钢琴》(International Piano)杂志上有篇文章，题为《钢琴家的孤独》，作者为斯蒂芬·魏格勒(Stephen Wigler)。文章谈了一些历史上很有故事的钢琴家，比如大家都知道的米凯兰杰里除了一身孤僻古怪的毛病外加不断取消音乐会之外，还有一个更大的毛病，就是四十年来只反复公演那么四五套曲子。当然，不管是贝多芬、斯卡拉蒂还是拉威尔，他都把这几套曲子弹得实在活色生香。如今我在优酷上看个没完，从他的坐姿、手指形态到对音乐的诠释，感想只有一个："此人近妖。"神话钢琴家如古尔德和霍洛维茨不用说了，前者彻底从舞台上逃走，后者一躲多年。当今的名人如索科洛夫、鲁普也是追求完美、死不露面的主儿。连玛塔·阿格里奇这种看上去十分自在、自得的天才，虽然不少露面，但从二十世纪七十年代到现在，只开过一场独奏会，并且只有四十五分钟长。其他的上台都是跟人合作。阿格里奇为什么不爱独奏了？据说她不是很爱练琴，而且独奏压力太大。

　　记得谁说的来着，钢琴家如果凑一块儿，不一定交流音乐，但往往会交流上台前吃什么药来镇定。

　　《钢琴》上的这篇文章多少有些文艺腔，笔者本来就并不大欣赏对名人的神化和夸张。顺便插一句，关于钢琴家古尔德，有一部比较新鲜的纪录片《天才的内心世界》，其中，古尔德的女友说，古尔德其实挺有生意头脑，知道怪模怪样的形象能多卖很多唱片，所以也鼓励或默认别人夸张他的怪人形象，比如害怕细菌，成天裹着大衣，等等。其实他和女友及两个孩子生活在一起时，并不介意两个脏兮兮的顽皮孩子。可见你我听闻名人轶事时，难免要怀疑其中有不小的水分。

言归正传，为什么钢琴家中怪人这么多？在名演奏家中，小提琴家、大提琴家的毛病则少多了，管乐家更正常。根源是什么？据本文分析，第一是孤独，独奏家承受的孤独足能把人逼疯——除非天性爱孤独。钢琴家基辛说："我从小就显露出弹钢琴的才能，同时也显露出爱独处的天性。我常常想，是后者让我能够去发展前者。"古尔德当然是更著名的例子，刚出名的时候，别人在这个状态都乐于和伯恩斯坦等名人共进晚餐，但他弹完琴总是急急忙忙回家。而小提琴家跟人合作的时候居多，即使有很多怪脾气，也得在合作中克服。钢琴家是被宠坏的独苗苗，一身的毛病在孤独中无限放大。其实，毛病谁都有，普通人往往在社交、职业中调整自己，但在有些人的生活方式中，那些怪癖好像是唯一让人意识到他们存在的办法，甚至成了孤独中的呐喊。很多以钢琴家出名的人后来纷纷改行当了指挥，也许实在是闷得发疯。这样的例子太多，从阿什肯纳奇、瓦萨里、普雷特涅夫、巴伦博依姆到埃申巴赫。

"钢琴家多怪人"的第二个原因是，他们必须每天练很多个小时，常年如此。"如果某个钢琴家对你说他每天只练习两个小时,那么他要么说谎,要么不是真正的钢琴家。"弗莱舍(Leon Fleisher)这样说。而小提琴家呢?一来曲目文献没有钢琴曲那么庞大,二来与人合作的机会远多于钢琴家。

钢琴演奏的庞大曲目和要求演奏者无所不能的音乐能力和记忆力,让职业钢琴家这个活儿艰难到了"不健康"的程度,尤其是一个人孤零零被抛在舞台上和观众、评论家对峙的状态。这还不算,在人人都掌握的普通曲目之外,还要有绝活才行。比如"拉三"(《拉赫马尼诺夫第三钢琴协奏曲》)这样的大路货,本来就非常非常累人,但如果你没有把听众逼到崩溃从而狠狠记住你的能力,说不定就白累了。文中说,鲁宾斯坦曾经回忆,上台的时候看见钢琴,就把它想象成一头巨大的鲨鱼,等在那里要将自己吞噬。而阿格里奇、米凯兰杰里、霍洛维茨等个性大师确实在音乐中展现了那么一些极度神经质的瞬间,让人难以琢磨和模仿。而这样奇异的绽放是否积累自长期的孤闷?艺术的背后是否果真躲着残忍的怪兽?

笔者有一个不大听古典音乐的朋友听说要学钢琴必须从幼年开始,而这种成长方式极不健康、不人性。但问题是,等孩子有了足够的愿望再学琴往往为时晚矣——朋友摇头说,这样的传统和体系一定是有问题的。好吧,我们承认钢琴家的训练残酷如同"病梅",然而矛盾的是,它的兴盛期正值个性解放的浪漫时期,钢琴之强大、丰富,让作曲家们喜不自禁,而文化积累之下的无边曲目却也成为许多从业者的镣铐。昔人之张狂化为后人的纪律。音乐家的伟大成长折射到个人生活之中，更像一种扭曲和讽刺。

不过，文中有一句话还是感动了我："法国大革命的目标之一就是解除社会秩序的捆绑。在那个时代，英雄主义就是个人主义——殉道的理由可能只是'自我'。拜伦、普希金和海涅笔下的人物为无回报之爱受苦，为暗夜中的心灵受苦，他们穿越高山、河水和自己的记忆，他们的意义正是他们自身辉煌的孤独。"

(二)

今年八月十二日的《纽约时报》有一篇乐评：《大师一毛钱一打》(Virtuosos Becoming a Dime a Dozen，作者为安东尼·汤姆斯尼)，颇有意思。从新星王羽佳说到已经坐稳演奏家席位的阿姆朗、哈夫，作者的观点是，现在无所不能的演奏家太多了。

王羽佳的技术是惊人的，但这在如今少见吗？不是的。如今对钢琴技术的掌握和几十年前相比，实在是突飞猛进。随便数数，年轻人中的技术大匠太多了，基瑞尔·格尔斯坦(Kirill Gerstein，犹太裔美国钢琴家)、丹尼尔·特里诺科夫(Daniil Trifonov，俄罗斯青年钢琴家，1991年出生)这些获奖者，虽然还不能算是著名演奏家，但技术的强大让他们足以从容地开展音乐事业。事实上，他们的音乐确实很优秀。

文中说，有人问茱莉亚音乐学院的一位教授，"拉二"(《拉赫马尼诺夫第二钢琴协奏曲》)难不难？老师说："我有两个答案：第一是它非常非常难；第二是我的十六岁的学生们都在练这个。"文章作者还说："里盖蒂的钢琴练习曲在二十世纪九十年代被认为是'不可能演奏'的，只有一些名家才能弹，可现在很多学生都能轻松地演奏了。"这样说来，钢琴演奏的水平，如今简直是坐上了火箭，过去的大师苦练几十年达到的水平，现在的小朋友十几岁就能弹了，福兮祸兮？

几十年来，为什么进步这么快？笔者猜测，根源是教学法的进步：效率越来越高，教师流动越来越大，孩子们学习的条件也越来越好，越来越多的好苗子获得了机会。另外，钢琴演奏早已全球化，虽然看上去是小圈子，但世界范围内的竞争是前所未有的。不过文中的观点也很重要，一位钢琴教授说："作曲家们在不断突破极限。有些东西看上去无法演奏，但因为作品存在了——并且确实是好作品——就渐渐成为'可以演奏'的。"

想想看，至少在我们的历史叙述中，二十世纪上半叶是钢琴的黄金时代，那时的技术训练还没这么好（舒曼的时候更是差多了）。那个时代，事情的一面是，一切都在磕磕绊绊地摸索。而这种创作和演奏分不清、技术和音乐也分不清的混沌状态也许才是真正的黄金时期。而另一面是，观众们容忍了许多充满错误的演奏。据说鲁宾斯坦年轻时不大爱练琴，仗着听众中没有多少人熟悉乐谱，弹错了也满不在乎。如今我们记住了那些最好的"个性大师"，恐怕忘记了技术的缺陷造就了多少唬人的"假大师"及被不良方法所伤的习琴者。如果你很关注演奏历史，恐怕能挖出不少这种故事。

也许各种发展的方向都是双刃剑：技术学习的效率不太高的时候，技术和音乐被迫齐头并进，因为音乐很多时候能带动，甚至替代一部分技术。如今，技术普遍突飞猛进，但对音乐的吸收恐怕没有跟上，甚至可以跳过音乐，用技术来弥补音乐。

悲观地看，某个领域的技术打磨得炉火纯青、效率达到极致的时刻，是不是衰落的兆头？笔者也曾如此怀疑，但我们或可在科学、艺术的各种领域里都能看到学习曲线的变化所带来的变革，而从业者的职业轨迹自然会慢慢影响事物本身的性质。就像上文所说，技术提高的重要原因之一是新作品在不断挑战极限。所以，乐观地看，当技术大匠们满坑满谷的时候，也是听众需求开始分化的时候，一些有趣的老传统，比如即兴演奏，也在慢慢地重现。当然，不断求新而又有足够说服力的演奏者毕竟是少数的幸运儿。任何时代都是如此，哪怕在我们这个商业时代——商业同样是双刃剑。

（三）

以上说的都是杰出钢琴家，但我最近的偶像却是一位并没有演奏生涯也没有出过唱片的"业余钢琴家"。

有一天在网上乱看，搜索李斯特的《死之舞》（*Totentanz*）录像，发现一个颇为特别的演出，这就是崔里克（音译自Ricker Choi）

和柏林爱乐的演出。这位崔君居然是业余人士，得了柏林一个业余钢琴比赛（Berlin International Amateur Piano Competition）的第二名，有机会和名乐团合作。

这个演奏确实略有可挑剔之处，但已经非常非常棒了，多数专业学生都未必能弹到这个水平。他得过好几个大众业余比赛奖。《钢琴》杂志上偶尔也报道业余钢琴比赛的冠军得主，相当了得，只是不如专业学生中的尖子而已。话说钢琴这东西，业余爱好者能接近专业水准，确实了不起，需要极大的毅力和投入。

我好奇地去他的网站上看了看，原来是港裔小伙子，十三岁才开始学钢琴，在此之前有个稍接触钢琴但不爱练的童年。和无数小朋友一样。后来非常刻苦地练了些年，得了一些奖励。但到了十八岁，还是选择了商业作为职业，因为学业繁忙，又放弃了钢琴。直到毕业、读了工商管理学硕士，有了稳定的工作，并取得相当的成功，才重拾钢琴。又是发愤苦练，并且跟到了非常棒的老师，还上过安东·柯迪（Anton Kuerti）等人的大师课。他也够幸运，学习效率这样高，并且一直在吸收和进步。据他自己说，每次去跟老师上完大师课，都有巨大的收获。我看了他的练习笔记和演出心得，颇有深度，而且他的兴趣很广泛。作为一名非常突出的业余演奏者，他经常被媒体访谈，也有了不少演奏机会。自然，他的演奏并非不可替代，毕竟这些主流曲目我们伟大的演奏，只是这个人的学习能力让我五体投地。

现在他住在加拿大多伦多，仍在从事商业老本行，仍业余练琴。他觉得自己当年没有选择音乐的决定是正确的，因为"我认为自己没有音乐天赋，我只是努力练习而已"。这当然是谦虚了，不过我也相信，所谓音乐天赋并不是那么一种不得了的东西。那些少小脱颖而出的人，又有多少人能坚持发展到三四十岁之后？如果不考虑职业生涯的话，一个起步稍晚的人只要能长期坚持，必然能抵达相当的高度。

我所知道的业余爱好者中，还有一位趣人，就是于二〇〇五年去世的英国首相希思。他是一位热情且水平不低的钢琴爱好者，还指挥，年轻时认真考虑过当音乐家，不过最后还是选择了政治。看了希思先生的生平，我惊讶的是，一个人可以对政治和音乐这两样在某种程度上相当对立的事物都有着持久、求精的兴趣，可见，大千世界之中，各种活法都有其自在之处，只要肯绽放自己的生命之花。一方面，古典音乐虽然和内向的精神性相联系，但跟社会性也不矛盾。而另一方面，政治这东西让人见识人性的弱点，它跟让人太相信美丽错觉的音乐恰好是一种互补、平衡。而政治不管在多数人的印象中如何混乱和丑恶，分解而细读之，仍然植根于普通人的欲求，跟种植于幻想世界的艺术一样丰富，可以被引导和转向，有自己的逻辑和死角。世界上有多少事物是彼此全无联系的呢？

我并未假设希思是多么杰出的钢琴演奏者，但也许他在人性的各个侧面中穿行的时候，对音乐有着比你我更深的理解。而在分裂的世界中穿行，所经历的丰富和曲折一定饱浸不凡的人世滋味。

个人一直希望，可以选择音乐职业也可以选择别的职业的人，尽量去选择音乐以外的职业——世上如果有更多爱音乐的政治家、商人、科学家，岂不会美好得多？我在上文已经感叹过，如今钢琴大师何其多哉，不够多的倒是懂音乐的业余爱好者——好音乐真的太多太多了，我们却未曾将其充分地消化。

通往音乐的路途

(一)

我弹琴给老师听,他要求我在两个音之间留出一点间隙,但就那么一点点,小得不能再小,要求几乎听不出来,但自己能感知。为什么要这么小?因为上下文中有大一点点的间隙,也就是更长的句子,如句号,但仍属短句;有短句的句号在前,所以短句的逗号只好更微妙一点,直到几乎听不见。

我知道这类要求在管风琴演奏(甚至其他乐器中)中并不少见,效果似乎并不明显但不少演奏者乐于去实践的另一类东西,就是早期指法。

说起来,音乐是给人听的,既然听不出区别,那么干吗去做?但我后来想了想,发现其中是有一些奥妙的,因为演奏者是第一个觉察音乐的人,他不仅是"施者",更是"受者";演奏是由动作完成的,而动作的趋势、模式和运动的习惯是演奏者给自己制造的气场——我为之发明了一个词:"动作流。"它是演奏成型的关键,不仅是指点你随时找到正确音符的肌肉记忆,而且给自己成就了心理定势,成就了一种愿望、想象和气场。具体到演奏,在某些琴上听不出区别并不等于在所有琴上都听不出。有些机械运动的琴是能够敏感地反映间隙的。不管怎样,既然谱面有一定的暗示,演奏者就有责任尽力将其吞咽,"内化",形成习惯,直到化为直觉,哪怕几乎无人觉察。听众不会觉察某个短句的逗号,但或可对总体感到舒适而满意。

在《追寻早期音乐》里一篇对莱恩哈特的访谈中,莱恩哈特说到"二战"后羽管键琴演奏的变化,他表示这是很难讲清甚至无法直接演示的,为什么呢?他说这些变化的背后是人们对音乐的想象和期待的变化,其中有历史和社会风潮的影响。比如"一战"之后的一段时期,羽管键琴的复兴刚刚开始,人们打算将之和钢琴区分开,要和浪漫派划清界限,所以有意躲避钢琴中的一切方法,连分句都开始抹杀,比如瓦尔哈就是一个典型——对此笔者"实在无法更加同意"了,瓦尔哈那种极度死板、不呼吸的演奏,实在无法令人产生快感。幸好人们对早期音乐的探索并未止步于此,而是不断拨乱反正。

今人演奏的早期音乐至少要做到生动,符合基本的音乐要求。所以,这背后确实有一定的心理因素——笔者粗糙地猜测,瓦尔哈们反对的是钢琴,后人反对的是瓦尔哈,从而不断调整,取中——这个过程背后当然有着许多论文的讨论——看似小众分支,留下的著作却极多。总之,诠释音乐理念的变化终于带来成果的变化,虽然很难讲到底是哪类细节在改变;尽管心理体验因个体而异,但考虑到古典音乐演奏中的严格师承,它终归属于集体记忆,和一定范围内的时代相关。也正因为历史谜案多多,出发点与既成事实之间矛盾多多,我读类似的资料总会意识到,每句话背后都有着激烈的争论,每位名家都处于批评之中。

莱恩哈特还说，十七世纪、十八世纪的音乐是近于"说话"的（相对于19世纪之后的长音歌唱），所以语法和组织性格外清楚，有重点和非重点音符：在重点音符的带动下，非重点的音符自动流淌。

莱恩哈特还有一些有趣的观点，比如他认为除了天赋和天性之外，还有一些因素造成演奏者之间的区别，比如年龄。年长的演奏者倾向于忽略细节和分析，把自己交给下意识，顺其自然；而年轻人尚处于有意分析的阶段，故口齿清晰，理论多多。这篇访谈的标题就叫作"不应立法"（One Should Not Make a Rule），也就是说处理音乐不应有一定之规，要视具体情况而定，要多顺从自发感觉的带领。对此笔者一半赞成一半保留。音乐的自然流动固然是一定阶段的成绩和产物，但如果想更上一层楼，打碎自己，追求新语言新方式，难道不该从细节和分析开始吗？人人老境，可能日益圆熟自然，却也可能沉溺其间，不求变化，因为"总体""大体"这些概念，固然可以因人而异，但也可能在同一个人身上重复。

当然，说到这里有点跑题了。其实读到这里，我的收获是：为什么音乐操作中有一些不那么容易解释、不那么容易产生直接效果的东西？它可能没有直接地影响听众，但影响了演奏者的状态，从而渗透到音乐中。听众无法将它的作用萃取出来，但这也正是音乐的趣味之一。

对了，听众。指挥家阿巴多（Claudio Abbado）在纪录片《倾听沉默》❶中说道:"我认为最好的观众是那种在某些要求寂静的作品(比如《马勒第九交响曲》)演奏结束之后能够沉默很久才鼓掌的人。他们能够克制的时间越长,我越能感知到他们的存在。"你看,听众和演奏者之间一样存在着彼此的暗示——观众的评论和掌声其实是过于显在的反馈。我这里强调的是下意识的影响。

钢琴家阿姆朗说过,音乐就是用来听的,不应受任何音乐家的信息干扰——无论音乐家现场作激动、感动状,还是音乐家伤病缠身,不久于人世,这类信息应该一律忽视。音乐就是音乐,一切评判应由此出发。他还在另一个场合说过,现代人的一个问题是,对作曲过程、音乐家传记讨论过多。而这些都是不可信的,只有音乐的结果、演奏家当场演奏出的效果才算数。

我非常理解他的意思。但常常,我的确会被一些音乐家的信息左右,因为音乐是人造的,对某个音乐作品(演奏)产生的亲和感往往也是人和人之间的情感联系。这一点并不容易,也并不应该完全剥离和抹杀——音乐终归是生命之间的对话和通感。更何况,音乐多含历史和文化,乃带有背景的纵深之物,如将其剖取一个截面,难免损失趣味。但将音乐家当作"人"来吸收到审美体验中,是否令倾听变得过度主观而不够公平?不管怎样,我同时保留两种态度——不拒绝和音乐家之间的"气场",也不拒绝无气场的纯粹听觉接触。"双重标准"并不为过。

---

❶ *Hearing the Silence*,欧洲艺术有限公司(Euro Arts),2003。

在声音的物理振动之外，音乐还来自于运动、身体、情感和想象。瞧，这是我自作主张为音乐贴的标签。我承认这些标签也是极为粗糙而又充满歧义的。经验一旦收敛为词语，自然会大大磨损。我把阅读当成一种以想象来勾连文字，生成意象的过程。我相信演奏和倾听也如此，经验和想象令干燥的音符生出晕染，形成纹路。集体和个人记忆交汇其间，寻路，走偏，遗忘，迷失。也许艺术的历史就是这样充满荒谬的误会和激动人心的误读。

（二）

指挥大师切利比达奇留下一部由儿子导演的电影《切利比达奇的花园》，颇有些意思。

就像那些鲜活的、个性强大的艺术天才一样，切利比达奇是不容易介绍更无法总结的。用他自己的想法来说："音乐是活出来的，不是想出来的。"他反对录音，也反对音乐批评。

"越有名的知识分子，说的话越没用。""音乐是自然发生的，你要把它的命运留给声音的振动本身。""音乐逃脱所有的定义。所有对音乐的定义都是在故意地'减少'音乐。所有的数学表达都是在减少。所有的形式表达都是在减少。"当有人问他："你为何指挥？"他说："没有'为什么'。我为什么呼吸？因为要活着！我只是做了而已。佛教徒认为任何问题都不应该有'为什么'的问法。""音乐是一种生命的形式，是有机的进化。不要试图去

'理解'音乐，音乐没什么好'理解'的。"

在他这里，音乐是"渗透式"的生成，是一个整体，不应从局外控制，而应将之贯入心灵和生活，让它自然生发，而非以科学或工程的态度孤立某个元素或认真改进。"智性""分析"在他这里都是贬义词。

而通向音乐的路途是感性、自发为高，还是以理性作为基石和引导更好？这样的争论如此古老，以至于我无法再陈述它，因为它分明涉及了音乐的方方面面，尤其是最容易被误会的方方面面。而从"结果"来看，有些大师力主理性分析，比如巴伦博依姆；还有些大师极善言辞，讲起音乐来穿透人心，如伯恩斯坦；也有些大师并不愿系统立言或者不善文字，对音乐以渗透式积累为本，令音乐甫一出场就是感人的"整体"，富特文格勒和切利比达奇都属于后者。

可见，大师们的理念和各自的个性捆绑，各自通天。

还有一个例子：有一部关于美国建筑大师赖特(Frank Wright)的纪录片，讲他办了所学校，没有教材和确定的教法，而是叫学生直接干活，干建筑的活。当时很多人批评他拿学生当奴隶差使，但也有人认为他本人在现场和学生打成一片的方式很好："他的存在就是最好的教学。"假设我是学生，从这类接触和认知中来学习实在要看造化，可能学会，也可能一无所得，看个人悟性。但这种方式是有趣、有益的。它应该存在，和传统的预设并量化好的认知方式形成互补。

我又想起一种最常见而又最复杂的艺术品——生命。你我都是在母亲身体里孕育而成的，没有人教，生命的种子自己知道该吸收什么，然后长成一个鲜活、丰富、有许多不可预测之处的生命，而与此形成对照的制造方式是按配方来复制。两种事物(生命)的生成方式，也正对应了两种认知方式：一是在混乱中大面积地接触，不可预知地获得知识和灵感；一是孤立某个方向，并不断加强，不浪费任何材料和时间地在方向的指引下成型。前者有可能制造天才，但概率极低，风险极大；后者的长处在于批量生成可操作、可控制的成品。也许各种文化、模式下的认知发展都是两种方式不同比例的混合物。

而我个人相信所谓感性和理性之途，虽然有所分别，但一定是交替、螺旋前进的，没有什么道路能够单取一种。所以，在这里斗胆和切利比达奇唱个反调：我认为音乐批评、音乐史的陈述也没有那么不堪，并且，对待那些音乐批评以及与音乐相关的种种表达，同样要面对直背后的生活。关键在于，我们读者该如何面对他人的文字——那些所谓来自知性思索的结论也许只是"看上去"知性而已，斑斓的色彩和充满感情的瞬间并不容易被读者想象。

既然音乐是活出来的，和音乐相关的文字一样可以是活出来的。我反对的是那种从理论到理论、从标签到标签的推导式文字，但无论是音乐史、艺术史或索性是"历史"，无论是音乐批评、艺术批评还是任何文字，每个词语、术语背后一样有着纵深的生活。那些鲜活的写作者、批评者，和音乐家一样经历了各自的曲折和了悟。音乐之丰富和文字之丰富殊途而殊归，生生不息的个人岁月和集体记忆将之牵引成型。

作为一名巴赫迷，史怀哲的《巴赫传》、沃尔夫的《巴赫读本》等都是我的常备书。而在不同的阶段，我总是会读到不同的东西：有时，和巴赫相关的人物比如帕赫贝尔、布克斯特胡德在我的生活中占有了一席之地，而专家学者们关于这类人物的描述自会引发背后的比较和联想。而对他人理论的不同领会对我而言往往意味着一段卑微而真实的时光。没错，表达本身是"减少"，但对表达的阅读和领会仍可以是一种增加。

我在这里只举一个小小的例子：格林伯格在《巴赫和巴洛克盛时》讲座中说到，当年巴赫申请莱比锡托马斯教堂的职位，在候选人中排第四位，第一是泰莱曼，第二第三是我没听说过的名字，也就是说，并非传世的音乐家。巴赫在那个时期相当不开心，感到自己工资不够。最后巴赫拿到了托马斯教堂的职位，这个职位的"行为手册"厚达几十页，若干条不准之外，职责还包括每周提供康塔塔——所以这些教堂音乐家们疯狂高产，也是被逼出来的。巴赫跟别人的区别是，他的每件作品都是创造力的结晶。

拿这首《管弦乐组曲第三号》（BWV1068）来说，基本以法国风格贯穿，序曲是ABA，但巴赫在B中塞进了一个复杂的赋格。这并不是形式所要求的，而是他自己的风格，也是典型的巴赫做法：由简到繁，并且尽可能最大化地繁。这也是才华和心血的高度凝结，浓郁地流到所有的作品中。

格林伯格讲述的这两个细节（当然，他的讲座中更多的是结构分析）当时给我的印象，简直如同"引爆"，许许多多的谜团都开始稀释，让我开始发现更多的巴赫音乐。尽管我认为自己对巴赫的种种鸡毛蒜皮原本还算略有了解。历史不论讲了多少遍，往往是别人笔下的，但当某些细节显得太真实，太像你我所经历过的事情的时候，就会突然激发出意想不到的东西。对我来说，这样有趣的瞬间可能是格林伯格（读那些排在巴赫之前的名字的时候），也可能是指向赋格的分析，语言的指引和放大激发了我的热情，而历史感停留在花骨朵般的细节上，情景交融。

说到这里，我反而无力和切利比达奇争辩了。事实上，我深深赞美他在深厚积累和渗透之下的"忘言"，赞美他所追求的境界：让音乐自然生长，凸现方向，而非强加诠释。他在谈论布鲁克纳的交响曲时说："慢速度供人感受到其中的丰富，也让人有机会表达其中的丰富。"对，"缓慢"，这才是我最想说的。缓慢的阅读和缓慢的音乐一样，让感性和知性交融，让生命和音乐汇合。因为时间是生命的背景，而种种言说都是生命的声音，和音乐一起震响。

参考文献

49.《巴赫和巴洛克兴盛期》(Bach and the High Baroque)，格林伯格 (Professor Robert Greenberg) 于加州大学伯克利 (University of California, Berkeley) 分校主讲，教学公司 (The Teaching Company) 出版社发行。

没落的时代和我们自己

有关写作、文化和出版事业的没落,如今随便在哪个中文网站上都能看到,哀歌遍地。有人说不管怎么保护版权,写作也是没有前途的事业。没错,世风日下,大家都在上网,没人读书,经典文化在市场上被打入冷宫,等等等等。

如果在过去,我也很有同感,也会愤然。但现在我的感受真的很不一样,与最近看的一些闲书有关。

既然提到没落,那么我们看看"不没落",甚至所谓"黄金时期"是什么样的吧。拿古典音乐来说,李斯特时代算是钢琴演奏和创作的黄金时期了。李斯特本人炙手可热,既是明星也是真大师。其他人,肖邦、舒曼、柏辽兹、门德尔松等,也带来艺术上真正伟大的成就。舒曼不断地写文章支持天才同行,用今天的话来说,就是"抱团作战"。然而,抱团作战的精神并没有解决所有的问题,尤其对那些连抱团都不屑的人而言。法国人阿尔康就是这样的作曲家,他也是神童出身,也有高超的演奏才能,却默默地退守在世界的角落。因为远离多数人的音乐经验,技术又太难,他的钢琴作品多年来都没有人演奏。直到近年,一些钢琴家开始"复活"他的作品,从中发现了价值。虽然作品风格既远离一般意义上的"浪漫派"又不能归入任何一类,但阿尔康有自己的志向、追求和才能,他不该被如此埋没。时间和历史真的是公平的吗?如果是真的,是在一百年内还是三百年内公平?那些芜杂而难以归类的作品一直给后人提供思考题来解，又不断和价值观捉迷藏。

当年阿尔康一直没有妥协，入不敷出也不愿开音乐会来给自己打广告——矛盾的是，他又极度渴望一些承认和成就感。他在日记中写道："连创作对我来说都没什么吸引力了，因为我看不到任何目标。"

你看，这就是所谓"黄金时代""全盛时代"的音乐天才的凄凉声音。李斯特、肖邦的光环属于他们自己，阿尔康不但没沾上光，还因作品风格和时风格格不入反而被挤兑得更厉害。类似的例子太多，音乐之都维也纳提供给莫扎特、贝多芬和舒伯特许许多多的营养，但并没有完全地善待他们。维也纳，这个音乐史上最重要的城市之一，有时候被人提起是因为这里的市民、音乐爱好者们彻底地误解了真正的天才。天才是天才，环境是环境，两者不可分割，但也不能混为一谈！

欧洲音乐史上的另一座重要城市莱比锡又如何呢？巴赫临死的时候，音乐家中最吃香的是泰莱曼。而那时的巴赫并没有从这个伟大的时代和地区分到什么可见的荣光。老年的巴赫看到的不是自己的事业"即将没落"而是"已经没落"，不是哀歌而是挽歌。他的赋格不是什么"夕阳产业"，而是早已淡出，最直接的受害者就是他的学生克雷布斯，这个可怜的家伙因为还操着巴赫的旧手艺而终生贫困。巴赫大概不会想到自己的作品还能再被演奏五年、十年、二十年、两百年，还是被永久地遗忘。事实上，这些结果对他来说是一样的。衰老而又失明的他，仍然忙着修改《莱比锡众赞歌》等旧作，又写了《赋格的艺术》。他的心情我们不知道，也许他只是没有时间去考量得失而已。

十九世纪下半叶到二十世纪初也有过音乐发展的好时候。"一战"前的法国拥有过弗雷、圣桑、拉威尔和卫多尔。这些精英如此集中地出现，所以这个时代看上去饱满得很，文化素质之高，令今人叹为观止。然而真相是，弗雷为了谋生，靠在教堂做管风琴师、教学生来换面包，在无人承认、生活艰辛的状态下度过了二十五年。当回报慢慢到来的时候，他的听力已经衰退。类似的天才中，运气从极好到极坏的都有，原因也许是可以慢慢找到的，但生命对他们而言只有一次。

从环境、时代和天才的关系来读历史，其实挺有意思。有些天才和他们的成就带动并发展了环境，典型的如李斯特；也有的天才和环境格格不入，倒是在和环境的顽抗中成就了自己。从受众这一端来看，理解并吸收当代的好作品其实很难，很偶然，再好的环境也是由芸芸众生组成的。每个时代都埋没了很多好东西。类似的故事不但在文明悠久的欧陆也在年轻的美国上演。上个世纪上半叶，美国出了一些诗人、作曲家，他们一边当美国人，吸收纽约的城市精神，一边做失败者，负债累累，处处碰壁。他们骨子里反美国反得最厉害。

你看，无论在哪个时代、哪个环境，个体总是个体。不管环境对错，别人的成就和光环是别人的，罩不到你；再蒸蒸日上的时代也如此，别人成功的概率并不负责你的人生，环境、时代、时风，至多提供一个可参照的概率。

说到概率，你我既生在世界上、人群中，每个人头上都笼罩着依据不同特征而分配的概率值，最明显的是年龄、性别、环境、时代和天分——不是说这些概率都不会起作用，但在这些"可见特征"之外，分明还有一些"不可见特征"，那些不可见的、没有被计算过的概率值，一直在低回地成长。从表面上看，许多人的成就都是小概率事件、不可能事件，但这些人身上深埋着一些逃脱普通测量、难以量化的潜质，比如意志和决心。在女性不可能有所成就的历史上，在女人的生存条件比现在恶劣得多的环境下，也曾有杰出的女性狠狠扳过了那个概率值。在小得不能再小的概率面前，总有一些异数无视概率，让自己身上更坚强的东西自由生长，直到让其健壮得压过了环境和时代，让那些塑人成型的力量软化并退却。

于是这个世界奢侈地拥有了巴赫、贝多芬和许许多多的人。记住这些人，不是因为我们慷慨，而是因为我们从中获益。而巴赫和贝多芬并不知道这些小概率的结果，他们背对着别人眼中近于"0"的概率，躬行着那个概率值等于"1"的、"活完自己"的事件。